鶴唳華亭
上
已向季春，感慕兼傷。
情不自任，奈何奈何。
雪滿梁園——作
ENO——繪

目錄

第一章

靡不有初

跨入西苑宮門的這一刻，內人顧氏回頭，靜靜看了看朱門外的青天。靖寧元年季春的這一日，惠風暢暢，流雲容容。天色溫潤可愛，如同粉青色的瓷釉。交織紛飛的柳絮和落櫻，在白日下泛起瑩瑩的金粉色光華。在釉藥薄處，微露出灰白色的香灰胎來。

那就是天際了。

她撤回目光，整理罷身上青衫，默默跟隨同儕進入了朱紅色的深牆。

年長始入宮，註定已無任何前程可言。作為不入流的粗使宮人，顧氏最初的差事是浣洗西苑中低級內侍的衣物。未幾，浣衣所的侍長李氏與共事的同僚們便都知道了此人謙忍溫順，少言寡語，難免都存了幾分好感。或有完成了手中差使，浣衣所的宮人聚在一起閒話時，見她在一旁默默傾聽，便也不加迴避。

宮人們的談資，無外乎這個小小宮苑內的種種瑣事：某與某交好，某與某口角，某處花榮，某處葉萎，諸如此類。但是每每最終，她們卻總會說起西苑的主人——也是她們的主人，當朝的皇太子殿下。這時，她們其中某人便會

---

1 本文人物及時代虛構，為求統一，名物、風俗、服飾、藝術一律從北宋，凡舉引用詩文典故器物，宋後一概不會出現；典章、制度、禮儀一律從明初。如因情節需要有所例外，會專門註釋。

滿懷歡欣地說起，自己某次到中廷交送漿洗好的衣物時，遠遠地瞥見了東朝一眼。餘人於是豔羨不已，將幾句毫無新意的話，翻來覆去詰問不休：「殿下生得白不白？」、「殿下穿什麼衣裳？」、「殿下也瞧見妳了嗎？」在這樣永不知疲憊的傳道授業中，顧氏也漸漸聽明白了，東朝的玉容原來是如此的俊美。

同僚們神采奕奕、目光灼灼地直抒胸臆：生為女子，如能同東朝那樣的男子同寢一夜，此生才算不枉。然而，顧氏也漸漸聽出了東朝性情的乖戾，東朝御下的嚴苛，以及東朝並不為至尊所愛，因此並非身居前星正位等等——這則是朝野共知的傳聞了——西苑主殿本名重華，因為賜予皇太子，故降殿為宮，易名為報本。

舊日的重華殿本做離宮之用，幾朝天子的雨露春風不度，所以多年未曾修葺，宮室鄙陋。雖與大內相隔不過三、五里，此間供奉衰減、制度損削的諸般情態便與冷宮無異。而宮人們身處的浣衣所更是冷宮中的冷宮，因為平常連年輕俊雅的內侍也少得遇見。事務既算不得清閒，食俸亦談不上豐厚，這實在與她們祇應天家的初衷大相逕庭。

不過宮人們雖然多不讀書，卻都能體會作文時起承轉合的奧義。每每一論及此，她們總是會將話鋒一轉，安慰對方，也安慰自己：「可地方不大總也有不大的好處，將來總是有機會看見殿下的吧。」

宮人們自然大多不曾親眼見過東朝，見過的也不過是未及迴避時失禮的遠遠一瞥，可是她們這時又會很順利地把身分從文豪調整成畫師，偏偏要從這位殿下的巾子和束髮冠開始細細描摹，一直勾畫到他袍襬的紋路、皂靴的雲頭為止。

眾口難調，東朝的玉容於是有了數個版本，除去「俊秀」兩字的總評相類以外，目擊者所描繪的絕非一人。其實宮人們也都清楚，自己的一生與那樣一個青雲之端的人物不會有半分瓜葛，但她們還是樂意按照各自的認知和喜好，在心中勾勒出這個綺麗偶像的輪廓，讓他在這個冷落宮苑中無處不在，陪伴和安慰每顆青春而寂寞的心。

人無論貴賤，只有這顆寂寞的心是相似的吧。和眾人一樣頭綰雙鬟、膊攀銀索的顧氏，也就如此這般，躲在冷宮的角落裡，洗了整整一夏天的衣衫。

一日過午，顧氏正要將剛洗好的衣服晾起，侍長李氏自外走入，四下環顧，詢問她：「怎麼只有妳一個人？」顧氏放下衣物，抬頭答道：「正是飯口，姊姊們都吃飯去了。」李侍長思忖片刻，隨即吩咐：「有趟急差，妳隨我到李奉儀和郭奉儀那裡送趟衣服去。」顧氏知道奉儀是東朝後宮中位最卑者，侍長祗應這一趟差事，不願費力再另尋他人，點中自己也在情理之中，連忙答應了一聲，拭淨雙手，取下攀膊，跟隨至李侍長居處，將兩匣已收整好的衣物接了過來。

自入西苑，顧氏一直侷促在浣衣所中，從未出門，更未到過中廷，一路上不由貪看苑內景致。池中菡萏已銷，樹頭木樨未綻，才想起節氣已過立秋，流光一速如此，草草算來，自己到此間居然已將近半年。正胡亂思想著心事，忽又聞李侍長囑咐：「李娘子的衣服我先送去，妳不必跟著過去，就守在此處等著我吧。」顧氏又答應了一聲「是」，便抱著餘下衣匣，駐足目送李侍長遠去。

李侍長將衣物遞交給東宮側妃李奉儀處的內人，又詢問起為何催要得如此急切。內人眉飛色舞，談及奉儀是夜承宣，傍晚前無論如何要將衣物熏香熨燙等語，兩人就此話題，又站立說了半刻閒話。

待回到與顧氏分別之處，衣匣仍在，顧氏卻已不見了，正奇怪四下張望之際，沿著宮牆跑出一個小黃門，見了她劈頭蓋臉問道：「那個臉兒白白身子瘦瘦的婢子，可是妳位下的人嗎？」李侍長忙點頭道：「小哥哥可說的是顧氏嗎？她到哪裡去了？」小黃門童稚之音尚未消退，語氣卻頗為倨傲，想了想挑眉撇嘴道：「她自家是說姓顧的不錯。」又抬頭翻了李侍長幾眼，才接著說道：「看來果然就是妳的人了。瞧妳模樣也像是宮中的老人了，怎麼就放縱得手下毫無王法？我等數次奉旨發問，她就是不肯說自己是什麼人，殿下這才差了我來尋訪。如今正巧教我撞上，我看妳脫得出關係去！」李侍長這才知道這個小黃門竟是太子的近侍，見他發難之語已說出了若干，急得撫掌亂轉，半晌才叉手小心詢問：「貴人可知道，她究竟是觸犯了什麼事體？」小黃門這才想起來竟未提到此關節，致使師出無名，遂冷冷斂容道：「什麼事體？她驚了殿下的鶴駕！」

李侍長聽說，急得只待發瘋，忙又分解道：「這是從何說起？我不過走開了一時半刻，她素來人又老實，怎麼就會衝撞了殿下？」小黃門正待轉身返回，一跺腳又怒道：「妳的人，妳倒拷問起我來！不是她衝撞的殿下，是殿下特意尋到她著她衝撞的不成？聽妳這等昏言悖語，料手下也教不出什麼循規知禮的人。妳還待張口？到了殿下駕前，還怕沒妳分說的時候？」

李侍長心急如焚，一腳深一腳淺，如踩爛泥一般跟著小黃門穿過角門，繞過池塘。直到池畔一片瑞石前，果見顧氏跪在道旁，四周環繞著十數個內侍內人，瑞石前坐著一個十七、八歲少年，頭戴蓮花白玉冠，身穿玉帶白色闊袖襴衫，並未加巾束帶，通身雖是文士居家打扮，卻不是皇太子蕭定權又是何人？不由得眼前緊著黑了一瞬，腿也軟了，不待走近，順勢便癱跪在道邊。

蕭定權正垂目，無聊地把玩著手中一柄高麗紙摺扇[2]，待小黃門跑近，懶散開口問道：「找到人了？」小黃門頓從怒目金剛化作低眉童子，柔聲答道：「是，殿下。是浣衣所的宮人。」定權單薄的眼瞼抬了抬，從泥金扇面後抬起頭，側眸望了望身旁一個宮裝麗人，言語之中不乏委屈：「如今的西苑真住不得了，妳看看，連洗衣裳的奴子都會犯上了。」麗人微微一笑，盈盈眉眼頓如流光

2 一般學者認為，摺扇非中國原產，最早於北宋時由高麗傳入。

溢彩一般，對這抱怨並不回應。

李侍長平素聽聞過這位主上的脾氣，嚇得連連叩首道：「是這賤婢冒犯了殿下，罪該萬死。這也都是因為臣管教不嚴，還望殿下念她年幼無知，初來乍到，開天恩恕我兩人的罪愆。」一旁顧氏不語許久，此時卻突然插話：「不干侍長的事，我一人做事，一人承當。」李侍長怒斥：「打脊奴才，妳是王風教化外長起來的嗎？桌上擺個瓷瓶還生著兩只耳朵，妳就不知道『千歲』兩個字怎麼寫，聽也是聽過的吧？還你長我短，妳怕人不知道妳長了這口牙嗎？」

定權教她的罵詞逗得一哂，轉眼看看顧氏，見她不知緣何也一臉委屈，竟然微覺有趣。他此日心情本不算壞，便笑笑對李侍長道：「罷了，妳帶回去，該打該罰，好生管教。若有再犯，妳就是同罪。」

李侍長萬沒想到一樁血淋淋的官司，居然輕飄飄判了下來，見顧氏不言語，忙推她道：「還不快謝恩？」顧氏跪在一旁，任憑李侍長幾次三番地催促，卻始終不肯張口。定權本已起身欲走，見狀便又駐足，微微一笑道：「她一定是在想，既要罰她，她憑什麼謝我，是不是？」顧氏不肯作聲，李侍長恨極怕極，忙在一旁幫襯描補道：「殿下，她從未見過貴人玉容，這是嚇傻了。」定權笑問：「是嗎？剛不還說了話的嗎？」見顧氏依舊沉默，又笑道：「妳看，她並不肯承妳的情呢。」李侍長正不知當如何辯解，定權已經陰沉了面孔，怒道：「把杖子取到此處來，好好教訓這個目無尊卑的奴子。」

適才的小黃門擦了一把冷汗，連忙答應著跑開，片刻便帶過了一手中捧著木梃的內侍。定權站起身，慢慢踱到顧氏身邊，用摺扇托起了她的下頷，細細打量。顧氏不意他的舉止忽然如此輕浮，一張面孔漲得通紅，驀地別過了臉去。

定權嘴角輕輕一牽，也不勉強，放手對李侍長道：「妳說她是教化外人，我看她倒是一身骯髒骨氣。便是到了垂拱殿天子面前，御史臺的那群酸子們怕都要輸她幾分氣概。若是如此，只怕冒犯了她，她未必心下就服氣。」又笑問顧氏：「是嗎？」亦不待她回答，復又坐下，指著李侍長下令：「杖她。」

兩旁侍者答應一聲，走上前便要拉扯李侍長，嚇得李侍長忙連天求告。顧氏剛剛復原的臉色又是一片血紅，咬牙點了兩下頭，方低聲求告：「小人知道錯了，祈殿下開恩寬宥。」定權由少及長，從未遇見這種事，眼見她連耳根脖頸都紅透了，懷疑地問：「當真知道了？」顧氏飲泣道：「是。小人以後再不會犯了。」此事原本並非大事，話既到此，定權也覺得索然寡趣，懶得再作深究，起身揮手道：「交給周常侍發落吧。」

李侍長叩謝完畢，見顧氏一味垂首不語，生怕再惹怒太子，忙扯她衣袖道：「阿寶，還不快謝恩？」定權已走出了兩步，聽到此語，忽然轉身，突兀問道：「妳叫什麼名字？」李侍長忙答道：「殿下，她叫作阿寶，珠玉之寶。」定權愣了片刻，又問道：「是姓什麼來著？」李侍長又代答道：「姓顧，回首之顧。」

兩旁侍者見定權佇立原處，沉默不言，不知緣由，亦無人敢動作，良久才又聞他吩咐：「交給周常侍。」眾臣連忙答應，便要上前拿人，卻又見定權轉身，吩咐那麗人道：「叫周循查查她是哪次遴選進宮的，妳也費心調教調教她，叫她日後到報本宮去侍奉。」

麗人應了一聲，跟隨在定權身後，走出幾步，又回首顧盼。恰逢阿寶亦抬頭，見她素絲單襦，罨畫長裙，頭戴假髻，上無珠飾，額上頰畔卻皆裝飾著翡翠[3]花子，通身裝扮既異於貴嬪，亦異於宮人。察覺到她的打量，麗人的唇角浮現出一絲淺淡笑意，亦含溫柔，亦含嫵媚，如有憐憫，如有諷刺。

3 清代前的翡翠皆指翠鳥或翠鳥羽毛。

第二章 念吾一身

待太子一行走遠，李侍長早已癱軟在地，兀自喘息了半日，才勉強爬起身，又扶起了阿寶，問道：「不礙事吧？」阿寶方一點頭，李侍長劈頭便是一掌，怒道：「到底怎麼回事？」阿寶沉默了半日，方敷衍答道：「小人只想無人時到苑內四處悄悄看看，不知怎麼就撞上了。」

她語焉不詳，李侍長自然大起疑心，然而再三盤問，來來去去也只是這三兩句話，初時只覺得她性子執拗，不識好歹，難免又開口罵了兩句。再打量她半晌，若有所悟，搖頭道：「罷，罷，各人有各人的緣法。今天我一心還想替妳開脫，看來只是多事。好在妳的事再不歸我管了，只是休要守著一條道走到黑，以後去了前殿，妳若依然如此，只怕有神佛加持才能全身而退了。」說罷嘆了口氣，仍舊找回了丟下的衣匣，也不再理會阿寶，獨自送到了郭奉儀處。

待阿寶慢慢緣來時路折回居處，浣衣所的一干內人不知從何處已得知了消息，早據守在院門內，見她露面便一擁而上，七嘴八舌問起這事的前後經歷，阿寶仍如前回答。眾人自然不甘心，退而求其次問道：「那殿下的模樣呢？妳看清了沒有？」阿寶搖頭道：「我沒敢抬頭，也不曾看見。」眾人見她神情漠然，已經擺出一副不是池中物的嘴臉，自覺氣悶無趣，眾口嘵嘵了幾句「高飛上枝頭」、「苟富貴，勿相忘」的譏刺言語，三三兩兩各自散開。卻聽阿寶低聲道：「我只看到了他的身邊，有個美人，穿戴和旁人都不相同……」

一個平常好議論的宮人聞言回頭，朝她笑道：「那想必就是我們素日裡說的蔻珠娘子了。」走出了幾步，忽又高聲笑道：「不就是拾了她的牙慧嗎？還要在這裡裝什麼幌子？」另一人隨口接道：「只怕牙慧還是要接著拾，她若肯開善心點化一二，能度出個正果也未可知。」前者冷哼道：「她自己還是孤魂野鬼，連個人身都沒修成，拿什麼度別人？」

內人們雖然嘴上說得不堪，依舊把這當成件極重大事件，聚在一處議論不住：「不想她平日一聲不響，臨事倒果真有些手段。」、「那個陳蔻珠好歹是內人出身，聽說相貌也極美，更何況自殿下元服遷居便近身服侍，也就不說了。可殿下又看上了她什麼？」、「所以我剛說人不可貌相……」

眾人研究半晌，終無成論，便有膽大者引領眾人前去諮詢李侍長。李侍長一腔憤恨，終得以盡數宣洩：「正是我竟日慣得妳們個個皮輕骨賤，尊卑不明，如今才得的現世果報。妳們一個個只管自去求死，不要連累我一世為人不得下場！」見眾人面面相覷，啞口無言，又勒令道：「日後年未滿廿五的，一律不許再當外差。」

隔日，果然有便人攜西苑內侍首長周循之命前來浣衣所提調，一干同僚未受半點澤被，反遭池魚之殃，憤憤然無一人前往送行。

蔻珠本日已換了團領袍，腰上黃外加束革帶，一副尋常內人的裝束，見到阿寶，拉著她的手笑問：「新衣服可還合身？」左右看了看，又道：「妳來得太急了些，只好先領了現成最小的一身，可穿著還是大了。袍子往上折折，帶子束緊些，且耐煩穿幾日吧。我就知會有司替妳量身新做。」阿寶推辭：「不必煩勞娘子，這樣子就很好了。」蔻珠面色一滯，又笑道：「妳這麼叫我，可不是替我惹禍？看年紀我必虛長妳幾歲，妳不嫌棄，叫我聲姊姊也可以，直呼我的大名也可以，我的名字他們早說給妳知道了吧？」見阿寶柔順點頭應承，又笑道：「衣服的事情，卻由不得妳。妳願意替殿下儉省，只怕殿下未必應允。不瞞妳說，殿下平素在這些事上有些留心，妳這幾日還且休到他面前去走動，免得惹他罵妳，彼此都不痛快。」又促膝向她細細傳授了許多太子行止的好惡習慣，又詢問了她來歷、家人等語。阿寶一一記下，亦一一回答。

蔻珠所言不虛，報本宮的規矩果然瑣碎繁冗，首樁麻煩便是太子愛潔成癖，不但以身作則，一日三櫛，更要推己及人，凡舉案上、几上，乃至內臣、內人頭上腳下，目所能及之處，皆要不染纖塵。平素眾人只能見縫插針不停揩抹替換，阿寶亦領悟到當時在浣衣所時差事繁重的原因。

眾人所言亦不虛，太子的脾氣的確不能以「和善」來形容，眾人鎮日戰戰兢兢，在殿內時連大氣都不敢多透一口，生怕一事不慎，便招惹到了這尊礙玉魔羅。阿寶某次將煎好的茶湯進奉，不慎濺了一、兩點在几案上，太子正在寫字，忽將手中筆狠狠一擲，一幅將成法書登時一塌糊塗。滿殿人皆跪地請罪，雖定權提腳出殿半晌，亦無人敢率先起身，直到蔻珠親來傳喚，此事方解。

日日皆有人因小過遭黜罰，日日皆有新面孔接替進入，此處不似浣衣所，根本無人好奇太子殿下何以一時心血來潮揀拔了這樣一名低階宮人。人事的更替，在眾人眼中早已經習以為常。只是阿寶不久後便察覺到，這似乎並非單單源自於太子的焦躁易怒。

秋去冬臨，時迫冬至，定權正在暖閣的書房內撰寫文移，忽有內臣入內報道：「殿下，詹事張大人求見。」定權急忙擱筆，吩咐：「快請進來。」一面加衫整冠，又令左右退出。

阿寶行至書房門前，見一個衣紫橫金，面目頗具文士氣象的中年官員被周循親自引進，隨即闔門緊閉，再無一人近前，不由心生好奇，悄悄問蔻珠：「貴人姊姊，這人是誰？殿下待他怎麼這麼客氣？」蔻珠擺手示意她先勿多語，直到出了殿門，方低聲回答：「這是當今的吏部尚書張陸正大人，兼領詹事府正詹職，殿下平素最看重的就是他。」阿寶點點頭，便不再多語。

周循將張陸正引入書房，見禮讓座後，定權隨口問道：「張尚書是從部中來，還是從府中來？」張陸正答道：「臣自府中來。」又道：「為部中事。」定權頷首問道：「如何？」張陸正答道：「齊藩向戶部舉薦了一人，樞部兩人。臣同右侍力諫，總算壓掉了樞部的兩個，一人轉工，一人外放，想來過兩日便會有敕書。」定權又問道：「朱緣呢，此事他又是什麼態度？」張陸正道：「朱左侍告病，這幾日未至部中。」

定權點點頭，喚他字道：「孟直費心了。」又嘆氣道：「齊藩仗著一向聖眷隆厚，這些年愈發不將本宮[4]放在眼裡了。先皇后在時還好，如今怕是陛下也早存了易儲的念頭，我的處境也是愈發難了。」

張陸正勸慰道：「殿下不必懷憂自擾，殿下畢竟是先帝最愛重的嫡長孫，陛下就是不作他想，這個層面總是還要顧及的。」定權冷笑道：「我做這儲君，無非是憑著先帝餘蔭——且我自忖一向並無大的罪過。至於說什麼嫡長，如今齊藩的生母才是中宮，他才是陛下心裡頭的嫡長，我這孤臣孽子，倒不知當把這副業身軀[5]往何處去安插了。」

張陸正已經許久不聞他作這等牢騷私語，一時無言，半晌才勉強應對道：「殿下慎言，陛下與殿下終是父子同體，舐犢之情也總是會存放幾分的。」說罷自己也覺這官話無聊無味，實在難以動人，又道：「臣等總也是誓死擁戴殿下的。」

定權聞他此語，倒似頗有幾分動容，道：「孟直，我總是依靠著你們的。」頓了頓又道：「只是父子不父子的話，今後就不要再提了。」張陸正不知道他是

4 宋太子自稱本院，明太子自稱本宮，本文從明。

5 佛教語。指罪孽之身。

否這幾日入宮又受了氣，無話可說，只得回道：「臣遵旨。」

定權又問道：「李柏舟空出來的位置，齊藩有什麼舉動沒有？」張陸正答道：「陛下一直說沒有合適的人選，還待遴選。臣聽朱左侍說，齊藩那邊倒是薦過兩個，陛下並未應允。」定權思忖片刻，道：「將來我總還是要想辦法推你入省的。」張陸正搖頭道：「此事需從長計議，以靜觀天心為上。如今省中風波惡，臣一時是真不敢涉足的。」定權點頭道：「我省得，你放心。」默然片刻又道：「只是枉擔了如此惡名，平白給了他人如此口實，若最終又是為人作嫁，我實難甘心。」

張陸正無言以對，只得偏轉話題，談及新尋到的幾枚晉人手帖，果然才引起定權興致，細細向他詢問究竟是真跡還是前朝摹本。張陸正笑答來日奉上請他親自辨別，再說起冬至當日群臣至延祚宮謁東宮的朝賀儀，這便無非老生常談，說了半日，才告辭出去。

冬至次日，卯時未到，定權便起身，預備入宮去向皇帝請安。蔻珠和阿寶服侍他穿戴公服，見他滿臉憂鬱之色。阿寶至此間三月有餘，已經知道他平素最為難之事就是面聖，每逢此時無名火最盛，也著意比往日多加了幾分小心，免累及眾人受無妄之災。一行人直到目送他出了殿門，為他人簇擁而去，方鬆了口氣，有了禍水東引的快意。

定權乘軺車[6]直到禁城東門東華門外，入門後北向，轉入了前廷與中廷相交的永安門，便見從一旁走過兩個著單窠紫袍，戴烏紗折上巾的人來。年長者二十三、四歲，眉宇之間頗有英武氣象，本已圍黑鞓方團玉帶，鞓上還加一枚玉魚[7]，顯是加恩越級的御賜之物，正是定權的異母兄長齊王蕭定棠。一旁同行的少年，按親王服制佩金帶，眼角眉梢稚氣尚未消盡，卻是與齊王同為當今中宮所出，年內新晉封趙王的五皇子蕭定楷。

兄弟三人見過禮，定棠遂笑問：「殿下這是去給陛下請安？」定權笑答：「正是，既遇到大哥和五弟，不妨同行。」定棠點頭道：「如此最好不過，免得『各自為政』，陛下還要分二次說教。」定權笑道：「就是此話。」一路上兩人低聲說笑，定楷默然跟隨在後，倒是一派兄友弟恭的和睦景象。

及至今上正寢晏安宮外，三人禁聲整肅儀容後，恭立於簷下。少頃，便有內臣出殿通傳天子召見，將三人引入暖閣。

---

6 按照《宋史·輿服志》載，宋太子常朝乘馬。因為行文的需要，在此處使用唐太子的出行制度。唐制，皇太子輿乘三等：一曰金輅，二曰軺車，三曰四望車。分別在謁廟納妃，常朝和臨弔時所用。但是自從南北朝馬鐙普及之後，男子騎馬之風大盛。到了唐代，男子在隆重的場合均騎馬而不乘車，以乘車為不恭之舉。到了宋代，貴族中車用得就更少，多為騎馬和乘轎。

7 宋天子使用團銙玉帶，皇太子使用方團銙玉帶，親王服玉帶玉魚，必須御賜。

冬至方過，按制旬休，七日內不設早朝，皇帝起得也比平素稍晚，此時方準備用早膳。見定權等人入內，笑道：「想來你們也還沒用過早膳，就陪朕一起吃吧。」忙有宮人前行移案布箸，通傳膳所，為三人在皇帝座下設席。

三人謝恩後分坐，未及舉箸，便聞簾櫳擺動，衣香襲人，閣內含笑轉出一個靚妝貴婦，著大紅短上襦，碧色銷金長裙，雙裙帶長垂至地[8]，高髻未冠，髻上一轉插著十數支花頭金釵，額上兩頰皆貼珍珠妝飾的花鈿，身後簇擁著五、六個錦衣麗服的妙齡內人。

貴婦進了暖閣，左右一顧盼，頓覺脂粉榮豔，顏色驕人。定權三人忙又站立見禮，誦道：「皇后殿下萬福。」皇帝卻無舉動，只是笑道：「妳總算是插戴好了，我們可都不等妳了。」

皇后趙氏睨了皇帝一眼，一雙妙目仍不失清明靈動，猶可想見當時風華。趙氏直走到皇帝案前，方向他虛虛一拜，笑道：「妾齒長矣，忝居小君之位，不事嚴妝，恐汙陛下聖察[9]。」皇帝笑道：「聖察也好，聖鑑也罷。既然是朕的子童[10]，怎麼會老？」皇后微微紅了紅臉，半含嗔道：「陛下，哥兒們可都在跟前

---

8 典型宋代女性裙裝。
9 意為：臣妾老了，不這般努力打扮，哪還入得了陛下的眼啊。
10 宋以降后妃別稱。

呢。」皇帝笑道：「子童對小君[11]，這話引子可是妳先挑的頭。」三人待帝后同席入座，方又重新坐下。

定權見此情景，心知昨夜皇后同宿在晏安宮中，不知緣何，心下漫生出一陣淡淡的厭惡。

皇后落座後悄悄看了他一眼，笑問：「太子一早便從西府過來，可是辛苦了。」定權微一躬身，答道：「臣不敢。」皇后又向齊趙二王笑道：「你們也是，大冷天氣，難為一大早就起來，就多用些吧。大哥兒喜歡鮒魚，正好今日你爹爹這裡有，算是你的口福，只是仔細多刺。」又轉問定楷：「五哥兒喜歡什麼，叫你爹爹賞你。」定楷笑道：「我隨大哥。」

皇帝看著定楷屏退宮人，自己邊挑刺邊慢慢食魚，隨口笑道：「今日無朝，私服即可，何必穿得這麼繁瑣？」定楷投箸答道：「臣等不知陛下賜食，所以未及更衣。」定棠看了看上首定權，笑道：「我們知道殿下一定隆重，是以不敢造次。」皇帝聞言，目光一轉從定權身上掠過，便不再提起此節。轉口復問定棠前日去京郊犒軍的詳情，又問定楷近日出閣讀書之事。

定權見他們夫妻、父子，一派雍雍穆穆，獨襯得自己如同外姓旁人般，只覺骨鯁在喉，隨意吃了幾口，也如同嚼蠟，難辨滋味。皇后含笑看看席間，吩

11 上古王后及皇后謙稱。

咐內人：「太子愛吃甜食，把梅子薑、雕花蜜煎送去給他，請他嘗嘗。」定權起身道：「臣謝皇后殿下。」皇帝不由面色一沉，譏刺道：「你既然具服前來，為著這些許小事又向你母親用官稱，何不將全套戲作足，也顯得更莊重些？」

定權沉默片刻，果然避席跪拜，重新行禮道：「臣謝陛下，謝皇后殿下。」皇后見皇帝面色愈趨難看，連忙笑勸道：「這是節下，陛下便疼疼哥兒們，好好的又來嚇唬他們做什麼？」又對定權道：「三哥兒快起來，你爹爹是嫌你太過多禮，一家人私底下如此，反倒覺得生分拘束了。你這孩子也是老實過分了，竟然聽不明白。」皇帝置若罔聞，冷眼看了定權片刻，將手中金箸啪一聲撂在食案上，道：「不用擺出這副向隅的態度，你不想留在這裡，無人強你所難。」定權微微一愣，躬身恭謹答道：「是，臣告退。」

餘下幾人見他轉身出了殿門，不由面面相覷。半晌皇后方喚宮人新取了筷子，重新放入皇帝手中，低聲勸道：「陛下又是何苦，太子又不是存心。」皇帝怒道：「妳大可不必替他說話，他就是故意做來給朕看的。妳看他那副嘴臉，天下人都虧欠了他嗎？他眼裡頭可還有朕？」皇后嘆了口氣道：「啼笑皆不敢，做你的兒子，才是真難呢。」

四人接著用膳，一時默默無言，氣氛尷尬。定棠、定楷又偷偷互看了一眼，各自將一枚鰣魚放入了嘴中。

第三章

歲暮陰陽

定權雖負氣退至外殿，又不知一日之內皇帝是否還會宣召。留在晏安宮中只怕既惹皇帝氣惱，自己也會大不痛快，兩廂無益。進退為難，權衡下遂暫時迴避到了本是東宮所在的延祚宮。

延祚宮居晏安宮東南，臨接宮牆，正處內廷和外廷之間。他自七歲始正式出閣讀書，直到十六歲元服婚禮之前俱居住在此處，其後因宮室失火損毀，興土木大肆修葺，便移居西苑，起初只說是從權暫居，工程卻拖延了些時日。他在西苑已經住慣，兩年前工程完成，皇帝既無旨意叫他移回，他自然也樂得不提此節。雖如此，東宮也並沒有再改作他用，除筵講時於前殿見見佐官，寢宮便就此空了出來。眾人為便利計，平素便稱西苑為西府，此處為東府。

未料太子節下突然駕臨，宮中只餘不多幾個年老內侍看守。幾人臨時攏火烹茶，四下奔跑尋找屏風截間，一時忙亂得手足無措。定權一為今日確是起得過早，一為適才並沒有吃好，此刻也不待更衣，隨意用了幾口他們不知何處取來的酥蜜食，便和衣倚在榻上歇息，迷迷糊糊也便睡了過去。

迷濛中，似又見到一張熟悉臉龐，螓首蛾眉，鳳目朱脣，懷中抱著一個小小嬰兒。她展頤一笑，靨上金箔的花鈿隨著她的笑容幽幽一明，旋即熄滅，兩人身影也於同時消失得無影無蹤。

四顧茫茫，空留一片死灰般的褪色夢境，雖夢中亦明知自己是在作夢，仍忍不住想放聲大哭，卻又無論如何都哭不出聲。

直待驚悸萬分睜開眼時，方發覺側身而臥，渾身已經冰涼，四肢也早已麻木，起身走到窗前望了望殿外，竟已飄起了星星小雪，不知究竟睡了多久，亦看不出是什麼時辰。初睡起時，不免心驚肉跳，頭腦也昏昏沉沉，想起適才夢境，心中又惆悵無限。

呆呆獨立半晌，方回過神來，欲開口吩咐內侍入閣煎茶，忽聞殿外一人問道：「殿下可是在裡頭？」

話音甫落，橐橐[12]腳步聲已入閣門，此人此時來必無好事，定權只覺頭痛，又不得不向他勉強一笑，叫道：「王翁。」皇帝身邊的舊臣常侍王慎見到他，忙趨上前道：「殿下叫臣好找——陛下口敕，命殿下速至晏安宮。」定權問道：「可知道是為了什麼事？」王慎看了他一眼，低聲作難道：「詳情臣也不清楚，只是剛才看著公文，就問起殿下來，說有話要殿下回。」定權無奈，只得跟隨王慎同出。

外間氣候尚未寒透，細雪如雨觸地便融，墀上階上一片陰溼。一路望天，已成鐵青之色，靄靄重雲直壓到了大殿正脊的鴟吻上，壓抑得喘不過氣來。定權忽然問道：「現在是什麼時辰了？」王慎答道：「已經快交巳時了。」定權強忍著頭痛，又問道：「齊王也在陛下那裡？」王慎一愣，答道：「兩位親王應當

12 音駝，形容沉重的腳步聲。

在皇后殿中。」無語向前又走了兩步，終於又忍不住止步叮囑他：「殿下見了陛下，不論有什麼事，千萬不要任性，節下也別惹陛下生氣。」他這話也是定權從小聽到大的，此刻點點頭，不復多問，只是默默前行。

清遠殿的側殿是皇帝日常處理政務處，定權由王慎侍奉整肅儀容，進入殿內，朝皇帝行禮道：「臣蕭定權恭請陛下聖安。」皇帝手中正抓著一份奏疏，暫未理會他。定權半日不聞皇帝聲音，便抬首又叫了一聲：「陛下？」皇帝手一揚，箚子[13]滴溜溜橫飛了下來，撞在定權膝下，接著又是幾份，逐一擲到了御案下。

皇帝見他只是長跪，面上略無表情，指著王慎向他冷笑一聲道：「你不自己動手，還要你的王翁替你效力不成？」皇帝莫名發難，定權心中已微有不滿，想了想隱忍答道：「這是省部直遞陛下的章程，陛下沒有旨意，臣不敢逾權。既有陛下敕，臣冒死僭越。」將腳下幾封奏疏拾起展開，按慣例先看所署府衙官號，次看題為某某事，卻驚覺奏事者竟是幾個不熟識的御史，參劾的都是現任刑部尚書杜蘅，且皆以數日前決獄時推恩赦免了無干緊要的兩名輕罪官吏為事由。

方忖度著如何辯解應對之辭，赫然又見一奏章內某句寫道：「蘅托仰庇於重

13 箚音札，上奏或下行的公文。

華[14]，素少自律，去歲即以嚴刑律為由，夷李氏三族，言路紛紛以為濫刑。謂某弄三尺於掌股，視國法如無物。如是種種，唯願聖天子明察慎審云云。」「重華」兩字雙關，用得著實惡毒，定權凜然驚出一身冷汗，才察覺醉翁之意不在酒，章疏所謂推赦之事不過是破題之用，不由暗暗冷笑，略作思忖打定主意，便合上了笥子，緩緩整理整齊，示意王慎取回奉還。

皇帝於頭頂森嚴發問：「此事緣何不見三法司上報？此事朕要清查，今年的秋審你也參與了，你怎麼說？」定權答道：「陛下無須勞神去查。今年熱審[15]前此兩人曾向臣請託，刑書辦理此事，這是臣的授意。」他回答得如此乾脆，皇帝反愣了片刻，方點頭道：「你將手伸出來。」定權不解他此意為何，略略移袖，將雙手展開於膝頭。皇帝並不觀看，待半晌後方笑道：「難怪你的膽子這麼大，原來是拳（權）也有這麼大。」

此語一出，滿殿皆驚，王慎尤甚。實在找不出什麼言語來化解，只好下死命盯著定權，卻見他似乎並不甚感慌張，就勢慢慢將雙手從膝頭平移至地下，掌心觸地，俯身道：「臣知罪。」行動恭謹到十分，語氣卻依舊頗為漠然。皇帝

14 重華為舜帝之名。表面指皇帝過分縱容杜蘅，但因為皇太子現居宮室原名重華殿，實指皇太子本人有僭越擅權的行為。

15 古代夏季為疏通監獄而實行的對罪犯予以減免或保釋的制度，始於明。

平素最厭惡他這副模樣，怒道：「怎麼？你越權逾矩，染指大政，還覺得委屈不成？」定權淡淡一笑道：「臣不敢委屈，臣請陛下處分。」王慎深知他愈是如此，皇帝怒氣便愈熾，偷眼瞧向皇帝，果見他嘴角牽動，兩道深深騰蛇紋登時升起，顯然已經怒到了極處。

一時間父子僵持，殿內諸人皆噤若寒蟬，只聞簷下鐵馬叮咚作響，風起得愈發大了。

如是對峙良久，忽聞皇帝下令：「取廷杖來。」王慎不料他半日竟想出這麼個主意來，不由大驚，連忙求乞：「陛下欲如何？」皇帝冷冷道：「他自己都認了罪，你還有什麼要替他辯白的？」王慎撲通一聲跪地諫道：「宗室有過，不涉謀叛，援國朝成例，不過奪俸申斥而已。刑不上大夫，何況王公？儲副千承之軀，牽繫國祚，不可輕損，請陛下千萬慎之。」皇帝冷笑道：「朕知道，皇太子朕已經得罪不起了，朕的兒子朕也得罪不起嗎？」

他既做此語，定權開口接話道：「『得罪』一語，臣萬不敢承受，陛下定要使用，臣有死而已，還請陛下體恤收回。」又對王慎道：「這是陛下天恩，王翁緣何不察？陛下之意，此非君罪臣，乃父教子，非是國法，而行家法。請王翁千萬體恤我，速去傳旨。」又抬頭道：「起居注可也聽明白了，此我天家家事，你等可速速迴避。」侍奉一旁的兩個起居注面面相覷，手中疾書的筆也停了下來，又見定權叩首道：「臣謝過陛下回護保全之恩。」

皇帝冷眼旁觀，此時笑了一聲，居然未再發作，揮手吩咐起居注道：「你們先退下，適才是朕怒語，望勿錄入。」眼見眾人退出，才又對王慎道：「你還愣著做什麼？他等你的成全，你反倒不肯了嗎？」王慎於一邊細細思索前事，此刻方稍稍體悟，今日之事遠不如自己想得簡單。

年底決獄時，未經申報推恩赦免個把無大罪的低級官員，雖然於律不符，深究起來也可以扣上以庶政侵大政的罪名，但此舉自前朝起便早已變成朝中私下成例，上行下效也是不爭實情。今日皇帝借題發揮，所為緣由，想必父子兩人心中皆如明鏡一般，一個願打一個願挨，自己一個外人，反倒在一旁幫襯了若干兩頭不討好的腔。

只是想雖想明白了，終究還是覺得心寒齒冷，又不忍心眼看著太子吃虧，悄悄看他，見他眼眸低垂，一副神遊物外的淡漠神情，仿似此事根本沒有自己關係一般。也心知他素來的脾氣，此刻要他求饒真是難上青天，只好跺腳退出。待王慎回歸，將一應事務拖拖拉拉鋪排完畢，已過了小半時辰，事態仍無轉機，知道今日已經無力回天，只好示意內臣上前服侍定權除冠。定權側首避開，親自動手將頭上折腳皂紗巾摘了下來，又解除腰間玉帶，站起身走到刑臺前，滿目嫌惡伸手一抹黑色刑凳，低頭瞧了一眼自己的指腹，這才俯下身去。

皇帝無視他種種做作，冷笑對王慎道：「你看著他從小到大，只有這些小聰明，這些年來一點也不曾長進。」王慎答也不敢，笑亦不忍，尷尬點了點頭。一時聽得殿內沉沉杖擊聲起，越發咬牙攢眉，不忍察看，心中默默計數，待數到三十有奇，仍不聞太子呻吟求告，亦不聞皇帝鬆口恩赦，不由得著了慌。睜開眼只見定權一張秀異面孔，此刻早成青白之色。一時嚇得不輕，撲通跪倒，央告皇帝道：「陛下開恩。」又轉頭對定權道：「殿下說句話呀，老臣求你了。」見父子兩人皆不為所動，終於咬了咬牙，俯首在定權身邊耳語道：「殿下，你就想想娘娘吧。」

定權影影綽綽聽到這話，已近昏迷的神志凜然一驚，終從嘴角牽出了一個難看苦笑，咬牙低聲道：「陛下——」皇帝問道：「他有什麼話？」王慎忙替他描補：「陛下，殿下乞陛下開恩寬恕。」

皇帝看了王慎一眼，又冷目定權半晌，終於抬了抬手，見內侍隨即停了行杖，頓了片刻道：「罷了，你且回你的西府去，這兩月也先不必出席經筵朝會，好好閉門思過吧。謝罪的文書，叫春坊[16]上奏。」說罷拂袖而去，見王慎愁眉苦臉跟隨在身後，問道：「你既然如此擔心他，都不懼當面欺君了。不去送他，又跟過來做什麼？」王慎尷尬笑笑，道：「老臣不敢。」卻還是留步原地，待皇帝走遠後連忙折回，去查看定權。

一個低階內臣此刻卻橫生好奇，趁人皆不注意扯住一小侍問：「陛下說王常

16 太子官所屬官署名。

侍的話是什麼意思？」小侍答道：「是為了先前替殿下遮掩說的那話吧。」內臣道：「你離得近，可聽見了？」小侍道：「我聽見了。殿下說的是——陛下，這不公平。」內臣問道：「什麼不公平？」小侍冷笑道：「這是貴人們的事情，我上哪知道去？想是天下本無公平事，譬如你向我打聽了，扭頭便報給你家陳公，獲獎獲賞，我還覺得不平呢。」內臣笑斥：「你休要渾說。」轉頭看看左右無人，摟著他肩一併離開。

王慎親自帶人護送定權回到西苑，又著急去叮囑太醫。因為太子元妃去歲病歿，此時只能命人喚來幾位品階較高的側妃，一時間，暖閣內不免一片混亂哭嚷乃至念佛之聲。

定權終於在她們的嚶嚶哭聲中醒來，越發覺得煩躁不堪。幾位側妃見他醒轉，紛紛圍到床前查看，她們朱口開合，定權也分辨不出到底在說些什麼，鼓了半晌氣力，哆嗦著咬牙道：「出去，待我真死了再煩諸位來哭不遲！」幾位側妃愕然，互看幾眼，只得哭哭啼啼一一離去。

太醫院的院判隨後抵達，一進閣門便吩咐內臣取熱湯，察看定權傷勢，見中單上血漬早與傷口凝結，嘆氣道：「殿下權且忍耐。」給他餵了幾口參湯，這才用剪刀慢慢將中單剪開清創，直折騰到夜深才罷。

蔻珠替他虛搭上了一床被子，定權此刻亦覺乏得脫了力，雖然渾身上下都疼痛得如火灼刀割，終於也慢慢闔眼睡了過去。蔻珠與阿寶一同在閣內守夜，一夜裡不斷聽到他睡夢中的喃喃呻吟聲。移燈查看時，見他滿額皆是點點冷汗，兩人無奈，只得重新取來湯水替他擦拭。忽聞他低低喊了一聲「娘」，語氣中委屈無限，隨即一行淚便順著眼角，滑到了腮邊。

阿寶詫異不已，抬頭去看蔻珠，卻見她呆呆凝視著定權蒼白的臉龐，半日方嘆了口氣，大概是記起還有人在身旁，神情頗不自在，側過臉去接過已經擰好的巾帕，輕輕幫定權拭去了臉上的那道淚痕。

定權受杖時本是一身大汗，天氣又冷，不免受了寒，次日一早便低低發起熱來。延醫用藥，又是一番折騰。好在他病中昏睡時居多，眾人雖然忙亂些，每日倒是少惹了不少是非，不免有人暗暗希望他這病能夠養得更長些。

某日上燈時分，定權醒來，見阿寶侍立在側，開口問道：「那是什麼聲音？」阿寶答道：「是爆竹聲。殿下，已經是除夕了。」定權側耳靜聽了片刻，又問道：「這幾日似乎妳日日都在？」阿寶答道：「他們都預備節下的物事去了，小人沒有什麼可預備的。」定權道：「我知道，這是積弊了，年節時都要內外夾帶些私物，苦禁不住的——妳為什麼不也隨波去濯濯足？」阿寶道：「小人家人不在京中。」定權今夜似乎溫和了許多，又問道：「那妳家在哪裡？」阿寶道：「妾家華亭郡。」定權笑道：「怪不得我聽妳說話，像是南方人。」阿寶道：

「是。」定權又問：「妳家裡頭是做什麼營生的？」見阿寶遲疑了半晌，不由笑道：「左右無事，我來猜猜。妳家裡直到父兄輩都應當是書生班輩，家道即非大富，亦屬小康，對不對？」

阿寶臉色一白，道：「殿下？」定權輕笑了一聲，道：「妳雖然洗了幾個月衣裳，可是手指又細又白。妳替我研墨的時候，力道恰到好處。妳替我擦汗的時候滿面通紅，根本不敢看我的身體，還有……」他忽而拉過阿寶右手，放在面前細看。阿寶不知他用意，只是覺得他的手指冰冷異常，觸之如觸霜雪，忍不住瑟瑟發抖，未及多想便奮力掙脫了他的掌握。

定權不以為忤，停頓片刻，笑道：「妳的中指有薄繭，是拿筆磨出來的吧？」見她臉色煞白，又冷冷問道：「我讓人查過，妳並非罪沒入宮。說吧，妳到底是什麼人？」見她囁嚅無語，復又冷笑道：「不說無妨，齋戒已過，本宮不懼殺生，現下就可以著人杖斃了妳，妳信不信？」阿寶見他滿面陰鷙，一雙眼眸冷冷盯著自己，其間略無感情，心知他並非恐嚇，只覺不寒而慄，思忖半晌才咬牙道：「殿下，小人死罪。」定權點頭道：「說。」

阿寶道：「小人本不敢欺瞞殿下，可是小人雖然身處卑賤，也妄想能存一二分體面。」咬牙良久，方低聲道：「小人父親是齊泰八年舉人，因為祖上素有產業，也捐得了一個知州。先父媵妾無數，小人母親本是嫡母婢媵，後來雖然有了妾，仍舊半婢半姬，忍死度日。小人幼時不懂事，見兄弟姊妹皆讀書，也央求過母親，後來雖然識得了幾個字，卻不知讓母親多受了多少欺辱。數年前先父病故，幾個兄弟分了家業，用一點薄產將小人母女逐出。先父本不疼愛小人，他過世時小人又年幼，並未訂下親事。小人母女無計可想，只得進京來尋姨丈、姨母。誰知姨母早已不知去向，母親亦染了時疫，辭世時告訴小人，『妳也是詩禮人家的女兒，千萬不可自輕自賤，還是回去吧，總是一父同體的兄弟，應該還是會有妳一碗飯吃』。小人想此事已斷難回頭，便在京中尋到一遠親，冒他養女之名入宮，乞一衣一食而已。」

她訴說至此處，已哽咽不能成聲，卻仍然狠狠咬著嘴脣，忍得雙目通紅不肯垂淚。定權默望著她，冷冷問道：「且不論這話的真偽，妳母親說得不錯，本有一父同體的兄弟，妳為何不回去投靠他們？」阿寶搖頭道：「雖言手足，不及陌路。小人愚鈍，所以心存這點傻念頭，雖說皆是為臧為獲，卻不想做了自家人的。」定權輕輕一笑道：「是嗎？」

阿寶偏過臉去，半晌方點點頭。定權無語，向上拽了拽寢衣，見她仍在垂首忍淚，並沒有起身相幫的意思，哼一聲道：「要哭就哭吧。」阿寶低聲道：「小人不敢駕前放肆。」定權道：「我問話，妳只知道點頭搖頭，就不算放肆？」見她無言以對，又問道：「妳這名字是誰取給妳的？」阿寶一愣，答道：「是小人母親。」定權點點頭，也不再多問，轉而吩咐：「妳去看看周循可在外頭。」

阿寶依言索人，周循旋即入閣，見定權精神尚好，自然大喜，忙吩咐宮人去預備清淡飲食。定權搖頭道：「我想吃酪。」不知為何，語音中居然略帶懇求的意味。他嗜涼嗜甜，眾所周知，周循聽到這話，卻愣了片刻，眼中忽然流露出難禁的愛憐之意，半晌方低聲答道：「殿下，這裡是西苑，沒有預備……」又不忍斷然拒絕，又道：「殿下想用，臣節後著人去置辦便是。」定權微微顯出些失望的神情，卻也並不強求，只道：「沒有便罷了，我不吃了。」說罷翻身向內，半日沒有動靜，想來已是又睡著了。

宮牆外爆竹喧天之聲，更襯得苑內冷清，除夕夜也就這樣悄然滑了過去。

第四章

孽子墜心

因為太子臥病，西苑內的新年過得頗為慘澹。定權直到上元節前後才漸漸能夠下地行走，又終日悶在書房中，一眾人除了萬不得已，並不願近他身邊，生怕新年伊始便討得晦氣。

某日午後，定權於書房內伏案假寐，阿寶在隔間內無事，遂將熱湯注入銀盤，搬動竹薰籠，盤中水暖，爐香乍爇，蔻珠從外回轉，見這幅情景，挽袖笑道：「我來幫妳。」阿寶微笑道：「謝娘子回去了？姊姊歇歇吧，我一個人做得來。」蔻珠仍舊上前助她展衣，覆於薰籠上，這才回答：「才送走了，有的沒的也囑咐了半日。她難得來瞧瞧殿下，殿下偏又正睡著。」阿寶點頭道：「這位娘子確是少見到些。」蔻珠道：「是，自打太子妃殿下歿了，她便算主西苑內宮——其實殿下統共只有那幾位娘子，一手就能數過來，又有什麼事要她管的？人確是好人，只可惜和殿下緣分忒薄了些。」

兩人等待熏衣，也算守著薰籠閒話，阿寶隨口問道：「這又是怎麼說的？」蔻珠娓娓敘道：「殿下元服婚禮，除了元妃，陛下一同指了三、四個人，她拜良娣，只下妃一等。雖說殿下平素便少在後宮用心，只是這位謝娘子也屬異數，聽說她前後承宣，一手也能數過來。」停頓了片刻，忽然伸出手去擰阿寶臉頰，笑道：「想來還是不入的殿下法眼，雖說是大家嬌養，不知怎麼就養出那樣一張黑黃面皮來，她若生就了妳這麼一副皮色，跟殿下也不至於夫妻緣淺至此。」阿寶從她手下避開，惱羞道：「姊姊和我略熟些，話就越說越走樣了。」蔻珠袖手，向她嘻嘻一笑道：「妳自己且往後頭看，就知道我說的是不是了。」

阿寶微微紅了臉，避開她目光，岔開話頭問：「聽說太子妃殿下是去歲歿的？」蔻珠點頭道：「是四月間，生小郡王的時候，母子兩個都沒保住。」又道：「總歸還是沒有母儀天下的福分吧。」阿寶望了閣內一眼，輕輕去扯她衣袖。蔻珠笑道：「不是說睡著了的嗎？」又指點她翻動薰籠上的衣物，接著道：「不過妳言語少，人也謹慎，這都是好的，比我初來乍到的時候強多了。」

阿寶問道：「姊姊侍奉殿下多久了？」蔻珠嘆氣道：「我九歲就入宮，當過幾年雜役，殿下冠前一年才劃入的東府，後來跟著到了這邊。」又問阿寶：「妳之前可還侍奉過何處？」阿寶搖頭道：「不曾。」蔻珠又問：「那妳爺娘兄弟呢，都在京裡？」阿寶淡漠搖頭道：「爺娘都離世了，我也沒有兄弟。」蔻珠見她如此，也不再多言，只是輕輕摸了摸她的手。

忽見定權的近侍入內，詢問道：「周常侍來說，張尚書來了——殿下還沒起？」蔻珠點頭道：「知道了，請張尚書少待，我這就去請殿下起身。」又指著那件衣服囑咐阿寶：「勤轉移些，省得沾上了炭氣，殿下是不喜歡的。」這是正大事，她嘴角卻帶出一個多餘的清淺笑意。於是本應當是奴婢對主君苛政的誹謗，便陡變成了女子對情人縱容憐愛的抱怨。

因處燕居，定權只穿著一件褙子，此刻蔻珠幫他在外又加了道袍，服侍他掠鬢整冠，這才吩咐將人引入。張陸正依舊如前具服前來，見面後施禮道：「殿下像是大清減了，臣等死罪——只求殿下明示，究竟所為何事？」定權讓他就座，搖頭道：「孟直不必憂心，罪由可笑，倒無須計較。為的不過還是李柏舟的那樁公案。」將經過大略說了說，又笑道：「陛下就算為了擺個樣子給外人看，剝剝我的臉面，也算不得什麼大事。」

他雖然避重就輕，張陸正聽了事由，個中原委卻也想明白了，他既不肯明說，也便不再點透。如此沉默了片刻，方將隨身帶來的一只錦函奉上。定權疑惑打開，見是薄薄兩卷麻紙，展開略看了一眼，驚喜道：「孟直果然神通，此等珍奇都能網羅。」細細看了片刻，愛不釋手，嘆道：「只怕奪人所愛，實在於心不安。」到底覺得這言語實在不夠誠懇，自己便先笑了。

張陸正道：「臣於此道，不過所好平平，殿下不見棄，是臣的榮幸。」定權笑道：「孟直謙遜。只是我如今還算是待罪，也不敢多留孟直，待日後再親自為孟直點茶作謝如何？」張陸正見他的目光始終未從字帖上移開，滿臉皆是一派天真的歡喜神情，微覺難過，終於又靜靜等待他賞玩了片刻，方道：「臣今日辭去，日後再想蒙殿下賜茶，只怕不及從前便利。」

定權抬目驚問：「此言何意？」張陸正苦笑道：「臣今日朝後聽聞，陛下已徑發敕旨，以臣等佐導殿下失職為名，欲更換詹府屬官。如今敕書已經返回門下，中書省又空虛，只怕早則今日午後，遲則明日午前，便有旨意到詹事府了。」

定權放下字帖呆坐半晌，方問：「可知道這次替去了的都還有誰？」張陸正嘆氣道：「凡舉正官和首領官，皆卸載詹事府職事，仍各領本職，倒還未聽說有別的處分。」定權頷首，良久方冷笑道：「我當日忖度著也會有這一手後續，看來還不算愚昧到底。只是動作如此之快，牽涉如此之廣，還是意料。」

張陸正無奈勸慰道：「殿下不必思慮過度，事已至此，想必陛下……不至再窮究前情。臣等仍領部務，省部中事，仍可為殿下效力如前。」

定權站起身，上前握住他手道：「非我疑孟直用情，只是今後，孟直再來見我，便屬私謁之罪，只恐諸事亦將大不易。」想了想，又咬牙嘆道：「何況使人寒心，一詔中旨，斷獄亦可，廢立亦可，生殺亦可，何至於計算至此？」

張陸正亦起身，勸道：「殿下切勿做此洩氣語。休說大司馬現仍在苦戰，與殿下有脣齒之依，就是想想孝敬皇后，殿下也萬不可心存此念。」定權不覺隱痛，打斷他道：「孟直不必多說，我何嘗不知道這些？只是近日總是想起盧尚書來，想起他總對我說，君是天，臣是地。父是天，子是地。他若還在，我是真想問他一句——那麼天地之間，人又在哪裡？」他忽然提及已故先師，張陸正無言以對。

良久沉默後，卻是定權再度率先開口：「放心，不為這虛位，不為著你們，單是為自家一線生機，我也斷然不會往後退讓半步。」

是夜蔻珠當值，替定權打散了頭髮，又細細為他梳理，輕聲附耳道：「小人今天又問過她了，她仍舊是那幾句話。」見定權面色悻悻，似無關注之態，便垂頭附耳，問道：「殿下？」定權敷衍「嗯」了一聲，心中無賴，抬眼漫視鏡中，伊人雪白藕臂之上纏繞了自己的烏髮，黑者愈黑而白者愈白，說不出的嫵媚妖嬈，不由伸手去撫摸她臂膊。蔻珠笑了一聲，展臂環抱住了他的頭頸，將側臉貼在他髮上，只覺心愛到極處，反而無話可說，仍是低低叫了一聲：「殿下。」

定權再入宮時，上巳節已過，軺車窗外，御柳拂道，桃色灼灼，已經又逢一年春光。而由禮部尚書何道然領詹事府詹事事的敕文也早已下達，與敕文同發者尚有皇帝諭令，言儲副以養德為最重大事，務本清源，始自今後，以禮書兼詹事，家國兩利，當成國朝定例云云。

於清遠殿中謁見皇帝，皇帝瞥了一眼垂首跪在下首的定權，道：「你的上奏朕看過了，只盼你心裡想的，也像紙上寫的，一樣明白。」定權低聲答了一句：「是。」便不再說話。他半晌沒有動靜，皇帝微作色道：「怎麼？」卻見他側過臉去，悄悄牽衣袖拭了一把眼角。

皇帝這才發覺他面上淚痕闌干，卻是前所未見，心中微感訝異，又問了一句：「朕說錯了你了？」定權掩袖而泣，不肯回答。皇帝也只任由他哭泣，待半日才聽他哽咽道：「兒德薄福淺，母親早逝，如今又憂遺君父，失愛於父親。當日在閣內的昏悖言語，實在是羞與愧兼有，情急下不得已而為之，爹爹千萬體諒寬容。」他的聲音本清澈明媚，此刻邊哭邊訴，更顯情真意切。皇帝也似頗為所動，上前欲扶他。定權膝行兩步，已經環抱了皇帝兩膝，埋頭飲泣不止。他突做此態，皇帝也無法可想，只得伸手拍拍他的肩膀，道：「此事朕也有過錯，所以思前想後，還是重新給你檢定了班底，何道然是大儒，有他來扶持你，應當比旁人強些。」又道：「現在小恥小痛，總好過將來大恥大痛——你心裡不要埋怨爹爹。」定權哭道：「兒若有一念至此，天地不容。」皇帝拉他起身，又撫慰了他兩句。定權才慢慢收了眼淚，謝罪道：「臣失態了。」跟隨王慎下殿重新洗臉理容，方又向皇帝行禮，請旨道：「臣還想去中宮殿內請安。」皇帝依允，目送著他離去。

定權於中宮用過午膳才辭出，出了宮門，踏上軺車，看了道路兩旁金吾一眼，放下簾幕，隨手正了正頭上冠纓，冷冷一哂，吩咐：「回家。」

是夜皇帝宿於中宮，皇后親自替他解除外袍，一面尋閒話說笑道：「太子今天來過妾這裡，倒比平日多說了好些話，還求妾再跟陛下進諫，說讓陛下休再煩惱。」皇帝冷笑，道：「他今日在朕那裡也哭了半晌。」皇后思量了片刻，小心勸解：「太子年紀還輕，陛下教訓過了也就是了。他一個沒娘的孩子，心事本來就比別人分外重些，陛下這麼待他，他心裡難過，以後豈不更加多心？」皇帝哼了一聲道：「他難過？他是朕的兒子，朕不知道他在想什麼？」皇后奇道：「陛下說什麼？」皇帝甩手進了內殿，皇后遙遙只聽見了一句：「其心可誅！」

殿外月至中天，月色如銀如練，東風臨夜，宮中府中，卻皆仍一涼如水。

第五章

已向季春

齊王蕭定棠從宮中回府，進了暖閣，脫下外頭衣裳，接過宮人奉過的澡豆，在金盆中洗了手，一面笑對早已在閣內翻看書帖的定楷道：「你也聽說了吧？昨日三郎在陛下那裡做的一齣好戲。我聽康寧殿的人說，哭得那副模樣，端的雨打梨花、露壓海棠一般。他不當這儲君，到瓦子中去，未必不能成些事業。」定楷不由也噗哧一笑，問道：「康寧殿何人說話如此中的？也只有他那副皮相，哭起來，當得起這八字考語——只是他為人一向有些孤僻執拗，何以這次要一反常態？」定棠瞥了他一眼，冷笑道：「這就是他的精明處，他是把天心都勘透了。」

定楷放下手中字帖，偏頭問道：「天心？」定棠點頭道：「李柏舟之獄，雖然是由杜蘅和大理寺出的頭，誰都知道背後是東朝和張陸正的指使。當年張陸正在刑部任左侍時便跟杜蘅交好，杜蘅從清吏司郎裡中脫穎而出，逕遷刑侍乃至刑書，也是張陸正出的人力。秋審事小，太子卻怕牽扯出大事。他護著杜蘅，其實是護著張陸正，也是自保。兩害相權，若你是他，你選哪個？」定楷笑笑道：「是我當然也選一頓棍子銷帳——這事就到此為止了不成？」定棠蹙眉道：「陛下有陛下的打算，你以為他閒來無事想起來扑作教刑[17]，非要三郎挨

17《尚書・舜典》：「象以典刑，流宥五刑，鞭作官刑，扑作教刑，金作贖刑。」意為用木條打作為對學生的刑罰。

這頓打才後快？不是為張陸正才打的三郎，而是打三郎為的張陸正。如今名正言順把他從詹事府調開，也算隔開了他們。新任的詹事是何道然，少詹是傅光時，一個是肩上四兩擔子都扛不動的角色，一個乾脆就是牆頭草。陛下和三郎都清楚，如今還未到時候，不過是各退一步罷了。」

他站起身向前走了兩步，按住定楷肩膀道：「這事是急不得的。朝廷如今還對外用兵，不過三年五載，待顧思林馬放南山的時候，也就是他儲君的位子坐到頭的時候，你我權且耐心等著便是。」定楷點頭道：「話是這麼說，只是自前年來聖躬一向違和，要是一直這麼拖延下去，到時真教他接了位，你我又該當如何自處？」定棠咬牙笑道：「你想到的，太子早已想到過，聖上也早已想過，各懷著一副心思。陛下這幾年聖體欠和，精力也大不如前。京裡京外，六部上下，盡是顧黨。李柏舟的案子，一時未審，竟遭他們擺弄於股掌之上。事後亡羊補牢查了幾番，竟然滴水不漏，也只能藉著這種事朝他開開刀。太子這幾年的性子是愈發地乖戾了，對你我兄弟也一向是銜恨在心。陛下雖是早就看不慣了他，但真正觸了他大忌諱的，還是李柏舟那檔子事情。看如今這情勢，就說是有朝一日太子想學了楊英，只怕陛下也是相信的。」

見定楷聞言面露怯色，又笑著寬慰他道：「我也只是將難聽的話說在前面，你不必過於憂心。普天之下，莫非王土。東朝再怎樣，也不過是陛下的一個臣子，陛下心裡既存了這念頭，你還怕他能夠回天不成？何況還有我在。」定楷默然片刻，才又開口問：「他閣中可有什麼消息傳遞出來沒有？」定棠搖頭道：「都是瑣事。你也知道他，比蓮蓬還多長了幾顆心，真想叫他相信哪個人，比登天還難。罷了，慢慢等吧，休存大指望，但也不可無安排。」接過宮人的奉茶，喝了兩口，又補充一句：「和他的親娘一模一樣。」

定楷似有了些興致，問道：「大哥是說孝敬皇后嗎？聽說太子的長相就是隨她。」定棠笑道：「不錯，所以陛下從前私下裡跟母親說過，一個男子生成那副模樣，便是妖孽，偏偏先帝喜愛到不行。」定楷道：「我記得孝敬皇后是定新六年薨的吧？所以第二年才改了元。那時我年紀還小，記不清楚。」看看定棠面色，又遲疑問道：「大哥，我怎麼聽宮裡面有人說她不是病故的，是教母親——」

定棠登時沉了臉，厲聲喝斥：「住口！宮裡旁的沒有，多的是蜚短流長，說這話的人當場就當打死。你不小心聽到也就罷了，居然還敢存放在心裡，還敢拿出來胡言亂語詆詬尊長！」見他面色煞白，復又好言勸慰：「你還小，有些事尚且不懂。可你要記住的是，你和我才是嫡親的兄弟，若不同進共退，真讓他得了天下，他待陛下和皇后尚且如此，你我在他手上可還會有生路？」定楷慢慢點了點頭，道：「大哥，我知道錯了。你說的話我都明白，其實因為是你，我才說這話的。」定棠笑道：「這才是了。」又問道：「你如今在臨誰的帖？我倒從陛下那裡得了幾幅前朝好字帖，你來看看可喜歡？」

春日遲遲，午後的日影攜帶花影，漸漸遊轉到廊下。和風澹澹撲入書窗，夾著啾啾鳥鳴，融融花香，也翻起了一陣翰墨書香。定權移開鎮尺，滿心得意地看了看自己所臨字帖，又四下一環顧，招手道：「妳過來。」阿寶不知所為何事，緩步上前，便聞定權笑道：「妳過來瞧瞧本宮這手字，比之庾稚恭如何？」阿寶草草看了一眼，是一篇臨摹的五行字帖，行書近楷，圓轉流動，俊秀飄逸，與原帖相較，幾乎無兩，內容卻一時難以辨別完全。

忖度了片刻，不知如何恭維頌揚方適合，遂小心回答：「小人看不出來。既然是殿下寫的，那一定是極好的。」定權不滿道：「這算什麼話，什麼叫殿下寫的就好？妳不是說自己也念過幾年的書嗎？」阿寶笑道：「小人只是認得幾個字而已，哪敢品判殿下的書法？」定權微一蹙眉，玩笑之心忽起，起身笑道：「妳過來，寫兩個字給我看看。」阿寶忙推辭道：「殿下折殺小人了，小人怎麼敢擅自搬動殿下的文具？況且小人書道本無根基，如今硯草久荒，只怕有汙殿下鈞鑑。」定權橫了她一眼道：「人才來了沒多久，差事都還做不俐落，敷衍的話倒學會了十成——叫妳寫妳就寫，本宮還看不出來不成？」

他言語中已有了三分不耐煩，阿寶略一思忖，明白他多疑的性子又發作了，只得敷衍道：「小人僭越了。」接過他手中的牙管雞狼毫，舔了舔墨池。不知是久不執筆，還是驚惶，手腕抖個不住，勉強抄了帖子上的前兩句，便滿心羞赧地抬起頭來。她這副模樣可憐與可愛兼有，定權輕輕一笑，伸手拈起那張紙。是一筆正字，初看還算乾淨漂亮，卻究竟與骨架風度沾不上幾分關係，信口嘲笑道：「這事上妳倒老實，妳究竟練過幾年字？」阿寶臉一紅，道：「前後也有五、六年，教殿下見笑了。」定權笑道：「見笑好說，只是妳這個樣子，放在宮裡，戒尺怕都要打折幾條。」話一出口，忽又想起前塵故事，不由發了半晌呆。

他面色難得的柔和，眉宇間隱隱流轉著一派沉靜儒雅氣象，目光中似有暖意融入窗外春色，卻又不似在看什麼東西，阿寶從未見過他這副模樣，亦不敢出聲呼喚。定權半晌方自己回過神來，銜笑道：「妳來，我來教妳怎麼寫。」他的聲音異常柔和，反令阿寶心驚肉跳，推辭道：「小人不敢僭越。」定權笑道：「妳不必害怕，既已學過幾年，中斷了可惜，不妨接著學下去。」見她只顧遲疑，便起身拉她走到案前，將筆交入她手中道：「妳再寫兩個字我看。」

阿寶無奈，只得又寫了幾筆。定權側首打量，仔細替她糾正了持筆姿勢，道：「妳書真字，手去筆頭二寸一分，指上用力全不在地方，妳的老師沒有指正過嗎？」阿寶搖頭道：「我沒有老師，只臨過幾年顏柳帖。」定權也不再問話，伸出手握住了她的手腕，在紙上重新寫下了一句：「已向季春，感慕兼傷。」

他是從背後貼過來的，衣上熏著的沉水的香氣，一瞬間侵略了室內原有的淡淡花香墨香，使她一時覺得透不過氣來。他的手指仍舊冰冷如前，可此刻貼在她火燙的肌膚上，卻有一種說不出的愜意。她一動也不敢動，一動也不能動，只能任由他把持著自己的手腕，一豎一直，一勾一挑。恍惚便有一瞬間的失憶，不知此身為誰，今夕何夕，再無過往，亦無未來。

定權望著手中潔白柔荑，想起幼小的時候，自己尚是寧王的世子。也是這樣的春天，母親把著自己的小手，在紙上寫下了兩個字。母親的手，如瓷如玉，象牙的筆桿在她的手中，竟也被襯得微微發黃。字如書者，婉若麗樹，穆若清風。那樣的人，那樣的字，母親含笑對自己說：「這就是你的名字。」

他的手上忽然增加了兩分氣力，阿寶微微一驚，手腕一撤，那個「傷」字的最後一撇便偏了出去，在紙上劃出老長，鋒芒般刺目。定權回過神來，心中仍在突突亂跳，亦怕阿寶看出了自己的失態。抬頭看了她一眼，見她低著頭，連耳根都紅透了。他暗自舒了口氣，開口笑罵：「好端端教妳寫字，妳在胡思亂想些什麼？」她的聲音低得猶如蚊蚋：「沒有。」望了一眼案上，又慌忙道：「殿下，小人去催茶。」定權好笑道：「回來，這幾個字再寫一遍，寫不好，可要罰妳。」阿寶低聲應道：「是。」按他教授的方法重新把筆，將兩句又抄寫了一遍。定權嘆氣道：「妳還是去催茶吧。」

阿寶答應一聲，如蒙大赦般急匆匆向外出了閣門，抬頭忽見蔻珠靜立一旁，也不知她究竟已在此處站了多久，不由訕訕叫了句：「姊姊。」蔻珠嫣然一笑，溫聲道：「快去吧。」

定權凝視面前古帖片刻，從筆架山上另外揀了一管長峰紫毫，於紙上側峰走筆，一蹴而就。

蔻珠入閣，見他執筆呆坐，走上前去替他整理案上字紙，將庾氏的原帖小心收回漆匣中，一面提引了一句：「殿下，明日逢五，東府可是要查殿下課業的。」忽見定權適才新寫的書帖擱置一旁，托起來仔細看了看，滿心喜歡，不禁問道：「殿下的這幅字若無他用，賜了小人可好？」

定權斜睨她一眼，不知緣何，心下陡生不快，將筆一投，冷笑道：「輕狂東西，略抬舉妳們兩三分，便都忘了自己身分不成？」蔻珠的肩頭輕輕抖了一下，面孔瞬間翻作煞白，半晌才跪地謝罪：「小人死罪。」定權揚手道：「先下去吧。」蔻珠答應了一聲，轉身退出。方至閣門，聽得身後定權淡淡說了一句：「是我心裡不痛快，這字也未見佳，日後寫幅好的給妳。」蔻珠停下了腳步，亦未答謝，亦未回首，只是輕輕「嗯」了一聲。移步出閣時正碰見阿寶捧著茶水入內，抬頭對她笑道：「殿下不高興呢，妳小心些。」

阿寶記得定權片刻前還是言笑晏晏，不過他既然一向如此，亦不足為怪。進入閣內，果見他已沉下了臉，拉過紙來開始書寫窗課，所用卻是修正雍容的正楷。聞她近前，頭也不抬，只吩咐：「墨。」

阿寶依言上前，取過墨錠，於硯池中慢慢地千迴百轉。沉水的香氣退散，窗外海棠的幢幢花影，投上她研墨的手指，投上他握筆的手指，也投上了案上筆架山邊，蔻珠方才索要未遂的那張粉箋。罕見的昳麗字體，鐵畫銀鉤，光燦眩目，筆筆皆華麗，字字如金玉。雖以墨書紙，卻有著勒石鑄鐵一般的剛勁鋒芒。

適才未來得及完全辨識的文字，憑藉這種法度森嚴的重新書寫，得以一目了然：

已向季春，感慕兼傷。情不自任，奈何奈何。

本是幾世前人的含混斷章，這個現成春日的飛花流雲、鬢影衣香卻一一成了它最精準的注疏。字裡行間浸淫著的不知緣由的失意和傷心，被富貴得咄咄逼人的筆畫所妝飾，漫生出一派頹唐靡麗。

第六章

慘綠少年

定權次日入宮，先事早朝，又在定棠、定楷兩人的陪同下出閣聽過筵講。兄弟說了幾句話，定權懶得敷衍，便先辭行。及出宮門，正想上東宮軺車，斜刺裡忽然閃出一個穿綠袍的年輕官員，向他行大禮，口稱：「臣詹事府主簿廳主簿許昌平拜見皇太子殿下。」定權心中疑惑，四下環顧卻再無他人，只得答道：「許主簿請起。」待他站定，不免上下打量了他一番，見他頭戴烏紗襆頭，身著淺綠圓領官袍，不出二十四、五的年紀，一張清俊面孔甚是生疏，從前從未謀過面。

近年來天家父子參商，自前任中書令李柏舟伏誅以後，除定權母舅外，非但三公三孤的加銜無人再得，左右春坊的職位大多虛懸，剛剛詹事府上下一干人等又被洗換得七零八落。直至今日，除了詹事和少詹，定權連詹事府一干正官都未見全，何況一個協助勾校文移的從七品首領官。若非他適才自報出處，就是作夢都想不到朝中還有這樣一號人物。他分明是等候在宮門，定權難免生疑，含笑問道：「許主簿在此，是有什麼公務嗎？」

許昌平躬身還禮道：「臣不敢當。只是臣確有一二諫言欲報殿下，雖臣位卑言輕，亦望殿下折節降指，猥身辱聽。」他果然有話要說，定權回首望了望宮門，無奈道：「本宮願聞指點，只是此處說話大不便宜，我此刻便還西府，許主簿若有高論，不妨過府一敘。」

許昌平認真思考了片刻，答道：「臣謹遵殿下令旨。」他年紀輕輕，行動說話倒是頗有些書生意氣，一板一眼以致可笑，定權不免一笑上了車。左右無事，一路胡亂猜測，卻怎麼也想不出這個芝麻綠豆官究竟有什麼話非要截住自己說不可。

及過午後，西苑內侍通報，許昌平果然以詹事府主簿的名義拜謁儲君，定權便也更換衣裳出外接見。兩次三番施禮如儀，許昌平方才推辭著坐下。定權又命人前去煎茶，既不知他來由，仍然虛禮問道：「許主簿是前幾日才上任吧？」

許昌平答道：「臣忝列壽昌六年進士科，以三甲第一百一十八名，授禮部太常寺博士，此次任滿，轉遷詹府主簿。」他的功名尋常，履歷亦尋常，定權隨口敷衍道：「哦？太常博士是正七品，詹府主簿廳首領是從七品，為何轉遷反倒委屈了主簿？」

許昌平不述緣由，只是正色道：「臣是帶七品銜轉，何況詹府佐導青宮[18]，責任重大過於其他，何敢言『委屈』二字？」

他既然提到了公事，定權便也笑道：「許主簿無須多禮，既到了這裡，有話直言便是。」許昌平便也不再客氣，開宗明義問道：「臣謁殿下，是有一事請教——殿下日前得罪，可是為了去歲李江遠獄事的緣故？」

18 東方屬木，於色為青，故稱太子所居為青宮。代指太子本人。

定權在西苑駐足不出兩月有餘，雖對外說的是抱恙休養，但朝中知曉他其實是被皇帝處罰禁足的也不在少數。

許昌平身在詹事府，聽說了並不奇怪，但個中真正緣故，除了皇帝齊王等數人，並不為外人所知。他不過一個七品小吏，非但知曉得如此清楚，居然還敢在自己面前肆無忌憚地說了出來。

想到此處，定權一張臉早已變色，放下手中的茶盞，冷冷說道：「日下朝中流言四起，說陛下與本宮失和。這種詆毀天家的昏言悖語，輕裡說是在朝傳謠，重裡說就是大不敬。

主簿雖是初遷至詹府，卻也到底三載為官，斷不致出言如此輕浮。這話是主簿從何處聽得的，抑或是何人教主簿說的？」他年紀雖輕，然而一旦作色，鮮有不畏懼者，許昌平卻並未驚惶，一拱手道：「殿下不必疑心，不是陛下教臣來的，也不是齊藩教臣來的。是臣身為詹事府屬官，職守本就是輔弼殿下，臣不過欲以一己之綿力，為殿下盡忠而已。」

定權不妨他一口便辯白得如此清楚，心下疑惑轉劇，良久方道：「輔佐本宮，上有正少二詹事，左右有坊局，整個衙門裡頭，難道只剩你一個總雜務的文書不成？」

許昌平道：「臣知殿下必不信任臣，只是臣還有一語，欲請教殿下。」

定權望他半晌，終是點頭道：「你說。」

許昌平道：「請問殿下，中書省內李江遠留下的空缺已近一載，陛下卻為何仍不擢選遞補？」說罷也不待定權回答，躬身施禮，竟自揚長而去。

定權面色陰沉，駐留原地，再四思索，走回書案前，援筆寫了一張字條，方吩咐身邊一內侍道：「去將詹事府的主簿再請回來。」

太子差出的內侍騎了快馬，跑了兩三條街，終是截住了一路走馬觀花的許昌平。許昌平整頓衣衫，再度施然登堂入室，四下稍一環顧，朝定權行禮道：「臣見過殿下。」

定權這回沒有起身，只抬了抬手讓座道：「許主簿請便。」許昌平亦不再推託，謝恩後便撩袍坐下，問道：「殿下宣召，可另有令旨？」定權著人將奩中字條交付許昌平，笑問：「如此舉動，主簿沒有異議吧？」

那是一張尋常紙箋，其上只有寥寥數字，前無抬頭，後無落款，無章無印，許昌平面上卻微微改變了顏色，喃喃自語：「鑄錯麗水，碎玉昆山——金錯刀[19]？」

定權笑道：「許主簿果然博識。」

許昌平搖頭道：「實在是殿下文翰名噪天下，今日始得瞻仰，臣不勝榮幸。」

19　金錯刀原為李煜所創書法，已亡佚，此處借名一用，文中實指一種偏於行楷的筋書。

將那張字條親手奉還定權，方道：「臣並無異議。」

定權嘴角一牽，微笑道：「既如此，便請借許主簿慧眼一觀——中書省的空缺，陛下究竟會選擇何人？」

他問得直白，許昌平也答得直白：「依臣之愚見，陛下大概是什麼人都不想選了，殿下以為然否？」

定權嘴角輕輕抽搐了一下，道：「願聞其詳。」

許昌平道：「臣此語有謗君之嫌，先請殿下恕罪——李江遠一獄，於世人眼中，起於帝師，興於法司，其利盡歸於殿下。豈不知本朝鞫讞[20]之嚴，遠甚從前。李柏舟身處高位，又在議貴之列。此事若不得陛下默許，縱然網羅編織再嚴密謹慎，又焉得最終成獄？」

定權仍然不置可否，接著問道：「今上英主，光明燭照，依主簿所言，何以會容許臣子弄權，以蔽天聽？」

許昌平道：「陛下所為無非二字，集權而已。」

定權心下一驚，擊案低聲喝斥：「你大膽！」

許昌平面色不改，離座跪倒，正色道：「聽者若非藐藐，言者則必諄諄。臣雖鄙陋，此行亦有置死生於度外之覺悟。請殿下容臣稟報完畢，再行發落不

20　音局宴，審訊之意。

遲。」

定權默視他良久，舉手示意，待閣中侍者盡皆無聲退下，方開口：「本宮此處，並無洞開之水亭，亦無畫灰之火箸，效不得李宋故事[21]，還請主簿慎言。」

許昌平略笑笑，以示知情，道：「殿下母舅顧氏諱思林，兩朝親貴，一門簪纓。國舅自先帝皇初末年始即以樞部尚書身分輟部務提督京營，定新年後又以長州都督身分鎮守長州，以禦外虜。雖近年陛下分將分兵，國舅掣肘甚多，但軍中舊部仍蔚為可觀。長州乃本朝北門鎖鑰，襟山帶河，國舅鎮於彼，進可擊虜，退可守城。勢重權危，世人共識。」言及此處，突然轉口問道：「臣數年前曾到過長州一次，登危城深池而望大漠弓月，萬里長風，似可想見正正之旗，堂堂之陣。不知殿下鶴駕可曾駕臨彼方？」

定權哼了一聲，道：「生於深宮，成於婦人之手，本宮便是實例。我連京師都不曾出過，何況邊陲重鎮？」

他語有悻悻，許昌平只作未察，清了清嗓子接著說道：「而李氏其人，出自

21《資治通鑑》卷二百七十：（徐）知誥（即南唐烈祖李昪原名）欲進用（宋）齊丘而徐溫惡之，以為殿直軍判官。知誥每夜引齊丘於水亭屏語，常至夜分，或居高堂，悉去屏障，獨置大爐，相向坐，不言，以鐵箸畫灰為字，隨以匙滅去之，故其所謀，人莫得而知也。意為此二人為保密不留證據，總在水聲掩蓋下說話，或把字寫在爐灰上，方便擦去。

高門，又是當年科舉中的探花。起初以文官領軍職，其後又以軍職轉樞部，樞部轉吏部，終至入相。與舊貴相較，自屬後起新秀，然朝中軍中兩頭勾引，又與齊藩絲連不斷，陽奉陰違，首鼠兩端，把持省內，致使參知平章皆同虛設，全賴部中吏刑二衙與之抗衡，只是如此一來，又使政令難行，雖天子詔敕，不免屢成虛空。」

他抬頭看了定權一眼，右手按了按膝蓋，方冷笑道：「外有強將，內有強相，臥榻之側，酣眠虎狼。殿下如處其位，可能得一夕安寢？」

定權目視遠方，良久方抬手道：「主簿起來說話。」

許昌平站起身，大略整理身上服裝，行至定權身後道：「陛下欲除李氏，效周天子直掌六卿以抗外強之念，想來並非起自這一、二載，無非是藉著殿下的處境和人事，坐享其成罷了。只是此役施行，殿下在明，而陛下處暗，此役一畢，惡名盡數殿下，而隱利歸於聖上。臣妄忖殿下的委屈和不平，怕不止於藏弓烹狗，更在禍由自攬，卻終究不免與人作嫁。」

定權年來心中所慮所惡，此刻被這個七品小吏點化得明明白白，一時間連兩太陽穴都突突亂跳，搖頭笑道：「主簿這話，若無憑據，果然濯盡黃河之水，也洗不去一個謗君的嫌疑了。」

許昌平在室內踱了幾步，見陳設並不奢侈而潔淨卻如明鏡臺，想像他平素為人，不由笑道：「殿下若硬要臣說憑據，臣愚昧，只敢妄測——譬如本朝前星正位本在延祚宮，距離臣奉職的新衙門僅隔一道御溝，一堵宮牆，可臣今日謁見殿下之所，為何卻在此既無水亭，亦無火箸之處呢？東宮修繕兩年前便已竣工，陛下何以遲遲不詔殿下還宮，未嘗沒有給殿下行方便的苦心在其間吧？」走到定權面前止步又道：「又譬如本朝制度，太祖創建。東朝宮臣，上有詹府，下轄兩坊一局，員屬皆由朝臣兼領，職事相通。聖慮長遠，所為者，無非係宮臣朝臣為一體，不致使東宮班底另成體系。陛下明知吏書為帝師門生，又有交遊之嫌於舊貴，何以竟使吏書為詹府領袖長達四載，至今方予解散拆除，而使昌平晚輩小子，登堂入室，始有機緣侍奉青宮。這其間的深意，也是臣輾轉反側，揣摩不得的。」

定權依舊搖頭咬牙笑道：「主簿這話還是不近情理——果如主簿前言，或者在主簿眼中，本宮竟然愚頑至斯，不察陛下聖意而甘為逐兔走狗？」

他迄今不肯鬆口多吐一字，許昌平只得嘆氣道：「如今情勢，將軍在外，殿下留京，陛下欲以殿下束將軍，而將軍欲以殿下抗陛下。殿下身處其間，極力斡旋之餘又要謀劃自保，風波險惡，行路艱難，可想而知。李獄之後的禍事固為遠慮，如劍懸頂波及未來。而李氏齊藩之禍卻屬近憂，如劍指喉危及眼下。殿下先謀保全，再圖將來，策劃英明，見識長遠，豈是臣能夠全然領略的？」

定權冷笑道：「主簿何乃太謙。只是若依主簿所說，這局中人今後又當如何自處？」

許昌平道：「如今六部，吏刑多親殿下，樞部則控於陛下，工部不足論道，禮戶事不關己，搖擺無定。鈞衡之位絕不可如陛下之願懸而廢，中書令若成虛位，則三省皆不免成空中樓閣，陛下直掌部中大政庶政，塚宰為六卿之首，首當其衝的便正是張尚書，陛下屆時豈能容他？他一旦摧折，則殿下斷臂矣。鈞衡之位亦絕不可如殿下之願舉而存，便是一時得由張尚書領銜，未來未必不成李柏舟第二。」

定權不置可否，問道：「哦？那麼主簿的見解，倒是怎樣最合適？」

許昌平一笑道：「此等國是，便非臣一芝員芥吏所能置喙的了。或者殿下費心調停，即便做不到有益於陛下又有益於殿下，或能做到無害於陛下亦無害於殿下，於陛下處免生多少枝節不說，則李氏一事，說句市井銅臭之語，到底得利多些的還是殿下。」

定權畢竟沉吟不語，許昌平又道：「陛下日前之舉，在殿下看來，固有藏弓之嫌。只是陛下聖心，卻也需要殿下體察。陛下平素最忌，便是殿下在朝結黨。李氏一獄，不論殿下有多少苦衷，無論陛下事先察與不察，羅織之嚴密，手段之凌厲，凡舉君父尚在，臣子便為此狀，為人君者怎能不心驚？朝事紛爭，誰能擔保日後再無類似情事？長此以來，父子間芥蒂難免愈演愈深，初為疥癬，終成瘡癰，以至於腹心。此次重整詹府之事，一為誡殿下，一為告世人，這且休論。只是殿下日後對待陛下和臣下當有的態度，還請殿下深思。臣進奉殿下四言，『不膠不離，不黏不脫』，這是殿下御臣下當有的態度；『溫柔和順，盡善盡美』，這是殿下事陛下當有的態度。」

見定權沉下了臉，又冷笑一聲道：「臣知殿下心內不豫，以臣易地臣亦不豫，但請殿下聽臣把話講完。陛下為父，則殿下子逆父為不孝；陛下為君，則殿下臣逆君為不忠。殿下日後得承大統，萬里同風，史筆捏在殿下手中，這終究不過細枝末節無傷大雅。但如今江山仍是陛下的江山，殿下就不怕一個不忠不孝的罪名扣下來，辱身生前不說，百世之後，誰人還能得知當日之情？誰還會知殿下亦有委屈，知天心亦有不明？」

定權微微搖頭，自嘲一笑道：「今上聖明。」

許昌平亦搖頭，道：「陛下信否，決於陛下。殿下為否，決於殿下。臣說的原本就不是一事。殿下努力至此，其中艱難辛苦，臣不敢思且不忍思，若因為這點面子上的事情給了他人口實，則臣深為殿下不值。」

定權頷首道：「主簿還有什麼話，不妨全都說出來。」

許昌平沉默許久，突然額手行大禮道：「臣再有話說，便是族滅之語——終有一日，虜禍既平，大司馬功到奇偉即為罪名。天地雖廣闊，何處可避秦？國舅若不保，殿下又何以自安？這一條，想必殿下心知腹明，陛下亦洞若觀火。殿下所能利用時間，不過是這三、四年而已。長州去國甚遠，京師又為上直京軍兩衙共三十六衛拱璧，未雨綢繆之事，只怕殿下也要開始顧慮了。」

定權陰鬱地望著眼前之人，心中驚悸到了極處，言語反而平靜下來：「今日之語，本宮並未聽到。只是主簿就真相信今日之語，本宮此處人亦未聽到？」

許昌平道：「這正是臣接下來要說的。臣深知六部地方，皆有殿下舊臣。只是殿下今後必當如臨淵履冰，不可輕信半人。凡事務須詳察細訪，躬親思量，便是臣今日這番話，也請殿下仔細忖度，然後決定去存。這西苑雖無亭榭，卻要有池壕——勿放風雨入，勿放波瀾出。」

定權依舊不置可否，淡淡問道：「今日之語，本宮並未聽到，或者本宮此處人亦未聽到，則主簿何所求？」

許昌平道：「臣朽木駑馬，不堪承重駕遠。所幸者無非職事便利，位近前星，若可效犬馬驅馳之勞，則臣或可堪一用。」

定權笑道：「這是一層意思——本宮是問，主簿所求何？」

許昌平拱手道：「朽木駑馬，不敢望腰黃服紫，亦不敢求汗青遺名，若日後得伴鶴駕，再登樓覽月，則臣願足矣。」

定權大笑道：「人心原非如此，世情原非如此，主簿設身處地，或可諒本宮之多慮多疑。主簿不明言委屈，本宮如何敢傾心依賴？主簿既已拋家捨業至此，緣何反不敢開誠布公，推心置腹？」

許昌平抬眼望向定權，見他嘴角銜笑，一雙黯黝黝的瞳仁卻是冰涼的，半張面孔叫窗外夕陽映得血紅，半張面孔卻籠罩在屋內的陰影中。他這樣一副形容，如果真心笑起來，不知當何等教人如坐春風，可是現在這樣子看上去，便同看現世鬼魅一樣，徹骨生寒。

他若是個閒散宗室，此刻或者便可擁美唱和，賭書鬥茶；若是個平常仕子，便可踏青走馬，結社會友；若只是個市井小民，亦可閭裡相聚，把酒言歡。宮牆外的天地，宮牆外的人生，那麼廣闊，那麼自由，可是他卻只能站立於這滿院緊閉的殘陽之中，帶著沒有半分笑意的笑臉，小心翼翼地提防著接近自己的每一個人。

置何腹，推何心？若不坦腹示弱，則何以償腹內不可彰之私心？

許昌平終是嘆了口氣，低聲問道：「殿下可是有過一個妹妹，諡號咸寧，續齒為定，閨名諱柔，小字阿衡？」

一字一句如同裂雷一般，落入定權耳中。定權只覺手足冰涼，半晌才哆嗦著舉起了手，指著許昌平問：「你怎麼會知道？你究竟是何人？」

第七章

金甌流光

阿衡，阿衡。定權心中默念，這兩個字，他怎麼能夠忘記？這麼多年過去了，這個小妹妹的面孔早已模糊，只是記得，她那樣可愛可憐，桃花一樣的小嘴，剛剛學會含混不清地喊「哥哥」。

是許多年前的春日，因促狹而復古的廷臣們私下所謂的顧太子仍然頭總兩角，笨手笨腳地將幼小的公主抱在懷中，問含笑坐在一旁的顧氏皇后：「阿衡長大了，也會是娘這樣的美人嗎？這麼小的臉上怎麼貼花子呢？她的頭髮也能夠高高地梳上去嗎？」他俯下頭去親了親小小公主的眉心，自覺對她的心愛僅次於對他的母親。「不知道阿衡的夫婿現在哪裡？我可不能叫他隨隨便便就把阿衡娶了去。」

顧氏皇后身邊的宮人們嗤嗤笑了起來：「有太子殿下這樣的哥哥在，我們將來的駙馬都尉可是有苦頭吃了——只怕也會傷了妹妹的心。」不明白為何刁難駙馬就會傷害公主的顧太子糊裡糊塗地也跟著笑了。

貴重的紈扇隱蔽了顧氏皇后著稱於世的美貌，貴重的教養則隱蔽了她妙目中真實的神情，她如雲烏髮上的步搖來回擺蕩，於春光下漾出的燦燦金輝，映入顧太子笑彎的眼角中。

那片金輝中糾纏著一兩聲低低的咳嗽——公主的出世給皇后的心靈帶來了莫大的歡樂，也給她的身體帶來了不可逆轉的損傷。雖然她一雙兒女的父親並不在身旁，或者他正在陪伴趙妃和她的兒女，但是在顧太子遠比同齡人敏感和早熟的記憶中，這情景已足夠永成最珍貴的吉光片羽。

妹妹突如其來的夭亡，父親的冷漠，宮中的流言；母親摧肝斷腸的悲痛，父親的冷漠，宮中的流言；母親的沉屙，父親的冷漠，宮中的流言；母親的薨逝，父親的冷漠，還是宮中的流言。一幕幕，一場場，一句句，一聲聲。陳年的瘡痂再被揭起，其下的傷口卻從未癒合，反而漚出了膿血。刻骨怨毒如酒，越釀越陳，一瞬間翻湧而起，五臟六腑，皆被毒藥腐蝕了一般，從寸寸骨節，到絲絲毛髮，有知覺處，無知覺處，都在隱隱生痛。

頭上雙角已經總成髮髻的顧太子蕭定權，手足無措地獨自被遺棄在多年後的春日，雖然極力克制，卻仍然驚覺滿目金輝已經翻作了血色殘陽。他努力在一地血色中尋找到了面前之人，嘶啞了嗓音：「你都知道些什麼？公主的閨名你是從何處知道的？」

許昌平聽他聲音都已經判若兩人，心底也暗暗驚駭，撲通一聲跪倒，叩首道：「公主的一個保母宋氏，便是臣的養母。」

往事如風，拂面而過，風乾了定權額頭上一層薄薄的冷汗，他慢慢安靜了下來，頹然坐倒道：「說下去。」

許昌平道：「公主薨逝當晚，臣母輪值，並不在公主閣中。事後查究不出緣由，陛下言宮人失職，要將侍奉公主的宮人盡數處決。是孝敬皇后以為臣母幾經刑求，並不知情，做主赦她出宮。臣幼年失怙，稍長失恃，全賴養母撫育始得成人。養母待臣之恩，既同親出，又如再造。母親常言，皇后慈聖，無以為報，由是感念終身，至死不忘。今臣欲報之於殿下，即臣母欲報之於先皇后耳。」

定權呆坐半晌，自覺頭腦有了些虛空的清明，方開口問道：「許主簿請起吧，我記得令堂，她的眉心可是有一粒朱砂痣？」

許昌平起身道：「殿下穎達，只是臣母的痣，生在眼角。」

定權淡淡一笑：「是嗎？那時我年紀太小，記不清了。」又道：「本宮在此謝過主簿。主簿言同珠玉，本宮敢不重視？且君母於吾妹有保育之恩，君亦算是本宮半兄。」

許昌平連忙辭道：「殿下如此移愛，臣如何承當？先皇后對臣母恩德，臣必結草銜環以報殿下。」

定權笑笑道：「許主簿不必如此客氣，主簿蓍簪[22]不忘，存心實在難得。」

許昌平垂首道：「臣雖不敏，亦知絲恩髮怨，皆有所報。」定權點點頭，眼前的血色已逐漸退散，起身走至他身邊，上下打量了片刻，突然伸出手去，替他整了整衣領，道：「許主簿果真披褐懷金，只穿這慘綠袍實在可惜。」寒涼的

22 蓍，音施。蓍簪，以蓍草做的簪子，用以比喻故物或故田。

手指，擦過許昌平的脖頸，許昌平未料他忽然如此舉動，連忙迴避，還神後謝罪道：「臣無狀。」定權收回手，拈了拈指間汗水，微微一笑道：「如此方信，許主簿亦屬凡人，否則倒叫本宮不敢親近了。」許昌平凜然一驚，方察覺自己的層層重汗，早已經溼透衣領。

天色漸漸暗了下去，大內的鐘聲傳到此處，只剩悠悠餘音，已到了要閉宮門的時節。定權笑道：「本宮日後有疑惑，還望主簿不吝賜教。只是今日天時既晚，本宮卻並不敢相留。不知主簿以何代步而來？」許昌平道：「臣騎馬來的。」定權笑道：「我叫人備車送主簿回去。」許昌平推辭道：「並非臣不識殿下厚愛，只是如此，反倒惹人耳目。」定權這才作罷，親自將他送至殿前龜首[23]，靜立門扉之間，目送他身影消失，這才信步入室。

他命人喚過近侍親臣，吩咐：「將這條子送給張尚書，讓他徹查此次詹府和坊局新任職官的功名和宦跡。再去把詹府那個新上任的主簿，是何地人，他家中都有誰，他在京中住在何處，都做過些什麼事，都見過些什麼人，細細問清——這樁事情不要驚動旁人。」

見親臣一一答應，領旨而去，定權這才慢慢坐了下來，撫了撫額頭，伸手去取茶。乳花早已破盡，餘下涼透的碧色茶湯。建盞內壁上一滴滴幽藍的曜變

23 即抱廈，宋代稱之為龜首屋。

天目[24]，兩三萍聚，如同暗夜裡閃爍的一隻隻鬼蜮的獨眼。他心中焦灼，在那些眉眼的窺視中喝了兩口冷茶，忽而頭皮發麻，揚手便將茶盞摔在了地上。又伸手將案上燭臺、文具、書籍統統掃落了下來，方覺心中漸漸平和。

蔻珠和阿寶聽到室內巨響，急忙跑入查看。只見定權反剪雙手，踏著一地狼藉，正在向門外走，看到她們，安靜地吩咐：「收拾一下，也好。」

庭中有溶溶夜色，一爿明月已經排雲而出，雖非望月，卻也皎皎可愛。東風乍起，翻起滿院花草香，漣漪一般慢慢浮散，和如水月光一道湮溼了他的袍襬。定權於庭中靜立了片刻，舒了口氣，吩咐：「將晚膳擺到後苑水榭中去吧。」他年來難得有這樣的雅興，兩旁內侍忙連聲答應，去報告給周循。

周循又趕來問定權可否要宣良娣等前來相陪。他兼任月老的志趣是隨時隨處的，並非只在月下，這一回定權卻愣了片刻，才明白過來他說的是什麼意思，厭煩地擺了擺手，道：「多餘。」周循碰壁已慣，並不介意，提燈親引定權前行，見食案已經擺設水榭中央，周遭中涓[25]提燈，宮人秉燭，映得四下白晝一般，便知道眾人的耳朵又有一場劫難。果見定權皺眉道：「遊春重載，月下把

24 宋代建窯出產的茶盞，稱為建盞。曜變天目盞今僅收存於日本，天目本為日文てんもく，中文尚無適合詞彙可代替。

25 君王的侍從官。

火，這種殺風景的事情，難為你們一一做得周齊。」只得又張羅著替他驅散了一干人，命他們退至遠處，遙遙守望。

定權並無心進食，坐下後便把盞自飲。連同酒漿一起慢慢斟酌的還有那個許昌平說過的話。當日妹妹夭折，他在中宮守著母親哭泣，哭累了便沒有還宮。母親以為他熟睡，而輕聲囑咐親信女官的話，別的他都不記得了，唯有一言記憶猶新：「妳親自送她出宮，此事切勿使陛下知曉。」

後來回想，他所以記得這話，大約是依仗了內心深處那點隱祕的快意——因為教養貴重而對種種不堪境遇永遠只是沉靜接納的母親，竟然也會有忤逆至尊的決絕。憑著這點快意，當年尚未懂事的他，默默地牢守了這個祕密，一廂情願地與母親分擔了這欺君的罪名。當時知情者皆已不在，他如果相信心如淵囿的自己，就應該相信竟然察見淵魚的許昌平。

自己正需要這樣一個人，他也知道自己正需要這樣一個人：精明、親密、隱蔽而又名正言順。恰如此人所言，王事已盬[26]，藏弓在即，皇帝下詔移宮是遲早的事情。詹府刷新，自己若不能從中選擇出新的親近，日後東宮和朝臣的交通必將大不便利。

他的言語並無破綻，他的出現恰到好處，他的精明無懈可擊，他的身分也

26 盬音古，意為停止。

合適不過。而自己的恐懼，也正來自於此。

他今日穿的是官袍，因為他本是詹府的人，品秩又低，穿私服來反倒招人嫌疑，想必他騎馬也是一樣的意思。他不同自己索要官爵，無非是想示意，眼下的高爵厚祿轉移不了他，他不會因此倒戈他人。

他知道自己讀得懂他的精明，於是不加掩飾地將這些精明展示給自己。那麼他肯定也知道，越過精明的人，便越難使人相信。這個便是他下給自己的挑戰，如同一枚空鉤，願與不願，全憑君意。

他是在賭博，賭自己敢不敢相信；自己也是在賭博，賭他可不可相信。

定權起身踱了兩步，向波心伸出手去。月色如水，月色如練，月華滿袖，月華滿襟。投在杯裡，浮在池中，籠在梨花上，天地間都泛著縞素的炫炫光華，略一恍惚便疑心自己身在夢中。

這所有一切，其實不過是一場豪華的博弈，他們抵押的是身家性命，搏求的是千里江川、萬里河山；是出將入相，蔭子封妻；是生前顯貴，身後哀榮；是終有一日，能夠心中安樂，再來賞這清明月色。不知長州的月色與京師相比，有幾分不同？照在甲胄上與照在梨花上，照在旌旗上與照在絲帛上，那月色定是不一樣的吧？聽說月下的大漠，與千里雪場相似，他是真的想去看看的。蒸湘平遠，這片生他養他的大好江山，他是真的想去看看的。

依周循命令遠立的幾個侍臣眼見定權步履踉蹌，似是中酒，連忙上前勸解。定權的酒量原本有限，又是滿腹心事，飲了幾杯，此時已覺得頭暈目眩，也就順從地任人攙扶，慢慢走回。

及至暖閣中，蔻珠見他腳步虛浮，醉態可掬，忙吩咐人為他準備解酒湯，又教阿寶端上前。定權也不伸手接納，就著阿寶手中喝了兩口，便推開去，踉蹌起身，走到蔻珠面前牽著她衣袖搖擺，側臉湊到她耳邊道：「姊姊，給我梳梳頭吧。」

他素來修邊幅，每日都要打散髮髻重新綰結，由蔻珠服侍他梳頭結髮，阿寶也一向司空見慣。只是今晚這般的作態，卻是沒有過的。眼瞧著蔻珠替他除了袍服，只覺得自己留也不是，去也不是，終於見著兩人皆不理會自己，還是悄悄退出，慢慢走回了自己的房間，倚窗獨坐。殘燭搖曳，無邊的夜色從窗外欺壓上來，將她剪裁成一片單薄的紙影，貼在了窗櫺上。

定權散髮從榻上起身，行走至銅鏡前，望著鏡中面孔，半晌方對蔻珠道：「妳也回去吧，我想自己坐坐。」他神情寥落，蔻珠斂起衣襟，嘆了口氣道：「殿下如果心中不痛快，就讓小人陪陪殿下吧。」定權搖頭笑道：「不必了。」又拍了拍她的手，似是有話要講，但終究只是說道：「不必了。」

蔻珠依言掩門退出，定權這才扶案站起，乏到了極處，頭腦卻分外清明。往事碎裂一地，鏗然有聲，於月光下閃爍著冰冷尖銳的鋒芒。他赤足蹈踏其間，稍有動作，催剝切割的劇痛，就從足底蔓延至心底。

他本以為不論怎樣的疼痛，漸漸都會被淡忘，誰想到再翻起時，依舊椎心刺骨，如行走無間地獄之中。父親正在宮裡想什麼？兄長正在府裡想什麼？那個許昌平正在家中想什麼？本該屬於阿衡的駙馬，此刻又在何處想什麼？所有的一切，他一一都要算計到，這才是他每日必做的功課。

母親和老師，他們從來不是這樣教導自己的。他們要自己春風風人，夏雨雨人，撫近柔遠，下車泣罪。可是他已經做不成那樣的人了。他踏著滿地的狼藉，伸手劃過一塵不著的鏡臺，但抬起手來，滿指都是汙黑。這室中打掃得再乾淨，他依舊覺得滿布塵埃，雖則身上襟袍勝雪，他依舊覺得穿著的是一襲緇衣。就連窗外皎皎的月光，投進來也變得曖昧汙濁。

似有冰冷的淚水蜿蜒而下，他也懶得援手擦拭。只有在這時，他才真正敢於承認自己無比孤獨。於這世間，君父、臣下、手足、妻子，誰都不可信任，他能夠相信的只有他自己。但是今夜，在這片堅壁清野的孤獨中，他決定再賭一回，為了那長州的月色。

第八章

所剩沾衣

就在定權思想許昌平時，許昌平也已經回到了位於京東交巷的家中。將馬繫在了前院，拍去衣袍上的風塵，才抬腳入室。家中老僕耳聵，此時才聽聞到他已經回歸，上前詢問道：「郎君回來了？我替你端飯去。」許昌平點頭笑道：「好，我已餓得緊了。」食饌上桌，頗為簡陋，不過是一碟菠菜，一碟豆腐。

他從架上取了一卷《周易》佐餐，邊吃邊隨意翻看，適讀得《坤》[27]中一句：「臣弒其君，子弒其父，非一朝一夕之故，其所由來者漸矣。」不由擱箸，在思想起太子的言語神情之前，卻先思想起了他給自己看的那張字條。

那張字條上沒有稱呼，沒有落款，究其內容，卻必是給張陸正無疑，據其書法，也必是太子手書無疑。眾所周知，太子業師是本朝書法大家，太子雖然年輕，於書道上卻極有成績，楷、行、草皆工不論，更於老師的基礎上自創新風。雖不離行楷範疇，而用硬毫勁走，多骨微肉，橫豎收筆多回峰，撇如刃銳，捺似鋼折，勾挑處的姿態速度極其講究，有鸞鳳引首之美態。

人謂其字，如青銅劍嵌入金銀絲，鋒芒畢露，雅貴兼重，曾有名書家形容為：鑄錯麗水，碎玉昆山。所以朝中又名之為「金錯刀」。此等書法不易藏拙，全賴筆力支持，極難模仿。更兼太子平素愛惜毛羽，鮮少弄技，平素寫給皇帝

27《易・坤卦・文言》：積善之家，必有餘慶。積不善之家，必有餘殃。臣弒其君，子弒其父，非一朝一夕之故，其所由來者漸矣。由辯之不早辯也。

的公文皆用正楷，是以真正見識者其實不多。

朝中有一傳聞，言某日皇太子應一翰林之邀，赴院中觀其所藏行草古帖一幅，力壓群議，指為偽帖，陳述緣由，說到得意忘形處，脫口道：「譬如本宮的這手字，除去雙鉤填廓，或可勉強形似，當世只怕還無人能仿，也可免去了後人辨偽的辛勞。」其事流轉中或者更革增損，未必真實，但據今日親見，太子平素寫給近臣的文移不落款印，審慎之意固然有之，恃才自矜確也不假。

如此自負又如此謹小慎微，如此矜傲又如此敏感善疑，他的性情，不必看神情言行，只看他寫的那張字條其實就可以了然。他的自負矜傲一定會接納自己，他的謹慎敏感一定不會全然信任自己。看來日後與這位主君的相處，遠比自己的想像不易，許昌平放下了手中書冊，撫額低低嘆了口氣。

定權派出去的使臣頗幹練，不過六、七日工夫，便達成使命回來交差。彼時定權手中正取了把錯金小刀切開一卷新製成的藏經紙，見他入室，問道：「都查問明白了？」使臣覆命：「是。」

定權放下刀具，道：「說吧。」使臣匯報道：「張尚書避開稽勳司，親查了詹府官員的貼黃[28]。這位許主簿祖籍郴州，今年二十三歲，壽昌六年進士，名

28 由吏部保存的人事檔案。

列三甲第一百一十八名。」定權不由「哦」了一聲，奇道：「這麼年輕？」使臣答道：「正是——據說他的生母與人私通，生下他不久就過世了。他家中再無旁人，只得跟著已嫁姨母生活。他姨母當時新婚不久，夫婿正好調職入京，便將他也帶到京中。這位姨丈姓許，是個忠厚老實人，收了他為養子，他也就改姓了許。」定權沉吟：「原來他的姨母便是他養母。」

使臣點頭道：「他的養父調入京中當的差，是舊宮侍衛，定新五年不知何事便捨了差事，帶著一家子回了家鄉岳州。他科舉名次尋常，所以未入翰林，據說破了大把錢鈔四方疏通，這才留京入了禮部。在太常寺三年，並無成績可言，歲末考察，考語只是尋常。此番趕上詹府人事變動，主簿一職出缺，傅少詹原本是太常卿，平素與他相處甚歡，便將他也帶了進去。不過太常寺的同僚也有說其間有收受隱情，只是他入詹府，比先前還降了半級，是以此說並無幾人相信——還有就是，聽說他在太常寺時好打聽是非，但是到詹府中時日有限，只是老實坐班，還沒有做過什麼事情。」

定權問道：「他家中尚有何人？」使臣道：「他自己帶著一老僕一童子在京東賃的一座院子，每日入衙不算便利。他岳州家鄉尚有兩個表兄弟，他養父還在，養母已經亡故。岳州離京師不遠，臣親自去走了一遭。」定權略一思忖，問道：「她養母不上四十歲的人，怎麼就亡故了？」使臣答道：「是因疾病。」定權又問道：「他的兩個兄弟，都有多大年紀？」使臣一愣，想了想方答道：「大的約是十七、八，小的只有十歲上下。」定權點點頭，道：「此事辦得周到，你回去好好休沐幾日吧。」使臣連忙謝恩，這才退出。

定權掐指計算，許昌平的幼弟是定新三年生人，與咸寧公主生於同年，定新四年他家人離京，當是為公主夭亡一事所累。前後諸語嚴絲合扣，毫無破漏，看來此人此事上應當未曾說謊。舒了口氣，順手裁出一頁紙來，提筆寫了幾個字，封好交付給近侍，吩咐：「送到詹府許主簿府上去。」

許昌平接到的信函，封上空白，函中亦只有一行字：「高樹多悲風。」遂提筆在下亦題了五字。信使返回呈上回函，定權展信，卻是一句：「飛飛摩蒼天。」[29]他不由一笑，將那張紙團成一團，順手扔進了書篋中。向庭院中望去，明媚的春日午後，晴絲嫋嫋，兩個同樣玲瓏剔透的人，在這一刻彷彿都看見了彼此面上的笑容。

季春之末，禮部以今春少雨，奏請皇帝行雩祭之禮。皇帝以國朝年來用兵，全仗農桑根本，不敢怠慢，於三月廿七日始，下令群臣致齋三日，其間命

29 曹植《野田黃雀行》：高樹多悲風，海水揚其波。利劍不在掌，結友何須多？不見籬間雀，見鷂自投羅。羅家得雀喜，少年見雀悲。拔劍捎羅網，黃雀得飛飛。飛飛摩蒼天，來下謝少年。

太常卿傅光時省牲，又親自填寫祝版，告廟行禮。至正祭當日，御常服步行至大次，更換祭服親行祭祀，回返後再至太廟參拜致辭，至此方為禮成。

按照國朝制度[30]，皇太子雖無須陪同皇帝同祀，卻需留宮守居，以親王戎服侍從，齋戒如皇帝百官。是以定權自廿六日起便攜齊王、趙王宿於宮內，沐浴齋戒。卅日皇帝自太廟還宮，三人前去問安侍餐，順帶聆聽皇帝各種沒完沒了的庭訓，直到他睡下了，這才出宮。三人皆累得精疲力竭，餓得頭暈眼花，也懶得再虛與委蛇，在宮門口道別，便各自上馬，打道還府。

周循早攜人在西苑宮門迎候，定權順手將馬鞭丟給他，走入中廷，先有數人上前服侍他更衣，又奉上飲食。他餓過頭了，此刻反倒吃不下什麼，勉強吃了幾口魚羹，便欲睡下。周循見他起身，連忙跟了上去。定權皺眉道：「我乏得很了，有事明日再說。」周循望望周遭人等，面露難色，支吾不肯言語。定權雖則心中煩鬱，也無可奈何，只好帶著他進了暖閣，沒好聲氣地問道：「到底什麼事？」周循從懷內取出一封書信，雙手奉上。定權展開一看，登時變了面色，這才回想起今晚隨行內人中確實不見那人身影，便作色問道：「已經查過了？是真是假？」周循回答：「俱已查過，她家裡人確實拿著齊府的薪養。」

定權呆了片刻，忽而舉手將那張信紙摔到了周循臉上，厲聲問道：「這東

30 按明代雩祭制度。

西是哪裡來的？」周循見他發作，只得垂首小心回應道：「殿下入宮當日，她便領了牙牌，易服出宮，這信不知是誰投在臣下處門內的。臣不敢等閒對待，忙派人跟蹤，隨她直到家門，見有人乘車登門，進屋片刻，便驅車折返。臣的人一路跟尋，見那人下車入了齊府的後門。臣這才敢拿了她訊問，如今她皆已認承，自宮中時便為齊王網羅，直至隨殿下婚禮入西苑，為其耳目之用。」

定權面色雪白，氣結半晌才問道：「她的牙牌是何人發放的？」周循略一遲疑，還是照實答道：「殿下素來有寵於她，誰不知道此事？自有上下一干人趨奉。她但凡差人去領，不拘什麼事體，總也少有不給的時候。」見定權咬牙不語，又勸道：「殿下也無須生氣，臣早便說過，婢作夫人非幸事。殿下這幾年疏遠良娣孺子，又無子嗣之出，臣等憂心不已。而今所幸天生有眼，不令卑鄙之人再惑聖主便是了。」

他不言則已，此言既出，定權勃然大怒道：「什麼叫作天生有眼？陰私揭密的事情都做了出來，這西苑教你管成了什麼樣子？我不要生氣？我的人你想拿便拿，我還有什麼膽子敢和你生氣？」周循忙叩頭謝罪道：「臣確有失察之罪，任憑殿下處置，但臣一片深心，還請殿下體察。」定權喘了口氣，又問道：「人現在何處？」周循答道：「關在了後苑，等著殿下發落。」定權想了想，揮手道：「那就先關著吧，本宮乏了，要歇息了。」一眼瞥見那張紙仍躺在地上，怒火復起，道：「收好了它，這西苑便翻過了天來，也要徹查，就從本宮身邊的人查起。」說罷逕自行上榻躺下，周循只得答應著退出。

阿寶等人服侍在側，小心為他脫靴濯足，定權一腳蹬翻了銅盆，喝道：「滾出去！」雖嚇了一跳，阿寶亦情知他是為蔻珠之事煩惱，便也不聲不響，示意餘人先行，自己靜悄悄地收拾完畢方從閣中退出。自她走後，定權半夜無眠，心中焦灼，輾轉難安，雞鳴時分總算朦朧睡去，又是雜夢纏綿。次日被窗外風雨聲驚醒，起身方知已經睡到了午後。

蔻珠被周循再次帶入暖閣之時，身上仍是出宮時的內侍打扮，鬢髮也有些凌亂，面上微帶淒色，卻少懼意。定權手托金盞站立於窗前，背對著一天風雨，見她欲行禮，平靜吩咐：「不必了，妳抬起頭來。」蔻珠依言舉首，定權平靜問道：「都是真的？」蔻珠點點頭，輕聲答道：「是。」定權素來脾氣欠佳，聽了這話，卻並沒有要動怒的樣子，只是前行兩步，揚手將盞中涼水潑在了蔻珠臉上，淡淡道：「賤婢。」

他臉上神情，半似鄙夷半似失望。蔻珠心中不覺大慟，低聲道：「妾服侍殿下四載，覥顏薦枕亦近二載，深感殿下之恩，自問並不曾做出過辜負殿下的事情。」定權輕輕一笑，道：「這都是嬰兒說夢的話，拿來騙騙我，也是好的。我待妳不過爾爾，也不曾加恩於妳的家人，妳既食人薪俸，自當忠人之事，我不怪妳。」蔻珠搖頭，卻不再答話，擦了一把臉上茶水，走上前去，伸出手溫柔地幫他理了理睡起時蓬亂的鬢髮，就勢慢慢回手加額，跪拜叩首道：「妾今日之罪，咎由自取，任憑殿下處置。」

定權半晌方開言道：「妳回家去吧，妳在宮內的一應事物，也都由妳帶出去。將來成家立業，有一刻半刻還記得今日的話，便不算對我不起了。」說罷拂袖進了內室。蔻珠目送他身影遠去，低聲道：「殿下保重。」

她被人解送著自報本宮離開，一路上皆有內臣內人在遠處指指點點，見她一行走近，便各自散去。唯餘阿寶一人於她門外廊前，靜立以待。蔻珠望她一笑，道：「我要走了，妳既然在，便煩妳幫我梳梳頭吧。」阿寶跟隨她入室，架起妝奩，替她解散髮髻，問道：「姊姊想梳什麼樣式的頭髮？」蔻珠微笑道：「我在宮籍上，還是在室女。如今回家去，也還是替我梳成雙鬟吧。」

阿寶答應了一聲，用梳子將她一頭濃密的青絲從中仔細分開，左右綰結成鬟。蔻珠看著銅鏡中兩人的臉龐，突然笑道：「我第一次見妳時，妳也是這個模樣吧。」阿寶低聲答道：「是。」蔻珠道：「我當時就在想，這個小姑娘一時成了功，最終卻不知道是福是禍。可是後來看妳處事為人，才知道，妳的前程不可限量。」

阿寶手中的梳子停了下來，分辯道：「姊姊，我……」蔻珠搖頭笑道：「我在宮中十多年了，在殿下身邊也有四、五年，有些事情看得太多。市恩也罷，邀寵也罷，其他也罷，各人所願，各人所選，不必厚非，無可厚非。便是我自己，不也是這樣過來的嗎？」又道：「今日一別，也許永無再見之日。妳不要停，我說一個祕密給妳聽。」

她閉上了眼睛，像是說給阿寶，也像是說給自己：「太子妃剛沒了的時候，大約朝廷上的事情也不順心，他常常生氣——他生起氣來很嚇人，沒人敢多勸解。只有我想，大約這是天賜的機緣。當日在宮內，人人都誇讚我的容貌，我也自覺在內書堂讀過幾本書，實在不情願這樣一輩子湮沒深宮。那天夜裡，我和妳一樣，孤注一擲，跟著眾人出殿之後又孤身返回。閣內只有他一個人，大約是醉了，蜷在床角一動不動。看見我進來，他問我：『為什麼妳們都走了？』我說：『是殿下讓我們都出去的。』他皺了皺眉頭，對我說：『我沒有。』他又說：『妳不要走。』」

她靜靜地講述，阿寶靜靜地傾聽。「我知道那是醉話，可是他一臉的委屈，就跟說的是真的一樣。屋子裡那麼安靜，我聽見自己的心咯登往下沉了那麼一下，那個時候，我就明白自己的心意已經變了。

「從前在內書堂讀書，我們私底下悄悄讀過這麼一句詩：人生莫做婦人身，百年苦樂隨他人。我不幸生為女子，在這世間，只能任人擺布。可是唯有此心，只屬我一人，我不願去違拗。」

淺淡的笑意自她的嘴角浮出，她睜開了眼睛，一雙碧清的妙目，其中瀅然微有淚意。「所以，事到如今，我也不覺得自己有什麼遺憾。」

雙鬢已經綰好，她回過頭來握著阿寶的手，接著說道：「我只是有點不放心他。若只是邀寵，請妳多用一份情可好？若還為其他，求妳多留一份情可好？」

阿寶抽出了手，惶恐地搖了搖頭，看見她的神情，又遲疑地點了點頭。

蔻珠轉過身來，在鏡中左右打量著自己的容顏，笑道：「還是這個樣子——看上去一點也沒有變。」

阿寶站立廊下目送她遠去，春雨淅瀝，她卻並沒有打傘，除了身上穿的青色衣裳，她什麼都沒有帶走。那青色身影轉過遊廊旁的雪白梨花，便再也看不見了。阿寶能夠想像，來時她也是這樣，青絲，朱顏，好年華，能有什麼改變呢？

第九章

白璧瑕瓋

天子的誠意果然足以感應天地。定權反剪了雙手，立於窗前靜靜看著庭中春雨。雨已經綿綿下了數日，如今滿地皆是被打落的桃李花瓣，紅紅白白，襯著茸茸青草，蒼蒼綠苔，煞是新鮮可愛。室內几案上的青瓷蓮花出香嫋嫋吐出香煙，氤氳散開，混合著溼潤的水氣，沉重地往人身上撲跌。

隔著朱窗，他看見周循收起雨具，大約是足底溼滑，從廊下走過的時候打了個趔趄，於是恍惚地想到此人的年紀也大了，難怪會有這麼多事疏忽失察。

周循進入書房時，定權已經坐到了案前，遂上前回報道：「殿下，蔻珠死了。」定權隨手揀過一支狼毫，淡淡回應：「什麼大事？你如今連受累通報一聲的力氣都捨不得出了嗎？」周循被他搶白了一句，臉漲得通紅道：「臣一時失禮，殿下恕罪。」定權問道：「是怎麼死的？」周循回道：「依著殿下的意思，一直派人守在她家外頭，這幾日並不曾見有人往來，她家人也不曾出去過。今晨聽得她家中有哭聲，方知她昨夜在自己房裡一索子吊死了。」定權問道：「果真無人？」周循答道：「是。」定權哼了一聲，道：「倒是開脫得乾乾淨淨。」又吩咐：「從明日開始徹查，一個一個，全都給我審清查明。再有了這樣的事，不要再報我，你也自己預備條索子才是本分。」周循一頭冷汗，忙迭聲答應。

定權不再理睬他，把筆抿墨，從容寫完了幾行字，交到他手中。周循陪笑道：「殿下的字越發神氣了，這是要藏還是要裱？」定權笑道：「拿出去燒了吧。」說罷信步出閣，留周循一人站立原處，細細查看，不解其意。是一張上好的玉版，堅硬明潤，觸手有聲。紙上五行墨書，光豔照人，正是定權所擅的金錯刀：

已向季春，感慕兼傷。情不自任，奈何奈何。溫和。足下何如，吾哀勞。何賴，愛護時否？足下傾氣力，孰若別時？[31]

次日逢五，定權一早便去了延祚宮，見授業師禮部侍郎宋飛白尚未至，便先入偏殿歇息等候，齊王卻已經早到，少不得和他虛禮兩句，笑道：「大哥來得早。」定棠答道：「昨夜裡睡不好，索性便早起了些。」定權隨口調笑道：「春色惱人，大哥這才寤寐思服、輾轉反側的吧？」定棠笑道：「殿下取笑了，你嫂嫂

31 庚翼《已向季春帖》，斷句版本略有不同，收於《淳化閣帖》。本文中大意：今年的春天又要結束了，心中難免有些感傷。沒有辦法控制這種情緒，如何是好？我是這樣的感覺，那麼您呢？我還能夠期待什麼？無非是您的關愛而已。您也一樣辛苦了，傾盡了您的努力。既然如此，那麼就此告別吧。

那樣的胭脂虎，容我為何人輾轉？」略頓了頓，又道：「倒是殿下，鶼鵠失伴，怕才是應了此情此境，思緒紛亂吧？」見他白了臉色，又添補一句道：「弟婦沒了也快兩年了，我前幾日聽陛下說還是想著再選新婦的，只是問了一圈，親臣中皆無適齡女，小的太小，只怕殿下還要再等幾年。」定權回轉過顏色，勉強擺手笑道：「誰耐煩等著她們長大？大哥休提此事，我聽著便覺得頭痛。」定棠便不再多說，起身笑道：「殿下稍坐，臣失禮，臣去更衣。」定權笑道：「大哥請便。」

少頃定楷也入室，見到定權，便向他行了禮，又笑問：「宋先生還不曾來？倒是少見。」定權笑道：「想是連日大雨，路上泥濘。他府上離得又遠，免不了多走一時半刻。」隨手揀過了定楷帶進來的作業，翻了幾頁，道：「五弟的字倒是長進了不少。」定楷笑道：「滿朝誰人不知殿下的字盡得了盧尚書的真傳，怎麼還會將這塗鴉看在眼裡？殿下這必定是在笑話臣。」定權笑道：「敢在我跟前這麼說話的，大概也只有你了。我倒是聽說你喜歡今草，我那裡有幾幅好帖，改日叫人給你送過去。」定楷端起一旁茶盞，站起身，撩袍單膝跪地，將茶盞高舉過頭。定權笑道：「這又是哪一齣？」定楷正色道：「臣先謝過殿下賞賜，這就算是下了定，殿下可不能再食言。」定權啞然失笑，道：「你在此處胡鬧也就罷了，下次當著陛下的面，可別拉我做搭檔。」兩人說話間，有侍者來報宋飛白已經至殿等候，便不再玩笑，一同出去。

定權午後回到西苑，方進入中門，便見廊下早跪了一排人，皆是平日近身侍奉自己的內臣和內人。周循見到他，苦著臉趨上前道：「殿下，臣正教人查著他們的東西。」定權牽袖擋了個呵欠，點點頭道：「我用過膳要先歇息，就先教他們這麼跪著，查出什麼再告訴我。」

他一覺頗沉，然而醒來時，周循卻仍舊苦著臉進來報道：「尚不曾查出什麼來。」定權慢慢抹平衣袖上的折痕，不等人來服侍，自己俯身提上鞋，反詰道：「查不出？那密告的信是哪裡來的？那密告的人又是怎麼得知的？若真是行動坦蕩，為何不自己過來告訴本宮？為何偏要趁我不在時拐了彎將狀告到你周常侍那裡去？看來你周常侍在這西苑裡立威立得不淺哪。」

他的語氣不善，周循也知他素性善疑，忙跪倒指天道：「臣若是做出了對不起殿下的事情，管教皇天不佑，祖宗不容。」定權不耐煩道：「你起來。我又沒說你什麼，你是我家的舊人，我疑誰也疑不到你頭上去，你又多的什麼心？」想想又吩咐：「既然箱籠裡抄不出什麼憑據，就將素日會寫字的人，和她走得近的人，還有移她進來的人，歷次伴她出去的人，這些都先揀出來，給我仔細打著問，不必怕鬧出人命來。」說著提腳走了，又折回來加了一句：「她這麼多年在本宮的眼皮底下，本宮竟沒有看出半點端倪，她一個人便能做得到？」周循道：「老臣早就勸過殿下——」定權聽這話聽得耳中起繭，憤憤然喝了回去：「你住嘴！」

待定權重新換過衣服，至暖閣中坐定，冷眼看著周循攜著一干內官，果真依言將諸般訊問用具鋪設了一地。幾個最先被揪扯出的宮人，早已嚇得泣不成聲。接著便是訊者的厲聲喝斥，被訊者的哭告辯解，接著便是笞撻聲、痛呼聲、哭嚷聲響成一片，偶或夾雜著樹頂一兩句間關鶯啼，紛亂不堪。

定權望了望轉晴天色，只覺面前景象可憎，心下厭惡不已，起身吩咐：「到後苑去。」兩內臣擁著他方行走到廊下，忽聞一個尖厲聲音高聲指認：「是她，必定是她！」定權不由抬眼望去，一個名為展畫的內人正伸手指向一旁，順著她手指看去，指端便是面色早已經煞白的阿寶。

定權擺了擺手，吩咐周循停止刑訊，向前踱了兩步，詢問展畫：「是她，你有什麼憑證？」展畫抬手抹了一把面上血痕，指著阿寶道：「殿下，她們兩人平素就愛一處接耳私語，整個報本宮就屬她二人最親近。」阿寶與展畫素不熟識，此刻見她竟似與自己有潑天仇怨一般，不由也呆住了。

未待辯解，便聽定權說道：「這個本宮知道——她平日笨手笨腳，是我讓那人帶著她的。」展畫一愣道：「蔻珠把沒帶去的東西，都留給她了。」定權道：「這我也知道，那人沒攢下來什麼東西，這人也沒拿過她什麼東西。」展畫喘了口氣，轉過臉對阿寶道：「蔻珠走的時候，只有妳和她共處一室，又替她梳頭髮，又替她換衣裳，唧唧噥噥低聲說了半日，拉著手又是哭又是笑，我從外頭都看見了。」定權不耐煩道：「再沒有新鮮話先給我掌她的嘴——不過我還是想聽妳說說，為什麼？」

阿寶抬頭道：「不為什麼，我們畢竟同處一載，心中有情。」她平常少言寡語，高聲說話更是未有之事，此時連聲音都在顫抖。定權偏頭問道：「從她那裡抄出來什麼沒有？」周循作難道：「不曾。」展畫尖聲道：「或許是她看著事情不好，都燒化了也未可知。」阿寶怒而駁斥：「妳一個穿窬探耳的幺麼小人，無憑無據，信口雌黃，無非是圖淆亂鈞聽，以延罪愆罷了。」

定權噗哧一笑，向周循道：「不料她這張嘴也有俐落時候。」周循陪著乾笑兩聲即止。太子似乎並不特別動怒，展畫兩眼狠狠盯緊了阿寶，面上卻慢慢露出詭異笑容，道：「有的東西妳瞞得了，有的東西只怕就難了。」奮力向前爬行了兩步，伏在定權足下道：「殿下，她肩背有傷，似是笞痕。」她鬢髮凌亂，掩著道道血痕，滿臉皆是怨毒之色。阿寶不由心中涼透，搖頭道：「妳胡說！我的事情，妳怎麼會知道？」展畫並不理會她，向定權熱忱匯報道：「小人問過浣衣所的宮人，她們說她沐浴時總是避人，所以這才訪探出的——若是清白良家子，何以身帶刑傷？殿下一查便知，小人有無說謊。」

定權也漸漸冷了面孔，問阿寶道：「她的話可當真？」阿寶臉色已翻作慘白，張口結舌數次才發出了聲音，對著展畫道：「妳，妳……」又抬頭對定權搖頭。「我……」定權亦不再言語，移步向阿寶走近，伸手將她從地面上提起。她似乎想過掙扎，但終於還是停止了動作。

春衫已漸薄，他的手指稍一加力，便有清脆的裂帛之聲響起。眾人的目光隨著裂帛聲一併望去，裸露出的潔白如美玉的肩頭，果然交織著淡淡的赭色細長傷痕，顯然是鞭撻所致。定權的指甲沿著一道鞭傷一路畫下，他的指尖如筆尖，澀與冷兼有之，剛與強兼有之。

他收回了手，沒有再多問話，突起一腳將阿寶蹬翻在地，轉手奪過了身旁內侍手中提著的馬鞭，兜頭便向阿寶狠狠擊落。他近年來連騎馬的時候都是少的，一條鞭子拿在手中，自然不善掌控，有不少都落了空，擊打在了周遭的青石地上，但是鞭鞭著力，擊在阿寶身上，便登時衣裂血出。阿寶蜷縮著身子，既不呼喊求恕，也不稍作閃避。

旁人皆看呆了，太子雖亦有暴戾的時候，但如今日這般失態卻是平素未見。周循等人回過神來，慌忙上前奪取定權手中的鞭子，勸解道：「教訓奴子的雜役，臣效力即可，殿下休要勞累到玉體。」定權似充耳不聞，提著鞭子，再度狠狠擊落，或者心中焦躁，又偏移了準頭，打在了身旁一株梨樹的樹幹上。那株梨樹新植，今春頭遭開花，已叫日前風雨打落了大半，此刻幹搖枝動，所剩無幾的殘花也翩翩墜落，便如一場好雪一般，駕著穆穆春風，翻飛而下，落得滿地皆是。

阿寶伸出手，輕輕摸了摸落在自己眼前的花瓣，低聲嘆道：「天地不仁，東風助惡。」定權似乎並沒有聽清她的話，卻住了手，問道：「她死了，妳知道嗎？」阿寶無力抬首，在青石地面上微微搖了搖頭，只覺得胸中煩惡，一口又酸又鹹的清水忍不住便湧上了喉頭。她伏地嘔逆不止，定權看著她，嫌惡地扔開了手中的馬鞭，掉頭便朝外走。周循忙跟隨上前問道：「殿下，這個奴子要如何處置？」定權語氣已趨平淡，道：「先尋個醫官給她瞧瞧。」周循作難道：「殿下，這奴子家世不明，更兼欺蒙殿下，斷不可輕易放過。」定權輕輕一笑，道：「騙我？你們誰又沒有騙過我呢？」

阿寶側臥在床上，雖然隔了一道院牆，仍舊聽得到捶楚敲撲之聲和眾人的喊冤呼痛之聲，嚶嚶嗡嗡，不絕於耳。剛剛敷過藥，只覺得渾身上下都疼痛如撕裂。手臂上一道長長的傷口，赤練蛇一般蜿蜒虬結。皮膚的灰白，鮮血的殷紅，傷口的青紫，還有草藥的赤黑，交織在一處，仿似一場光怪陸離的惡夢，就如同前度一樣，再次重演。夢中如雪的梨花飄零，落到身上，就像被炭火燙了一樣，痛徹骨髓。

嚶嚶哭聲，到了夜裡終於止息。有宮人送飯進來，都是從前未曾見過的生疏面孔。屋內的燭火愈來愈暗，她躺在榻上，眼睜睜地瞧著桌上蠟炬終於燃到盡頭，熄滅了。起初是一片灰暗，可是清淡的月光投了進來，就像水一樣淌了半屋。幾日雨後，今晚終於又出了月亮。只是有人已經再也瞧不見這梁上落月的景色了，只剩下她一人還在這裡，帶著一身傷痕，活著，望著，回憶著，思念著。

太子再次有旨傳喚她，已是五、六日後的夜晚。阿寶自然以為還要接著訊問，來人卻將她逕直引領至太子寢宮的暖閣中。入室後才發現，室內亦只有定權一人。

他此刻衣冠不整，只穿著一襲白色中單，背對著她坐在銅鏡前，蹙眉道：「不用了。」阿寶略一吃驚，才發現自己的身影完整倒映於鏡面之中，便依言不再下拜，於他身後垂首站立。他觀看了半晌關於她的鏡花水月，才以右手的指節輕輕叩了叩置於妝檯一側的梳子。

鏡中人和身後人一道，一前一後，順從地越走越近，直至他感覺到自己的髮簪被取下。這是她第一次觸摸他的頭髮，映在燈光下，黑得泛出熒熒綠光，似乎剛剛洗過，攏在手指間，有著清涼而絲絲分明的潔淨觸感。犀角鑲金的梳子滑過萬縷青絲，她竭力不使自己多做無益之想，這柄梳子仍是從前的梳子，可是握住梳子的那隻手卻變了——無知之物總是比有知之人長久，這顛撲不破的真理。

定權終於開口，問道：「妳知道那天我為什麼生氣？」阿寶點點頭，道：「因為我欺騙了殿下。」定權微翹的嘴角上有絲讚許的意味：「妳這人其實很聰明，平日裝出那副木訥樣子，倒是不很瞧得出來。」頓了頓，又道：「不錯，我恨的不是你們暗通款曲，也不是妳身攜刑痕，我恨的就是你們一個個，口中所出，盡是誑言！」

他手中拈著把玩的那支剛剛拔下的玉簪，此時啪的一聲清響，已經自簪首脆弱處折作了兩截。他將斷簪拋回案上，柔聲道：「現在妳跟我說實話吧，究竟是怎麼回事？」阿寶低聲道：「是小人的嫡母，她說我抵盜了她的東西。」定權笑道：「妳就是要騙我，也該有些誠意，尋個像樣的由頭。」阿寶道：「殿下信也罷，不信也罷。小人螻蟻般人，不過於貴人足下苟且偷生，貴人不相信的時候，不願相信的時候，殺了小人或是遣了小人，也不過是多費一句話的辛苦。」定權冷笑道：「妳這是在跟我頂嘴？」阿寶嘆氣道：「小人不敢。」

定權笑道：「妳已經敢過多少次了？書沒念過兩本，倒是慣出了一身讀書人的毛病。東風助惡，說的便是本宮吧？」阿寶不料他連這話也聽到了，謝罪道：「小人不敢。」定權道：「說了便說了，敢說還不敢認嗎？」見她面色煞白，又笑道：「本宮真有那麼嚇人？」阿寶勉強一笑，道：「沒有的。」定權仔細看了看鏡中容顏，笑道：「看來是真的了。」

阿寶暗暗抽了口氣，他如此言笑晏晏，安靜坐在這裡，整個人真如玉山一般溫潤秀美，即使不動也流光溢彩。這情境，她從來都沒有見過。她只是聽說過，人生得太美，便易遭物忌，不知是否真實。胡思亂想間，又聞定權開口道：「妳的家鄉是華亭郡？」阿寶答道：「是。」定權又問道：「妳的父親名叫顧眉山，長兄名叫顧琮？」阿寶白了面孔，問道：「殿下？」見定權不再言語，終於忍不住道：「小人不明白。」定權點頭道：「妳說。」阿寶道：「殿下只需驅逐了小人，為何還要如此耗費周章？」定權沉下了臉，道：「妳的膽子大過頭了吧？」

他又變回了尋常的神情，阿寶便不再說話，接著默默給他櫛髮。忽見他鬢角似有幾莖白髮，初疑是燈下自己眼花，定睛一看，果然確實。他正值青春，本不該早生華髮，阿寶拔亦不是，留著又覺得甚是刺眼。定權察覺她手上猶疑，平淡道：「看見了，就拔掉吧。」阿寶低聲應道：「是。」這才拈著那白髮，輕輕拔了下來，交到定權手中。定權隨口吹掉，問道：「妳今年多大了？」阿寶答道：「小人十六歲。」定權微微一笑道：「小小年紀，能夠如此，也不算容易了。」阿寶奇怪道：「殿下？」定權沒有說話，想了片刻，忽然伸手去扯她衣襟。

他如此舉動，阿寶閃身躲避，一手急忙護住了襟口。定權好笑道：「說妳年紀小，又整天在胡思亂想些什麼？過來，到這裡來。」阿寶臉上一紅，依言屈膝半跪在他面前。定權不耐煩道：「叫妳轉過身去。」一邊打開妝奩，取出一只小小影青瓷盒，揭開蓋子，卻是他前次剩下的半盒金創藥膏。

他伸手去扯阿寶的外衫，阿寶略一猶豫，也便任他拉了下來。定權用手指蘸著藥膏，向她背上一道極深的鞭傷上塗去。不知是他手涼還是藥涼，阿寶不由激靈靈打了個冷戰。他定然是感覺到了，卻並沒有停手，只是笑問：「疼不疼？」見她輕輕搖了搖頭，又笑道：「妳必定在想，我又何必多此一問。」阿寶道：「小人不敢。」定權沒有理會她，自顧說了下去：「怎麼會不疼？我又不是不知道：只是我總想著，終須得有人來問一聲才好。譬如前次，雖有良醫珍藥，可就是沒有人問我一句，你疼不疼。」

阿寶背對著他，瞧不見他臉上神色，只覺這幾句話的語氣頗為平淡，心中卻突然惶然，不知應當如何應答。又聞他道：「那人去了，西府上下都忙不迭地同她撇清，只有妳還能說出『心中有情』這幾個字來。我這幾日在想，妳這人若非真有兩分痴氣，便是城府太深了——到底是哪一樣呢？」阿寶回首欲語，定權執著她的肩膀將她扳了回去，阻止道：「妳不必多說。能從嘴裡說出來的，不是人心，也不是實情，我從來不會相信。有些事情，是要日子久了才明白的。妳究竟是什麼人，我到時自然認得出來。」

低頭看看她的脊背，新傷疊著舊傷，她人又瘦得可憐，一道細細的脊骨，如孩童般突起——這也是一株新梨易折的花枝。他的手指有了淡淡的嫌惡和淡淡的憐憫。隨手在她衣領上拭盡了指上殘餘藥膏，他吩咐：「把衣服穿好吧。」又將几上的瓷盒一併遞到她手中。阿寶低聲答謝：「謝殿下。」

定權嘲諷般譏笑一聲，道：「阿寶阿寶，妳就是這名字起壞了。在這世上，誰人會當妳如珍似寶？」阿寶低聲道：「我娘便是。」定權冷笑道：「妳娘不是早已經死了嗎？」見她的嘴角不住發抖，滿面皆是遮掩不住的痛楚與忿恨，又笑道：「我知道妳心裡恨我，可恨我的人太多了，憑妳又能夠怎樣？」他瞬間已變了幾回臉，阿寶只覺得洩氣，垂頭答道：「沒有。」定權擺手道：「妳回去吧，再給妳幾日假，等好了依舊到報本宮來服侍。」阿寶答應了一聲，手撐著地面咬牙站起身來，終究是忍不住道：「小人還是不明白。」定權已經轉過了臉去，手中拈著那柄梳子，有一下沒一下地敲擊著妝檯，冷冷問道：「妳想明白什麼？」

沿著遊廊走，到轉角處，抬頭便可以看到雲在遮月，花枝沙沙亂搖，簷角上的風鈴也叮咚作響。晚風和暖，靖寧二年的春天已經到了深處。

第十章

桃李不言

太子給的那半盒藥膏，阿寶並沒有使用。又過了十來日，傷處也便漸漸平復。起身沐浴的那個下午，天色欠佳，剛剛過了申時，便昏黃下來，室內更是已經如同黃昏一般。可是和著木桶內騰騰蒸起的水氣，使人覺得又熨帖又安然，彷彿身處安詳好夢中。阿寶替換了上下衣衫，將頭髮細細綰起，才覺得清朗如再世為人。然而一出屋門，見到熟悉的縵迴廊腰，心頭又莫名惆悵。

人生於世，誰也無法選擇自己的命。運可轉，但命難變。她一個卑賤奴子不能，他一個天之驕子同樣不能。所有該來的，他們躲避不開；所有該走的，他們也挽留不住。只有日復一日再收拾起殘勇，直接面對迎面而來的日復一日。她雖然一萬分地不情願，卻還是強迫著自己一步步朝著屬於自己的命運逕直走去。

報本宮閣內一几一案皆如從前，環繞的卻是幾張新臉孔，素日那些認識的人，竟然一個也沒有看見。大概以後也不會看見了。這麼說來，在此時此地，他竟然也成了自己的故人——她側眸望向窗外，於季春時節投下濃密花影的一樹海棠，花早落盡，葉片也開始微微發紅，春來春去，緣展緣收，不過也如此這般。

故人直到傍晚才還宮，臉上略略帶些疲憊的意態，逕直從她身邊走過，至架前翻動奩盒，尋了半日才抽出兩卷字帖，吩咐：「命人送到趙王府上去。」大約都是新人，周圍霎時無人應聲，阿寶只得走上前去從他手中接過字帖，這才有暇察覺他今日的裝束與平素大有不同。

他雖向來修邊幅，卻也向來愛好清爽，私服多用玄朱紫青一類素色。眼下卻戴著一頂水晶鑲金三梁冠，橫綰金簪，兩頭垂下長長的朱紅纓珞，著大紅色織金錦袍，約束御仙花九排方金帶，連一張面孔都似被這一身靡豔襯得多了兩分血色，只是靠近時聞見他袍袖間氣味，才發覺不過是薄酒之功。

阿寶從未見過他如此裝飾，頗感新鮮，及至接納字帖時見他手上竟還戴了兩枚金鑲寶指環，更是暗暗好笑，不由悄悄抿嘴。定權交代完畢，轉身入內室，再現身的時候，已經換作了平常的家居打扮。

他在書案前坐下，接過阿寶捧來的茶，啜了一口，才皺眉問道：「好笑什麼？」既然沒有被他抓到現行，阿寶拒不承認：「沒有。」定權橫了她一眼，突然不懷好意地點頭道：「妳去把架上那本磁青皮的冊子拿過來。」阿寶答應著走過去，將架上橫放的一本書冊交至定權手中，書做蝴蝶裝幀，並無題名，似是用得古舊了，四角已經磨得微微泛白。

定權隨手揭開，道：「過來。從今日起，本宮來教妳寫字。」他突然重提舊話，阿寶連忙推辭：「小人不敢。」定權笑道：「妳上京裡打聽打聽，多少權貴想求本宮一字而不得，本宮竟教不起妳一個小丫頭了不成？」阿寶道：「小人並非此意，只是小人資質駑鈍，深怕辜負了殿下。」定權道：「妳不用怕辜負，我也沒什麼大指望。就算我無聊，我們不當事業，只當個消遣。」

他和顏悅色，阿寶心下雖存疑惑，卻也不敢再做違拗，便走上前去。查看他手中字帖，正翻到錄前人杜樊川的一首七絕《贈別》，清雅華麗，頗似定權的字體，唯筆力尚嫌不足，疑是早年所書。定權笑問：「以前讀過這詩嗎？」阿寶點了點頭道：「讀過的。」定權道：「妳自己先寫一遍吧。」說罷揀起一支筆遞給她，偏頭在一旁看著她謄寫了一遍，不置可否，只是扳著她的手指，幫她重新把好了筆，教給她握筆用力的門徑，讓她又寫了幾份，細細檢驗，感嘆道：「這也不是一日之功，妳拿著這冊子回去，閒暇時候好好練練，過幾日我再查看。」想了想，又笑道：「我既信重賞之下必有勇夫，亦信人心似鐵官法如爐。不如我們約法，若是妳寫得好，我就賞妳些好東西，若是再沒有長進，也做好吃官司的打算，如何？」阿寶不理會他的玩笑，低聲答了一句：「是。」將字帖接了過來。

及至晚間，定權從屜中取出日前那封密告的信函，又仔細地對照日間阿寶所抄的「蔻」和「珠」二字，見她行文走筆之間，雖似頗隱瞞了些筆力，卻與原件並無半分相類之處，這才將那信函又收了起來，輕輕嘆了口氣。

京中的天氣，已經連陰了數日，連昨日皇后的千秋壽誕，也不曾開晴。

成日油然興雲，卻偏不沛然作雨，總使人心存牽掛，不知出行是否應當攜帶雨具。當然這只是對於小民而言，京中的貴人們是不會為這種事情煩惱的，他們另有自己煩惱的重要內容。趙王蕭定楷坐在府中書齋內，洗淨了手，正蹙眉翻看著太子送來的兩卷書帖。

他自靖寧元年行元服冠禮後，冊封親王爵位，按著本朝制度，親王冠禮婚姻之後，便該赴封地建府[32]。皇帝的幾個庶子，除去一個最小的，現下皆已離京就藩。因國朝百五十年來，或者中宮無子，便以庶長承祚；或者中宮僅有獨子，便以嫡長繼統，尚無嫡出親王就藩的先例。他和齊王的身分因此尷尬，幾派朝臣們吵嚷了幾次無果，再加上他尚未成婚，便只得按皇帝的說法，容他兩人暫以東宮陪讀的身分留居京中。這可以算是他的一樁煩惱。

他今年尚未滿十六歲，朗眉星目，面貌生得頗類當今中宮，雖未完全長成，未來必是美丈夫無疑，只是右眉角上一道亮白的傷疤，卻難免帶了些破相。這疤痕本是幼時兄弟打鬧時被太子推倒撞破的，為了這樁官司，太子被皇帝處罰，在東宮階前跪了半日，還是皇后出面求情，才揭了過去。他年幼時並不覺得如何，長大之後再看，未免偶或心中鬱悶。這也可以算是他的一樁煩惱。

倒也不全因童年鬥毆之事，他與這位異母兄長素來並不親善，因此太子當

32　成年親王離京，成制於明代。

日說要送他書帖，兩人也曾有過一番玩笑，今日當真送來時，不免也要多分想法。

定楷正在邊思想邊翻看，忽聞門口有人問道：「看什麼看得這麼入迷，門外有客竟也不察？」隨聲入室的是齊王定棠，天氣尚未轉熱，他手中已捏了一把泥金摺扇，扇面上「守成循時[33]」幾個字，是一次他代上勞軍後，皇帝御筆所賜。

定楷連忙起身笑道：「臣有失迎迓，還請大哥勿怪。」定棠用扇子壓了壓他的胳膊，以示阻止道：「這些虛禮做給外人看看也就罷了，兄弟之間又何須如此？」定楷笑問道：「大哥今日空閒些了嗎？怎麼想到我這裡來了？」定棠道：「也沒什麼事情，昨日家宴上人多，沒能說上話，所以今日過來看看你。」隨手翻了翻案上字帖，驚訝道：「此物極難得，你是從何處弄到的？」定楷笑道：「不瞞大哥，是東府送來的。」定棠皺眉道：「我今日來，正是想說說他。」撩袍坐定後接著說道：「你不覺得三郎最近為人和從前不大同了嗎？往年母親的千秋，總是他老氣橫秋一人向隅。昨天倒好，換了個人似的，一身行頭作怪不說，口口聲聲孃孃，聽得我心裡說不出的膩煩。」定楷笑道：「可是昨天母親身邊那群小內人倒是歡喜得很，一個一個躲在簾後看了半天不說，轉過身又

33 改自清嘉慶帝御製詩，原句：「嘗祭思開創，時巡念守成。」

嘰嘰咕咕，說他那麼打扮，比平常風流多了。」見定棠不滿地橫了自己一眼，轉臉正色道：「他是個見機的人，想是非常之時，他不敢再當面違拗陛下了吧。」

定棠不置可否，向前走了兩步，拎起一幅字帖冷笑一聲道：「說起見機，倒也未必。譬如用這種拙劣手段來離間我們兄弟，打量誰又是痴漢。」定楷笑道：「這是自然，市井小民尚知疏不間親，他即便如此又有何用？」定棠一手按著他肩膀笑道：「我當然知道，不過是白叮囑你一句。」想想又道：「聽說他近日來肅清了東宮。」

定楷點頭道：「這也是必定的，我早說過美人計於他無用。他自己生就那副模樣，什麼樣的美人能看在眼裡？當年咱們求著母親，硬送了那些人過去，有哪一個成了氣候？就屬那個陳氏算稍稍好些，只是這都幾年了，整日傳遞出來的都是些雞毛蒜皮的瑣事——郭娘子和謝娘子吵架，周常侍摔了一跤——我看反倒是叫他施了美人計了。」

定棠噗哧一笑道：「這些事情還是要再作打算的。」定楷問道：「大哥可還有人，還是要再去請母親幫忙？」定棠看他一眼道：「一時沒有了。慢慢再說吧，不管是安插還是拉攏，他身邊總歸是有我們的耳目，你不如也留些心，看看有沒有合適的人物。」

定楷答應一聲，見定棠仍盯住那兩幅晉帖，笑道：「這東西剛送過來，我也沒意思收存，大哥如果喜歡，不如就此攜回。」定棠笑道：「君子不奪人之愛。

我不過是為你年紀還小，多說了兩句，如果惹你多心，我在這裡給你賠個不是。」又道：「我知道當年盧世瑜執意不肯收你，傷了你的心。他又臭又硬的太子黨，死也是為太子死的，已經隔這麼多年，你就不必再放在心上了。」定楷答道：「是。」

兩人又閒話了片刻，定棠這才起身告辭，定楷直送他出府，才折了回來。接著翻看那字帖，不知想起了何事，忽而冷冷一哂，扯得眉角的那道疤痕跟著也閃爍了一下。

又過數日，定權閒來無聊，便問起阿寶習字的進展。阿寶只當他心血來潮，說來玩笑，不想果然當真，只得敷衍回答日日都在練習。她回答得猶豫，定權也不說破，隨手拖過春坊剛送來的文移，揀了兩句叫她書寫，見她握筆的模樣，依舊與從前無兩，寫出來的字，也依舊沒有分毫進益，不由心中也動了怒，抄起桌上的一柄檀木鎮尺，喝道：「伸手出來。」阿寶遲疑著伸出手去，定權不耐煩道：「左手。」阿寶無奈，只得又將左手換了過去。定權揚起鎮尺，重重在她掌心擊打了數下，斥道：「再寫。」阿寶不敢接話，只得重新把定了筆。

定權見她偷偷將左手於裙後屈了兩屈，自己也覺得好笑，問道：「妳還覺得委屈？」阿寶撇撇嘴道：「小人不敢。」定權笑道：「諒妳也不敢。本宮從前讀書的時候，一頁紙裡有三個字叫老師看不過眼去，戒尺就打上來了。那尺子足有半寸厚，一下子手心裡的油皮就撩掉一層。妳道我的字是怎麼練出來的？那就是叫老師打出來的。明日我叫人也量身給妳做一條去，就不信妳會寫不好。」阿寶奇怪道：「殿下玉體怎麼也有人敢冒犯？」

定權回憶往事，怔了半晌，才笑著解釋：「他在同僚中本來有個綽號，就叫作『玉戒尺』，不過取溫潤剛直的意思。我出閣的時候，先帝為我擇定的業師就是他，聽說了他這個諢名，好笑得不行。便召他過去說：『請你來教我家子弟，玉戒尺是沒有，木戒尺倒可以賜你一柄。你的學生如果不用心讀書，不遵你教誨，你也不必去報他爺娘，只管教訓便是。』不想他老實過了頭，膽子也大過了頭，竟把客套話當了真。先帝山陵崩後，他的遺訓不可更改，於是苦了我許多年。」

見阿寶在一旁忍不住好笑，也淡淡一笑道：「有一回我貪玩沒做完功課，怕他知道，就派人撒謊說病了，到底叫他追問了出來，用先帝賜的那柄戒尺，把我一隻手都打腫了。我回去跟皇后哭訴，皇后不但沒有替我說話，還罰我跪了一個時辰。那時候，我就暗下了決心，終有一日當了天子，定要誅滅他的九族。」他顏色和霽，阿寶趁機追問：「那麼後來呢？」定權道：「後來沒等我當上皇帝他就過世了，我就放過了他的九族。」

見阿寶皺著鼻子，一副又懷疑又鄙夷的神情，倒平添了幾分稚氣的可愛，他忍不住屈起一根手指將她鼻梁上牽扯出的皺紋刮平，道：「後來我就大了，明白了他其實都是為了我好。給妳的那本帖子就是我小時候的功課，他選了好的給訂到了一起的。」

他忽然又動手動腳，阿寶臉頰一熱低下頭去，思量了片刻，道：「我知道，他就是盧世瑜盧尚書。」

定權奇道：「妳怎麼知道？」

阿寶道：「從前先生教我兄長的時候，談起過盧尚書，說他的行草書法在本朝若是數二，便無人再敢稱一。殿下跟他習字，更是天下皆知。如今人還說，殿下的楷書其實青出於藍。還說……」

定權半日不聞下文，隨口催問：「他們還編排了我些什麼？」阿寶看看他，又垂下了頭，低聲道：「他們說殿下字如其人，人如……其字。」

定權微微一愣，忽然仰頭大笑，得意已極地問：「妍皮不裹痴骨，可知不是妄言？」他一臉飛揚跋扈自命不凡的輕浮神情，阿寶忍不住掩口，笑著笑著卻慢慢放下了手來——她看見他面容上兩道修長的劍眉，是怎樣在他滿面春光中斜飛入他修整的雙鬢。這本應最簡單、最平凡的線條，卻被造化書寫得璀璨生輝。有形的中鋒、斜鋒和尖鋒，無形的神韻、風度和光采，果然只能用他自己書法中的那出鋒的一勒來形容。

紅暈從阿寶的頰畔一點點氤氳開來，如同淡墨氤氳於水中，她不自在地移開了目光。她知道，在他的年紀，能將那一勒寫成這般模樣，需要怎樣的勤奮，亦需要怎樣的天賦。有如此勤奮，有如此天賦，許他賣弄，許他跋扈。

志得意滿的跋扈少年，在這個初夏因為好心情而比平日平添了幾分耐心。於是周循進入書房時，便看到了阿寶倚案臨帖，定權在一旁隨意翻書，一邊指點點的景象，不由皺了皺眉頭，想起了覆轍前事一類的古訓，心中大不以為然。怒目片刻，憤然退出。

第十一章

白龍魚服

京師的天氣比之去年，熱得又早了許多，剛入五月，街市上已有人換上了盛夏衣物，團扇、冰飲、竹夫人等祛暑之物的利市也開發得早了許多。端三當日，定權下朝，索性命人擺開風爐，連飲了兩盞熱茶，沁出了一頭一身汗，這才沐浴更衣，慢慢踱進了書房。

周循找到空閒，見縫插針忙將預備送至各處去的符袋呈上。按本朝風儀，五月本屬凶月，五日更是大凶之日，家家都要懸掛符袋，黏貼靈符以驅災避厄。崇古好禮的人家更要繫朱索，掛桃印。

定權托起一只符袋察看，如往年一般俱是赤白生絲織就，用五色線繩結束成花形，極為精巧可愛，雖然是尋常物件，仍可見內府匠造的精良。遂輕輕一笑，教阿寶去取過朱砂，硬筆瘦走，在符袋上俱題寫了「風煙[34]」二字。待晾乾了，再教周循拿回，或填稻穀，或填雄黃，一一送到親熟臣工家中去。

阿寶知道他平素吝墨如金，有了他寫的二字在上，這點惠而不費的小東西於人看來，便是莫大榮寵。定權寫完幾個袋子，見她在一側偏著頭看，眉目間壓抑不住的心愛之色，便換墨筆又新寫了一個，打開屜斗，摸出兩枚開元通寶，卻是民間不行的純金鑄造，放入袋中，束好了封口，道：「這個賞妳吧。」阿寶又驚又喜，捧在手中看了半日，才想起謝恩，忙行禮道：「謝殿下。」定權

34 端午風俗，製作花形符袋及題字風煙，為宋代風格。

笑笑，道：「按說這宮裡也不該有什麼災厄要避，但妳還是帶著吧。天有不測，誰又說得準呢？」常人聽到這話，難免心驚，阿寶抬頭看他時，他卻依舊面色如常，這才安下心來。

端五[35]當日，定權從宮中折返時辰方早，阿寶見他脫下朝服，換了一身水色紗道袍，外罩白涼衫，頭上戴一頂黑色飄巾，居然國朝尋常仕子的裝扮，不免橫生好奇。定權一眼瞥見她站在一旁，一面自己整束腰間絲絛，一面順口問道：「交代給妳的字都寫好了嗎？拿來我瞧瞧。」阿寶答應一聲，走去將十來日內寫的仿書皆取了過來，交到定權手上。

定權隨意翻檢了三、四頁，抬起頭來上下打量她。阿寶被他看得難堪，低頭問道：「殿下？」定權笑道：「素日沒認真看過，也沒注意世上竟有生得這麼白淨的……」見她面紅耳赤，方接著道：「朽木。」

見她漲紅了臉，眉宇間也有些輕怒薄嗔的意思，心頭忽然泛過一絲冷笑，將紙放在一旁，道：「算了，也不是全無長進。既然說過寫好了便賞妳，不如今天帶妳出去走走，算是賞賜吧。」阿寶奇怪道：「去哪裡走？」定權道：「到外頭去啊，京中人怎麼過端五，妳還不曾見過吧？」阿寶奇道：「殿下就這麼出宮

35 端午亦做端五，端有初始之意。

去，不怕御史糾劾嗎？」定權被她問得一愣，跺腳道：「我怕妳！妳怕彈劾丟了烏紗，不去就是。」阿寶連忙紅著臉跟上道：「我也要去。」定權白了她一眼，沒好氣道：「妳穿這身出去，才是唯恐那群文怪不告我的御狀。還不快去換衣服？」

阿寶隨他出西苑的後宮門，門外車馬俱已備齊。定權認鐙上馬，對阿寶道：「妳就坐著簷子同行吧。」自己一挽韁繩，已經翩翩而去。

自宮門出御街後，向南再行走三、四里，過橋轉入閭里街巷，食店、客店、酒肆、餅鋪雜列其間，車水馬龍從中流過，繁華非常。人行亦漸密，行走其間，可見家家門戶前已經鋪陳出前日準備好的繁露、柳、桃花、蒲葉、佛道艾，釘著艾人，供養著粽子、五色水團及茶酒等節物。與艾人並懸的還有青羅帖子，阿寶輕輕念道：「五月五日中天節，赤口白舌盡消滅。」[36]定權笑道：「今日凶日，這是禱本日休現口舌爭的意思。」

一行人直遷延行至京東的一處梵宮外，定權方下馬整頓衣裳，又下令：「顧內人隨我入內，將東西交她即可，你們守候在外。」幾個侍臣連忙答應，從車中取出了一只紅色翔鳳八寶雲紋錦包裹，交到阿寶手上時，在她耳邊叮囑道：「小心侍奉。」

36　按《東京夢華錄》載北宋汴梁端午風俗。

寺院規制宏大，卻並無信眾往來，一入法門，清淨莊嚴，十丈紅塵皆被鎖於身後。寺中住持早已率一眾僧徒在門內靜候，見他們進來，皆躬身施禮道：「殿下。」定權亦合十還禮，問道：「法師安然否？」住持答道：「貧僧一向自在。」一面舉手示意，引領定權前行。

阿寶跟隨其後，聽兩人對答，又聽定權問起寺中供養足否，方知這原來是皇家寺院。一路走過，足底青石鋪道，道外松柏參天，兩側的經樓中，僧人正在推動巨大的轉輪經架，頌揚佛號。勒石碑座為贔屭持載，不可細辨碑上文字。

正殿青瓦覆頂，氣勢宏大，飛甍舒展，龜首四出，持劍、琵琶、傘、蛇的四羅漢分立門內兩旁，大殿正中供奉釋迦牟尼像，二弟子阿難、迦葉侍奉兩旁，中殿形同正殿而稍小，供養阿彌陀佛及藥師佛像。定權一路禮佛，直至後殿，再次洗淨雙手，於香爐上反覆熏爇，這才親自打開阿寶所捧的包裹，揭起其中的檀木盒蓋，躬身恭敬道：「請法師代小子供奉。」

盒中是十數卷硬黃紙，黃蘗染色，加蠟砑光，紙質堅硬明亮，開卷生香，每隔數寸便隨意加蓋專製的細小金粟山字樣朱印，竟是極其名貴的藏經紙。紙上以端正小楷抄寫的《四十二章經》、《般若心經》、《金剛般若經》、《金剛經》、《法華經》、《藥師功德經》、《大悲陀羅尼經》被他一一展開奉上，由住持供至殿中觀音寶像之前。

奉養既畢，住持退立一側，定權卻舉雙手與額頂持平，先躬身敬拜，再履三跪九叩之儀，不似禮佛，竟似對人君施禮一般。阿寶不由微感奇怪，隨他一同拜祝後，悄悄抬眼瞻仰寶相，見其上觀世音柳眉鳳目，體態盈麗，安坐於須彌山間，雙手交疊於右膝之上，一足據起，一足踏一枝初綻蓮花，簾垂雙目於秀媚之中，隱帶剛毅，竟然頗含母儀風度，與他處迥然不同。

定權禮佛既畢，見她注視聖像，解釋道：「這廟宇原本是由孝敬皇后發願捨妝奩資造，皇后過去到此禮佛，有時也帶著我，我聽她常說的一句話：可得解脫處，唯山水間，與神佛前。」他仰頭呆望菩薩慈顏良久，突然低語道：「其實今天才是她的忌辰。」阿寶啞口無言，不知應該如何應對，他已經慢慢退至殿外。

寺外街上已經人聲鼎沸，仕女雜行其間，髮上簪著剪綵的艾草、石榴、萱草一類的應節飾物。車馬在人群中容與難行，定權只得下馬步行，走了兩步，看見道邊角粽攤鋪，才想起來早已錯過了午膳時間。駐足隨意揀了幾只角粽，一眼瞥見還有櫻桃煎、查梨條、罐子黨梅、釀梅等蜜餞和香糖果子，連忙又指指點點讓販者每樣都揀了一包，隨行侍臣忙上前幫他提起。

賣果子的商販見兩人轉身便走，一把扯住在一旁觀看的阿寶問道：「這位娘子，妳家郎君還沒有算帳呢。」阿寶道：「這位不是我……」便聞定權回頭道：「正是，錢都是我家娘子管著，她有的是錢，你只管問她要。」幾個侍從本有欲代為付款的，見主上胡鬧，也不再干涉，站在一旁竊笑觀望。

他突然如此無聊，阿寶束手無策，上前伸手道：「我身上無錢，不如把東西還給人家。」定權忙護住糖果，示意隨侍去結帳，又在她耳邊輕聲笑問：「給妳的俸祿不夠嗎？這孝敬主上的機會，人家搶都搶不來，妳還朝外推。」又下令將角粽分給眾人，自己揭破紙封，將蜜餞一一品嘗過，認真吩咐：「這兩樣妳收好，給我帶回去，這些沒有內造的好，不如一會兒拿去送人。」阿寶怒道：「每包上都挖了個洞，殿下好意思拿出手？」定權想想頗覺有理，點頭道：「那就賞給妳吧。」未待回話，又擺手道：「街上不便，回去再謝吧。」

阿寶哭笑不得，此處行人稍少，見他上馬，只好懷抱著七、八包蜜餞上轎。又行走五、六里，再入街市，只覺簷子在人群中左右避閃，忍不住撩起簾幕一角，朝外張望，忽聞定權問：「知道那是什麼地方嗎？」阿寶向他馬鞭所指的方向望去，巷陌盡頭，是一座朱門大府，街上雖已摩肩接踵，府門前數百丈外卻有持刀侍衛把守，極為清淨肅穆，看看門外臺階級數及兩側瑞獸，道：「應當是王府。」

定權笑道：「不錯，這是齊府，妳看比起咱們那裡怎麼樣？」阿寶忖度言辭，道：「藩鎮宅院，怎麼能跟鶴駕青宮相比？」定權掉轉鞭頭輕輕敲了一下她的額角，笑罵：「馬屁不是這麼拍的，滿口胡說當心賈禍——這也是今上當年的潛邸。」阿寶悄悄吐了吐舌頭，問道：「殿下就是在這裡長大的？」定權道：「是。看見門前那只小獅子嗎？我從前總是坐在它背上等人。」

見她抿嘴微微一笑，他又問道：「又有什麼好笑的？妳初進京是住在何處？」阿寶道：「是城西。」定權又問：「之前來到過此處嗎？」阿寶道：「沒有來過。」定權道：「繁華熱鬧處都在東城，沒見識過實在吃虧，妳說妳應當怎麼謝我？」阿寶隨手遞出一顆蜜餞，定權一愣接過，笑笑放進嘴中：「說了還是家裡頭的好吃，這個不算。」阿寶也笑著還嘴：「殿下對京裡這麼熟悉，也不是第一次偷偷出來了吧？」定權於馬上俯身，反問：「怎麼，妳要寫奏本參我？」

午後的清風，於此時徐徐穿過鬧市，拂動了他寬大的袖口，將薄紗的衣料一瞬吹覆於她的面頰之上。她忽然神情怔忡，不再反駁。定權奇怪道：「怎麼了？」阿寶回神笑道：「好像有梔子花香。」定權蹙眉道：「大街上哪裡來的……」舉目一愣後忽然笑道：「妳雖然素來沒眼色，鼻子倒尖得很。」未及幾個侍臣反應過來，他已經策馬穿過人群，身影消失於道旁一處巷陌之中。

侍臣們大譁前往護駕，簷子停泊在了街市的中心，過客們熙熙攘攘，於她身旁如逝水匆匆流過。她焦慮而不解地凝望，直至片刻後他再度現身於她的視野。他裘馬翩翩，行至她的面前，揚手將一朵潔白的梔子花拋進了她的懷中，含笑點點那尋常巷陌。「是從別人家偷來的。」

轎內的光線是一種平和的暗黃，於這人聲鼎沸的鬧市中隔出了一方清淨天地，夏風湧動，簾幕飄舉，她手中的梔子花散發出一陣濃郁的、隸屬於夏日的香氣。剛剛攀折下的花枝，新鮮的花朵白得隱隱泛出碧綠。

簷子最終在京東一處巷口的兩扇黑漆小門外停下，定權勒馬，吩咐阿寶：「妳在此處等我，我有些公事要辦。」又吩咐侍臣叫門。侍臣上前打了十數下門，方搖搖晃晃出來一個白首老翁，問道：「官人何事？」侍臣問道：「詹事府主簿廳許主簿諱昌平可在府上，我家主人有事訪問。」老翁看看侍臣，又看看定權，問道：「敢問相公貴姓？」侍從方想開口，定權已經答道：「敝姓褚，是許主簿舊交，煩請通稟。」老翁問清楚，又慢慢搖晃進去。

不過片刻，許昌平便趨至門外，見定權上下打扮，不便見禮，只得一揖，將他請入。直到進了客室，才跪拜道：「殿下折節，臣萬不敢當。」定權虛手托了托他，笑道：「不過今日無事，從宮中出來，順道看看京中過端五。不想走得近了，便來你府上走走。」一面撩袍坐下，四顧嘆道：「京中有句俗話，『有髮頭陀寺，無官御史臺[37]』。主簿所居，既非太學，亦非烏臺[38]，不想也竟清廉如此。」又笑道：「主簿不坐，我就是反客為主了。」

許昌平這才坐了，笑道：「殿下謬讚，白屋貧寒，辱貴人折節，臣實在惶恐。」定權道：「白屋盡出公卿，未必不是寶地。」許昌平欠身道：「殿下所賜符

---

37 指太學破舊失修，學生入讀生活清貧，宛如有頭髮的僧人，而太學生評議時政、注重氣節，好比御史，但無官職。

38 指御史臺。漢代時御史臺外多柏樹、多棲鴉，所以人稱烏臺。

籙墨寶，臣感恩不盡。」定權笑笑道：「芹意[39]而已，主簿不必掛齒。」喝了一口童子奉上的白水，想了想，開口問道：「長州的軍情，主簿知道了嗎？」許昌平道：「臣看過衙內邸報，已經知道了。」

定權道：「主簿前次登門，本宮曾言道，日後還要請教——今日來，就是問問此事尊意以為如何。」他請教一語未必真，觀察之意卻屬實。許昌平略一思忖，道：「殿下恕臣直言。」定權點頭道：「請講。」許昌平道：「淩河一戰始自壽昌七年九月，大小戰役亦逾十次，遷延迄今已近兩載。臣妄言，此戰形勢可以李氏一案為分水。說句誅心之論——決，有利天子；拖，有利殿下。此役已是我朝戰勢扭轉之關鍵，如果取勝，離決戰之日不遠矣，按朝廷車馬錢糧籌集派送的進度，至多三五年，虜禍可徹底肅清。三五年時間，於殿下而言太過倉卒，難以籌畫周密，國舅是在為殿下打算。」

定權不置可否，沉吟道：「我前日已給長州送了些東西過去。」許昌平疑惑道：「何物？」定權道：「一封字帖。」許昌平道：「什麼帖？」定權望了望窗外，半晌方咬牙答道：「我親書的安軍帖。」

許昌平愣了片刻，神色如裂雷擊頂一般，喃喃念道：「安軍未報平。和之如

---

39 以芹菜為禮，對贈禮的謙稱。

何。深可為念也。」[40]定權笑道：「不想許主簿於書道也有如此造詣，有暇時不妨切磋。」許昌平不理會他的玩笑，陡然站起身，問道：「殿下的信走了多久了？」定權細細察看他神情，扶額笑道：「已有月餘了。」見他一味驚怒望著自己，終於收斂形容，正色道：「主簿這又是何苦？我雖是將不孝不悌、弄權預政、心狠手毒的罵名都背上了，可心中也知道淩河軍民，皆是我朝生民。」

許昌平不可思議地後退，頹然落座道：「殿下果真是這麼想的，果真是這麼說的？」定權點頭道：「我不是不明事理的三歲小兒，當然知道此舉於我不利——可軍中將士背長棄幼，飲冰踏雪，終不免馬革裹屍，埋骨塞外，皆是為守我江山門戶，護我生民平安。邊鄙疆民，也有父母兄弟，天倫骨肉，世代為我開邊墾土，向來虜禍肆虐，鐵蹄到處，便成修羅地獄，家毀人亡。年年望王師佑黎庶，王師又怎可將他們視為胙肘，拱手相送給寇仇？我與齊藩之爭，一旦落敗，不過我一人之事，又不過顧氏一族之事。可任由戰事這樣拖延下去，就是我一朝之事，是天下之事。我既身為儲君，怎可殺人以政？怎可為一己私利，送千萬子民入虎狼饕餮之口？」

見許昌平不語望著自己，一笑又道：「我的元服冠禮舉行不易，想來主簿也

40 晉元帝《安軍帖》，行草，收於《淳化閣帖》。歷來斷句不同。此處按情節需要斷之，原文「安軍未報平和之如何深可為念也」。

是聽說過的。但內裡詳細，恐怕你卻並不清楚。壽昌五年，我已年滿十六歲，卻遲遲未冠。李柏舟當時剛由樞部入省，京衛中尚有三分之一在他掌握，可謂炙手可熱，勢力絕倫。趁著天心未明之際，一心想托齊藩上位。大司馬與我分隔萬里，泥於征伐自顧不暇。我根本無計可施，只待坐斃，是當時的吏書，我的先師盧先生帶著一干舊臣，拚死為我爭來的這個冠禮。」

說到此處，他的聲音已有些喑啞，想必自己也覺察到了，便不再說話。一時屋內兩人相對無語，半晌定權才清了清嗓子繼續說道：「給我加冠的有司，把鑄著我表字的金印遞到我手中，對我說：『侍親以孝，接下以仁。遠佞近義，祿賢使能。』我回答：『臣雖不敏，敢不祗奉。』那時候我心裡想，要是母親能看到就好了，要是老師能看到就好了。我多想告訴他，我有字了，我成人了。可他看不到了，在典禮的前夜，他就縊死在了家中。」

許昌平垂首跪倒道：「殿下，臣不忍聞。」定權注視他道：「我不說下民易虐、上天難欺這樣的無根空話。只是從前盧先生授課，有一語我記憶良深——為君子者，有所為，有所不為，有所為不易，有所不為亦難。他還跟我說，上古時候，『君子』一詞，就是人君的意思。若我今日無此不為，便是將來能夠踐祚，百歲之後也難見祖宗，難見恩師。我此日來，也是為了告訴主簿此事。主簿欲抽身，我不攔留。我可命人將主簿轉回禮部或其餘清貴地，未來也好避些風雨。但主簿若仍不改前意，則日後四方牽繫之事，還要多勞用心。」

許昌平頓首道：「殿下為君，必為明君。臣為明君死，死有榮焉。殿下意既已決，則亦請早作謀略。」

他又提及前事，定權搖頭道：「你們促狹文人，一向把將軍稱作大司馬，也是因為他還掛著樞部尚書的虛銜，可是他不涉部務已經十多年了，樞部的事務根本無由置喙。他也領過京營，但年深月久，其間早有更迭。我的名聲在朝中固然不好，但有些罪名，確屬冤屈。」

他前事固有試探之意，但亦不失坦蕩接納之心，然而涉及此事，卻依舊半分不肯改口。許昌平亦知結交未深，不可強求，只得點頭叩首道：「臣願不恥卑鄙，竭涓埃以忠王事。」

定權伸手挽他，神情似有幾分傷感，道：「願主簿待我，能如盧先生一般。」許昌平聞此言，已半起身，又跪了下去，以額觸掌，良久不起。

第十二章

胡為不歸

定權返回西苑時，天已全黑，遂與阿寶同乘而行。阿寶見他一語不發，與下午的形容迥異，也便低頭緘口，漫不經心地搖盪著手中花枝。定權閉目良久，回過神來，睜眼看見她頭上髮旋，頗覺可愛，不由伸手去摸，她卻突然將頭偏到了一旁。定權望著她，目光漸漸冷卻了下來。阿寶亦察覺出自己的失態，偷偷看了他一眼，不敢再多動作。

兩人一路相對無語，同至宮門之前，忽見車外光影透簾，連忙甩開帷幕下車，這才看見西苑宮門外已經守了一層人，皆提著「大內」字樣的燈籠等候在外。不及詢問，周循便已經急急奔下，嘴中叨念：「殿下怎麼才回來？康寧殿陳常侍，已在此處等了殿下半日了。」

皇帝的近侍陳謹果然站立在人群之首。他親自出宮時不多，定權心知必有不尋常事，不免躊躇。陳謹也看見了他，連忙上前匆匆施過禮，道：「臣來傳陛下的旨意。」定權方想跪拜，又聽他催道：「殿下不必行禮了，是陛下口敕，請殿下入宮的。」定權問道：「此刻？」陳謹答道：「此刻。」定權皺眉道：「看這時辰，怕宮門已下鑰了吧？」陳謹道：「陛下有旨，留宮門等候太子殿下。」

事體被他說得如此嚴重急迫，定權自然不敢怠慢，但知道陳謹素日與中宮藩王皆過從甚密，何況此刻又不見敕書，轉念一想，又問道：「陳常侍可知陛下宣詔為公為私，本宮也好更衣。」陳謹道：「這個臣並不知曉，只是傳旨而已，旨意緊急，還請殿下速移玉趾。」定權愈發疑心，推脫道：「還要再煩常侍稍待，我去換過衣服便騎馬過去，不衫不履，怎好見駕？」陳謹見他身上打扮著實不成體統，亦不好多作阻攔，只好應道：「是，還請殿下盡快。」定權吩咐周循：「叫人去換馬。」周循一面答應，便隨他一道走進，甩下陳謹一干人仍然站在門邊，面面相覷也無話可說。

阿寶方服侍定權脫下布衣，換上錦袍，便聞周循進來回報道：「殿下，馬已換好了。」定權揮手令她退出，自己結束了衣帶。周循蹲下為他著履，問道：「殿下穿這一身進宮？」定權道：「現下還不知出了何事，大晚上穿什麼公服？」周循又問道：「殿下也帶她出去了？」定權蹙眉道：「你何必明知故問？」周循搖頭道：「殿下又何必費這個心？若真是有疑，逐出去便是了。」定權道：「你懂什麼？叫你的人依舊看好了她。」周循道：「臣是怕又弄出前頭那樣的事情來，殿下千萬不可再蹈覆轍。」定權不耐煩道：「我心裡清楚，你又何苦再多這句嘴？」周循遲疑了半晌，終是開口：「殿下的心思，臣還是知道一二的，不過是為了她的……」見定權陡然變了臉色，一雙瞳仁滿是刻毒地望向自己，也自悔失言，道：「臣都是為了殿下。」定權呆了片刻，道：「罷了，走吧，若我明晨還不回來，你就去找王慎。」說罷起身出門，告知陳謹一聲，帶了幾個侍衛，翻鞍認鐙，策馬疾馳而去。

西苑距離大內不過三、五里，然直到永安門外看見了早已守候在此不住張望的王慎，定權方安下心來。王慎趕上前，也不及行禮，扯住定權便向晏安宮走，不等他問話，便先行埋怨：「殿下怎麼這時候才到？兩位親王已在裡頭一、兩個時辰了。」定權見他焦急，問道：「到底是怎麼一回事？」王慎低聲道：「陛下今日傍晚暈過去了。」定權大驚，催問：「現下是什麼情形？」王慎道：「還不曾醒過來。」

定權忽覺一身筋骨都痠倒了，兩太陽穴處突突直跳，未及多想，又急忙問道：「幾時的事？怎麼回事？」王慎道：「還是向來的喘症，這幾年榮養得稍安。前幾日變天時又犯過一遭，見無大礙，便又擱開了。今日看了前方軍報，不知怎的忽然又發作起來，一時喘不上氣，急著叫殿下和二王都進宮來。這大概是申時末酉時初的事情，二王即傳即到，這關竅上殿下竟不知哪裡去了。」定權忽而收住腳步，上下打量他一番，冷笑道：「難怪陛下前些日子說，邊事艱難，今年端五之日宮中不宴。王常侍，本宮今日去了何處，他人不知，常侍也不知道？還有陛下前日的病，究竟是誰教瞞住了的，我這個儲君竟然一言片語都沒有聽到？枉我幼時還尊過常侍一聲阿公，阿公眼裡早沒了我吧？」他如此言語，王慎也微覺難過，分解道：「殿下，臣有罪，只是臣也沒有辦法，如今陳謹才是……」定權不等他說完，提腳匆匆而去。王慎嘆了口氣，也急忙追了上去。

及至晏安宮東殿的暖閣，皇后和齊趙二王果已在內，周圍太醫院的人站立一堂，所幸局面還不算如何混亂。皇后見定權進來，忙起身問道：「太子來了？」定權草草施禮道：「臣來遲了，還請殿下恕罪。」

一面說著，一面已經快步走到榻前，見皇帝臉色青白難看，急問太醫院院使：「眼下如何了？」院使回頭望了皇后一眼，見她點頭首肯，方回答：「陛下四肢逆冷，舌苔薄滑，脈息浮亂且緊，是痰厥的症象。請殿下放心，陛下只是舊疾未癒，一時氣逆上衝，雖險卻不危。」定權一雙手早已涼透，極力穩住心神，起身親自給皇帝兩手把過脈，才又問道：「何時能夠甦醒？」院使答道：「已有近兩個時辰了，既慢慢穩下來，就快了。」

定權這才點頭道：「知道了。」又看看二王，嘆氣道：「看來今日果真是凶日。」兩人附和了一聲，定權又問：「到底是什麼軍報？」定棠道：「這個臣等也不知，想來應該不是捷報。」他語氣似有譏諷，幾人話不投機，也便不再說話。各懷著各的心思，據守於殿中。

近亥時時，皇帝終於甦醒，隨即便是一陣喘促。皇后忙吩咐御醫上前，且捶且揉，一番折騰，終於引他咳出一口痰，人方平靜下來。皇帝略略仰頭，有四顧之意，開口問道：「太子在嗎？」定權忙趨前道：「臣在這裡。」見皇帝竟是一臉焦急情態，雖明知他不過是擔憂自己不在眼前，臨事難以挾制，但記憶中父親如此對自己假以辭色，卻終究是鮮有的，心中到底有些岑岑，又低聲回答：「爹爹，我在這裡。」

皇帝點點頭，便又閉上了眼睛，片刻後又道：「大哥兒和五哥兒先回去，有三哥兒守著就夠了。」

皇后母子三人互看了一眼，定棠方想開口，皇后已向他傳遞眼色道：「陛下要靜養，你們先回去吧。只是勞動太子了，和我同守一夜吧。」定權聽了皇帝一番話，方有些鬆動的心底又是一片冰涼，勉強回答：「這本是臣分內的事情，臣愚鈍，不能分君父之憂，已是天大的罪過。皇后殿下這麼說，臣便再無可立足之地了。」

皇后笑道：「這是我的話說得不周到。」定棠退到殿門口，聽見這話，朝定楷撇了撇嘴。定楷看見，也不說話，微微一笑便出去了。

皇帝的呼吸之聲漸趨平和，定權見御醫送上煎好的湯藥，問道：「用的什麼方子？」

御醫答道：「法半夏、紫蘇子各三錢，茯苓、白芥子、蒼朮、厚朴各二錢，陳皮錢八，甘草錢半。」

這不過是化痰降氣的尋常藥方，定權點頭，忖度著皇帝的病情確實應無大礙。從御醫手中接過藥碗，端起來嘗了兩口，這才親自送到皇帝帳前，令宮人攙扶皇帝起身，依榻半跪著一匙一匙服侍皇帝吃藥。他鮮少與皇帝如此接近，此刻只覺得渾身無一處自然自在，端著藥盞的手也止不住微微發抖。

皇帝唇下髭鬚已現斑白之色，大概是藥味苦楚，嘴角微微下垂，鼻翼嘴角上便扯出了兩道深深的騰蛇紋。他年未五旬，正是春秋鼎盛之時，素日養尊處優，面容竟顯如此滄桑之態，這是定權無法理解的。榻上這個半老之人於他而言，究竟是君是父，他也是從來想不明白的。還有母親，她病的時候自己年紀還小，並沒有親自侍奉過她一次湯藥，這是他身為人子最大的遺憾，而且永遠都無法彌補了。

皇帝一直望著定權，此刻才微微笑道：「太子的手怎麼了？連個藥盞都端不穩，朕今日果真不祥，怎麼放心你來端國家的法器？」定權思念先母，心中本來難過，此刻懶得遮掩，索性順水推舟哭了出來，道：「臣不孝，臣死罪，日日定省，竟連陛下抱恙都未覺察。天幸御體康和，否則臣萬死不足以謝天下。」皇帝淡淡一笑道：「太子近來愛哭得很。」皇后在一旁笑道：「太子純孝，所以如此。」皇帝點頭道：「朕知道。」既吃完了藥，又漱過口，這才重新躺下。

皇后見皇帝睡下，吩咐御醫退守外殿，又教宮人放下帷幄，熄滅了幾盞宮燈，殿內頓時昏暗了下來，沒有月亮，宮牆上幢幢跳動的只有燭火的影子。定權此時才於御榻邊靜心坐下，細細思想近日的前後事體。

前方的戰況皇帝怕早已起疑，卻又自覺無法約束。前幾日的病情想是他下了嚴旨，一定要瞞住自己，自己在宮中雖有耳目，卻竟然不聞半點情報。今日將自己扣留宮內，卻急匆匆放了齊趙二王出去，原來心底已經將自己當作亂臣賊子來防備了。幸而皇帝無事，若出了一星半點差池，今夜自己進得宮來，怕就是再出不去了。思及此愈發後怕，孟夏時分，竟覺一股寒流從頂門直下，直沁心底，連四肢百骸皆成冰涼。抬眼望著皇帝臥榻，嘴角的抽搐顫抖盡數化作冷笑，慢慢握緊了拳頭，再鬆開時，整個人都已經乏透了。

皇帝的病情於夜間又反覆了兩次，按著皇帝的意思，他既然還沒有痊癒，見不得臣子，只好留皇太子於宮中暫時處理事務。雖說有臨危讓皇太子監國的意味，亦不乏就近管轄的存心。

定權自然也深知此意，二話不說便又住回了東宮，除了就寢，鎮日都守在皇帝身邊服侍湯藥，偶有事發，便無論巨細皆請示皇帝的旨意。如是兩日，暫無風波，皇帝的病情亦漸趨平穩，朝中上下人等也漸漸鬆弛。

定權於午後回到東宮，因此有暇想起一樁小事，囑咐身旁內臣：「聖躬仍未大安，本宮怕是要在這裡多留幾日。接見臣子著裝實在失儀，你叫人到西苑我閣中去將我的公服取來。」內臣答應後，又聞定權道：「我的衣物皆是一個姓顧的內人掌管，你只管問她去要。再叫她送幾件替換的常服過來，找朱色、紫色的，不要青色、白色，同簪纓鞋襪一併帶過來。」特意又囑咐了一句：「還有前幾日在暖閣書房內叫她收起的那只青色箱籠，裡頭最古舊的幾件，讓她尋最短的，本宮用著方便。」

內臣一一答應離去，於皇帝寢宮外找到陳謹，一五一十向他匯報。太子重儀表，素來於衣飾上格外在意，這是眾所周知的事情，或者說，他忍著兩日沒有更衣已經是異事。陳謹想想道：「你去說不妨，只是東西送進來，先給我看過了再說。」

定權在宮內侍君之事，也一早便由王慎告知了周循，周循又告知了西苑諸人。此時他既為公事前往太子田莊，並不在西苑內，御使便由一個執事內官接待，傳了皇太子令旨說要衣服，並且點了阿寶的名字，阿寶不免大感詫異。太子的衣物並不歸她管理是一椿，她雖尋找出公服等衣物，卻如何都找不見那所謂的「青色箱籠」，詢問眾人，也都皆說不知，箱籠雖有，非朱即墨，何曾有過青色？如是一來，更生疑心。

待取了衣物拿回自己屋內整理，無意間瞥見太子送給自己的那本磁青面字帖，忽然心念一動，急忙取過翻看。這本是太子年少時所抄寫的詩文，有前人的，亦有他自己作的，按照他的說法，是盧世瑜挑選出的佳作，訂作了這一本。她這幾日無事時，臨摹的也皆是此帖內詩文。按照太子的意思，帖中所錄最古早的莫過於《毛詩》，也有風雅頌各幾篇，最短的一篇便是〈式微〉，只有兩節：

式微式微，胡不歸？微君之故，胡為乎中露？

式微式微，胡不歸？微君之躬，胡為乎泥中？[41]

阿寶放下了帖冊，雙手已經止不住微微顫抖，呆立半晌，強自鎮靜將衣物收好，交付御使手中。眼看他離去，又折回自己的房中，閉目細細思索前因後事。良久終是嘆了口氣，起身束髮易服，打開妝匣，拿出幾吊錢揣在懷中，悄悄掩門而去。

內臣將衣物交至定權手中，定權隨意一翻檢，遂點頭道：「收起來吧。」看著他捧衣而去，待走遠了，方展開手來，他手中攥的正是送給阿寶的那只花形符袋，五色絲束，一面題著「風煙」二字。

風煙俱淨，天山共色，不是很好嗎？日已沉，夜將臨，定權舒了口氣，唇邊慢慢浮現了一抹冷笑。

41 《邶風．式微》一詩，歷來有幾種解釋，此處採用最為常見的一種，大意是：天已經黑了，我為什麼不能回家呢？如果不是為了君王的事情，我又怎會在露水（泥水）中受苦呢？

第十三章

微君之故

雍風曖曖，鼓入袖中，隔開了肌膚和布衣，彷彿貼身穿著的是上好的絲綢。傍晚人定後，由青磚地面激蕩起的腳步聲，經由花木、欄杆、迴廊、深牆的反覆折蕩後，已經變得曖昧柔和。中門的侍衛見阿寶一襲粗使宮人的青衫，只當她是來前庭取送衣物的內人，粗粗盤問便放她出門。

阿寶匆匆繞過後苑，猛抬首看浣衣所的院門，不由放慢了腳步。晚歸的杜鵑，在樹頂聲聲嘶啼，詩中都說那聲音就像「不如歸去」。她垂下頭，摸了摸揣在袖中的紙箋，在院門外躊躇了許久，終於轉頭向西苑的後宮門處走去。

由周循派遣隨視阿寶的內臣，見她經由層層警戒，皆暢行無阻，與侍衛盤磨了片刻，竟都啟門放了她過去，自然大感訝異。趕上前去詢問，眾侍衛皆上下睨他一眼，理直氣壯地反詰道：「她手中有殿下親書勘合手本，又未到封宮門的時候，我等敢不放行？」

阿寶隻身出西苑後門，向前直走到民居巷陌之間，天已向晚，街上行人見稀，一時無法打算，只得退至路旁等待，半晌才聽見轆轆有聲，一輛賣油果的推車經過。見推車者是一個鬚髮俱白的老者，忙上前行禮，問道：「老人家萬福，請問從這裡到齊王府邸要如何行走？」老者面露疑色，打量阿寶一番，反問：「小娘子孤身一人，這個時辰去那裡何事？小娘子家中人呢？」阿寶知道本朝雖無宵禁，但自己一個年少女子，向晚出門難免惹人耳目，又不願多作解釋，只問道：「老人家，今日利市如何？」老者搖首嘆息道：「哪來什麼利市，勉強餬口罷了。」

阿寶從懷中取出錢來，推至老者懷中道：「妾實在事出緊急，這才不顧廉恥，抛首出面，請長者行個方便，送我前去吧。」見他只是猶豫，又懇求：「妾並非作奸犯科之人，只是要去那邊為我家相公討個救命的主意，還請成全。」老者見她形容，又看看懷中沉甸甸的幾吊錢，終於答應：「小娘子且坐上車來，若是遇上巡街，便道妳是我的女兒吧。」阿寶忙道了聲謝，跳上車去，那老者一路推著她向東行去。

及回頭望望身後，見老者衣衫襤褸，滿額都是汗珠，心下不忍，道：「妾可以自己行走。」老者笑道：「小娘子小小年紀，又是女娘行，如何走得動路？只管安心坐著便好，我雖然老，力氣倒還是有的。」阿寶愈發難過，也不再言語，只是抬首望天。藥玉色的天空，明星其絢，雖無霽月，卻有光風，吹在臉上身上，說不出的愜意。道旁人家門戶，窗中透出星星燈火，伴隨著車上的油香，既溫暖且安詳，阿寶不忍卒看，禁不住牽袖掩目。

老者嘆息一聲道：「小娘子不必憂心太過，貴府相公吉人自有天相。」他心地純厚，阿寶微微一笑，道：「承你吉言。」老者笑道：「我活了許大的歲數，沒見天下有過不去的溝坎。只要為人良善，皇天總是要庇佑的。」阿寶低頭道：「是。」

推車軋軋走了小半個時辰，方到齊王府門。阿寶點頭道：「我只認得到此處了。上次隨相公一同出門是坐轎，記得離此處還有幾里路遠，有條大街，街上有家極大客肆，挨著內城門，好像喚作無比客店[42]。」老者道：「提起它來，誰不知道？」兩人又接著東行，老者問道：「小娘子是妳家相公何人？這般事體卻要妳出去走動，妳家男子呢？」阿寶微笑道：「這不過是我家相公信得過我罷了。」老者既然摸不到頭腦，便也不再詢問。

一路行來，終於看見端五日所過的街市，雖已晚了，卻還有商鋪尚未關張，亦有行人車輛來往，仍舊頗為熱鬧。阿寶一眼瞧見巷陌外許大的梧桐樹，下車謝過老者，朝著那株梧桐走去，果然見到當日許府的黑漆門扇。

她上前叫門，許府老僕又是良久方應，見她亦大怪道：「小娘子深夜叩門，可是蕩失路了？」阿寶道：「妾主上姓褚，特遣妾來拜會府上主人。」老僕雖然昏聵，倒不曾忘記前些日子有位姓褚的年輕相公來過，且許昌平對他頗為恭敬，便將阿寶讓進了院內，又吩咐童子去呼喚許昌平出來。

許昌平尚不曾睡下，聽到童子稟告，心生疑惑，遂披衣走出院中，問阿寶道：「小娘子何人？為何事要見在下？」阿寶在定權書房中曾經見過許昌平一面，此時知道並未尋錯人，施禮道：「貴人可就是詹事府許主簿？」許昌平命老

42《東京夢華錄》載，北宋汴梁城著名酒店。

僕扶起阿寶道：「小娘子無須多禮。小娘子尊上何人？如何認得本官？」阿寶道：「妾斗膽冒死來見主簿，為的是殿下的事情。」許昌平皺眉問道：「什麼殿下？」他既然明知故問，阿寶只得明白答覆：「當今東朝，皇太子殿下。」許昌平微微一笑道：「下官芝員芥吏，何時有機緣面見青宮玉容？小娘子講笑了，或者莫不是尋錯了人？」阿寶道：「前日殿下駕臨時，妾也在一旁侍奉，這才識得主簿門第。妾情知冒昧萬分，可是急切之下，並無可以求告之人，還請主簿休要疑心。」許昌平搖頭道：「小娘子說的話，某一句也聽不懂，還是速速請回吧。」

阿寶從懷中取出字帖，道：「請主簿過目。」許昌平接過翻看，見筆跡篆刻果然都屬於皇太子，其中甚至有太子極少使用的表字，驚異道：「這是從何處得來的？」阿寶道：「是殿下賜給妾的。妾在西苑殿下書房內見過主簿一面，主簿難道不記得了？」許昌平方遣走了老僕童子，也並不引阿寶進屋，只道：「夜已漸深，娘子又是御前祗應人，下官並不敢與娘子同處一室，只恐有辱娘子清譽。如有輕慢之處，請勿見怪。」阿寶忙道：「主簿勿拘常禮。周常侍不在西府，妾得了殿下消息，思來想去，只能來告訴主簿。」遂將定權入宮前後的事情和他傳出來的言語皆說了。

許昌平翻出那篇〈式微〉，仔細推敲半日，將字帖交還阿寶，方道：「下官已知。娘子請先回吧。不知娘子以何代步而來？」阿寶低頭道：「殿下語出隱祕，妾恐有內情，不敢驚動他人，是孤身出來的，現在宮門已經下鑰，只能明晨再回，還需在主簿府上叨擾一夜，也請主簿早作打算。」許昌平點頭，將她讓進屋內，命童子奉茶後，自己便坐守在院內。阿寶知他有心避嫌，也不再多言。

室內室外兩人皆一夜無眠，待次日天未明，許昌平便吩咐老僕親自將阿寶送回西苑，待老僕回返後方更衣入宮。他身為詹事府主簿，職責便是司掌府中文移，要見太子不算事出無因。到衙後問到太子正在宮內，尋了個藉口，攜著兩三函書，逕直去了東宮。抵達方知太子一早便至康寧殿，便又對東宮內侍道：「臣便將書留在此處，煩請中貴人轉交殿下吧。」他言語客氣，內侍也笑道：「殿下正在陛下身邊盡孝，也代陛下見見外臣，主簿自己送過去也不妨事。」許昌平問道：「殿下果真可見外臣？」內侍掃了他一眼，隨口取笑道：「可見，只是殿下見的，都是些穿紫穿紅的大老，主簿這般一身慘綠，就得看殿下得不得閒了。」許昌平道了聲謝，既得知定權並未遭軟禁，雖不解他和阿寶之間究竟在打什麼啞謎，亦不再多事，逕自回衙。

一日無事，及至夜間臨睡之前，宮人端上金盆來服侍皇帝濯足。皇帝擺手令殿內諸人皆退出。定權知道他有話要和自己說，遂走上前去，蹲跪了下來，將手伸入盆中，為皇帝揉搓雙足。他從未做過此等雜役，此刻強忍著心中的不適，等待皇帝開口發話。他如此舉動，皇帝倒似有幾分動容，見他此刻並未戴襆頭，遂伸過手去摸了摸他的鬢髮。定權不料皇帝忽行此舉，頭一個念頭竟是想側首避開，竭盡全力方忍下不致失態，忽想起了阿寶當日的動作，這才省悟她竟然是全心全意在防備著自己。胡思亂想間，只聽皇帝開口嘆道：「這一頭好頭髮，就跟你母親一模一樣。」

皇帝絕少提起先皇后，定權不由暗暗吃了一驚，不知如何作答時，又聞皇帝道：「今年因為朕病了，你也沒能去拜祭，等過了這幾日再補上吧。」定權低頭看著盆沿，低聲答道：「謝陛下。」皇帝瞧不見他臉上神色，咳嗽了一聲又道：「你舅舅那邊，仗打得不順，你知道了？」定權答道：「是。」皇帝道：「你舅舅這人，堪稱國之長城，韜韞儒墨又能挑刀走戟，是不世出的國器。此戰久不決，定是前方有所羈絆，所以你也不必著急。」定權無言以對，只得又答道：「是。」

皇帝笑道：「太子在朕的面前，還是拘謹得很。」定權勉強笑答：「臣不敢。」皇帝又問道：「不敢什麼？」定權取過巾帕，替皇帝拭乾了雙足，又扶他躺下，方跪在床邊道：「臣是不敢妄議未知，惹得陛下生氣。」

皇帝嘆了口氣，用手叩了叩榻沿道：「你起來坐吧。」定權不願與他過於親近，推辭道：「臣這樣好和陛下說話。」皇帝抬首看了看帳頂，道：「你也許久沒見你舅舅了吧？」定權道：「也有四、五年未曾見到了。」皇帝道：「你舅舅倒是一直掛念著你的事情。」望了他一眼，方接著道：「太子妃歿了也有一年多了，你也是快二十歲的人，總沒有正妃也不是個事情，不單朕著急，你舅舅也替你著急。他已經給朕上過兩回奏疏，說到要替你再選妃的事情。」

定權笑道：「這總都是臣不孝，累陛下操心。只是顧將軍是邊臣，妄議內宮的事情，怕是不妥。」皇帝道：「你能明白這個，朕心甚慰。只是他只有你這一個外甥，由他來提也是情理中的事情。朕總是給你留著心的，免得國舅抱怨，朕心裡沒有你這個太子。」定權忙退後叩首道：「若是顧將軍有這樣的心思，臣在這裡為顧將軍請罪。若是臣存了這樣的心思，不敢求陛下寬赦，只求陛下治罪。」皇帝笑道：「朕只是這麼一說，你又何必多心？去吧，你也可以跟你舅舅常寫寫信，自家甥舅，不要疏遠了才好。」定權答應一聲，見皇帝面有倦色，方喚了宮人入內，服侍皇帝就寢，這才退了出去。行走到殿外，教晚風一吹，方發覺內裡中衣，已經被冷汗溼透。

定權回到東宮，內侍將書交給他，匯報道：「送書的官員自言是詹事府的主簿，姓許。」定權隨意翻了翻，見是一部《毛詩》，白口單邊，每頁版心向內折疊黏連，再於書脊處黏貼書衣，不過是本朝最常見的蝴蝶裝，再無出奇之處，問道：「是我幾日前叫他們找的。他還說什麼了？」內侍想了想，將許昌平的話又覆述了一遍，定權點頭道：「本宮知道了，你下去吧。」見他走遠，又從袖中取出了那只符袋瞧了一眼，忽而將手中書冊狠狠擲出。書籍大約翻得舊了，書脊處漿糊乾裂，此時受力，書頁紙帑一般散落了一地。那內侍聞聲折返，但見定權橫眉冷目，一語不發，看也不看自己一眼，便倨傲而去。

四、五日後，聖躬已漸大安，定權遂上奏請還西苑，藉離宮之機，先去見了許昌平，問清了事情的來龍去脈。許昌平一一答覆：「臣也是怕殿下真有不便，才去的東宮。」定權點頭道：「我知道卿的用心，在此先行謝過。」許昌平口稱不敢，又問道：「那晚來的娘子，可是殿下身邊人？」定權笑道：「是。」許昌平道：「這位娘子冰雪聰明，又臨事果決，方不致貽誤殿下大事。」定權笑道：「她是有些聰明。」見許昌平面色猶疑，又道：「主簿有話不妨直說。」許昌平道：「臣原本不該僭越，只是聽她說端五當日，殿下還曾攜她至臣宅，她才一路尋找過來。今次的事情又——」定權聽到此處，打斷笑道：「我知道主簿的意思了，主簿不必憂心。」許昌平揖道：「臣慚愧。」

定權折返西府後，先行沐浴更衣，又一覺直睡到了午後，覺後方覺神清氣爽。阿寶為他穿鞋，見他似笑非笑地望著自己，心中亦有所了悟。起身後侍立在一旁，果然聽見他發問：「我不在的日子裡，妳的字寫得怎麼樣了？」阿寶答道：「小人沒有再寫了。」定權微微一笑道：「怎麼不練了？還是妳早就不必練了？」他雖然語氣霽和，阿寶卻不由打了個冷戰。定權隨手拈起几旁擺放的一支麈尾慢慢踱至她身旁，似不相識般前後打量了她半晌。掉轉過檀木鑲玳瑁的手柄輕輕擊了擊她的膝彎，坐下平靜說道：「妳跪好了，本宮要審妳。」

第十四章

逆風執炬

用來逗弄貓兒、狗兒的麈尾，末端的孔雀尾羽輕輕自阿寶的領口一路滑上，直至頷下。絲綢般的柔弱羽絨，卻忠實地傳遞了他手指輕浮而殘忍的力度，迫使她仰起頭來。但是他波瀾不興的面孔上看不出輕浮，唯其如此，才越發顯得殘忍。

她在華麗羽絨的觸撫下微微顫抖，雙目中有流動的閃爍的光芒，卻並不含一滴淚水。這讓他想起了朝堂上不得不在皇權的淫威下折腰屈從的那些御史們，那些最像讀書人的官僚，看他們的眼睛，就可以看見那些他們自以為隱藏得很好的委屈、憤怒和誹謗。這點發現讓他饒有興趣，那根用以代替他指尖的雀羽，一路拂過她青春得還稍嫌青澀的臉頰、鼻梁、雙目和額頭，因為愈發曖昧輕薄而愈發刻薄殘酷。

她沒有按照禮法垂下眼簾，始終直目著這高坐於上的獨夫，可以看得出她極力克制，這回要掩飾的卻並非是對這溫柔汙辱的憤恨，而是她自己在這溫柔汙辱下所感受到的羞恥。他的目的已經達成，暫時撤回了對她的逼迫，柔聲道：「說吧。」她半晌才靜定下來，反問：「殿下想聽些什麼？」聲音不大，咬字卻明明白白。

這般柔亦不茹，剛亦不吐的風度，倒是讓他折服了一瞬，所以他在片刻後才清了清嗓子，略帶嘲諷地哄誘：「這齣戲妳若想接著作下去，這麼跟本宮說話，那可不成——妳不怕本宮會起疑心嗎？」她輕輕一笑，亦不乏嘲諷，回答：「殿下一早便是旁觀者清，何必來問小人這當局迷者？」定權搖頭笑道：「不一樣的，我就是想聽妳親口說出來。」阿寶道：「既如此，小人遵旨——是齊王送小人來的。那封信也是小人送到周常侍處的，齊王說她早已背主，留不得了。」

定權看她半晌，不置可否，又問道：「那妳能不能夠再告訴我，妳出宮時用過的那張勘合，是從哪裡得來的？」阿寶道：「硬黃紙砑蠟，雙鉤填墨，用殿下親賜的字帖輯字，殿下間或不用印璽。」定權點頭道：「倒省去妳竊鉤之勞，只是這鉤填是個細緻工程——」阿寶道：「殿下許久前就將那本帖子賜給了小人，小人雖愚笨，未雨綢繆的意思還是懂得的。」

雖仍存疑惑，但她此說並非不可行，定權嘆了口氣，道：「妳剛才說本宮旁觀者清，其實不全正確——本宮到底還是小瞧了妳。看來妳不光字寫得好，書讀得好，膽子更是大得好。這一來本宮倒愈發奇怪了，妳究竟是什麼人？」阿寶道：「小人不過是個小人，就算能塗兩筆鴉，認得幾個字，又怎敢承當殿下如此青目？」定權一笑道：「人心似鐵，官法如爐。妳不肯說，本宮自然有得是辦法叫妳開口。只是本宮還要再請教一句，以妳的聰明，應當明知道會有如此下場，為何還一定要去涉險履行，這究竟算是孤勇，還是愚蠢？」

阿寶忽然想起了那夜的杜鵑叫聲，微一遲疑方笑道：「殿下帶我去齊王府，帶我去許主簿府，親自督導我寫字，又命人日夜護送我。種種恩蔭，種種苦心，小人不敢不仔細體會，順應殿下的令旨行事。殿下天縱英明，小人這點伎倆哪裡能長久瞞得過殿下？既然遲早要事發，倒不如藉此機會一搏，若果真有裨益於殿下，得蒙殿下青眼相加亦未可知。」

她停頓了片刻，接著說道：「勇氣和愚蠢，許多時候不過是一回事。事成即勇，事敗即蠢。小人是個蠢人，或殺或剮，任憑殿下處置。」

定權站起身，走到她身邊，隨手抓起她的下頦，估價般捏了捏，笑道：「殺妳嫌無血，剮妳嫌無肉，沒有樂子的事情，本宮還真不願意費這個力氣。只是本宮本只打算抓一個穿窬探耳的宵小，卻不防碰上了一個胸中有大溝壑的女蕭何，也算是所得過於所望了。貴上還真瞧得起本宮，這樣人才也捨得往本宮這裡送，竟還叫妳這雙研墨捧詩的手洗了許久粗布衣裳，焚琴煮鶴餵黃犬，這是本宮的罪過，還是貴上的罪過？」

阿寶偏頭從他手中掙脫，一哂道：「青宮乃未來天下主，小人雖然不過蒲柳賤質，齊王卻也不敢用濫竽來搪塞殿下的。」定權哈一聲大笑道：「好個三尺喙，還要竟日裝成無口匏，真是難為妳了。」銜笑又道：「本宮知道，不許人說話，最後吃虧的都是自己。我不想吃這個虧，妳還有什麼話要說的？」

這或許是可以和他說的最後一句話了，此時日影幽浮，如春波般搖盪於他水色曲水錦道袍的衣裾上，可以清楚看到其上水波的暗紋是怎樣承載著朵朵落花，綿綿不絕地在他的沉水衣香中傳遞流轉。她的思緒滯後於時空，仍在思考他之前的疑問。

那夜她決定走險的時候，除了與他旗鼓相對的計算、權衡和取捨，那春日書窗下的花影、他修長冰涼的手指，他飛揚跋扈如明媚春光的神情，究竟起到了怎樣推波助瀾的作用，則是她直至此時才有所領悟的——而是勇是蠢，恐怕也需要重新評估。

阿寶終於回過了神，回答了他最後一個提問：「妾心中也有個疑惑，請殿下告解。」定權微微偏過頭，看著她。「妳說。」阿寶道：「那個阿寶是什麼人？」定權面上的神情逐漸凝重沉滯，握著麈尾的小指微微抬起，又不堪重負似的放下，聽她接著說道：「齊王也是因為這個名字，才肯收納了小人的。」定權轉過身去，看她片刻，臉上慢慢聚斂起了嫌惡無比的神情，如同看某種不祥的東西。尚未反應過來，麈尾的手柄已經狠狠從她的耳畔直劈到了顴上。力道之勁，竟連他自己的虎口也震得微微痠麻。阿寶倒伏在地上，耳邊嗡嗡亂響，頰上一片木然，便覺得似有溫熱液體蜿蜒滑落。

手中的麈尾在此時成了一個弄巧成拙的可笑證供，他是把她當作一隻小花狸來逗弄的，他從中得到的樂趣既是對她的懲罰，亦是對自己的補償。所以他能夠容忍她的張牙舞爪，並認為這不過使她更加有趣，也更可消除賞玩者的無聊。但是他忘記的是，小畜生究竟還是小畜生，有意無意，她探出了她的爪子，即使沒有傷及賞玩者，也足夠讓他心存厭惡了。

定權將麈尾擲在一旁，咬牙冷笑道：「死到臨頭了，還想玩什麼把戲？」阿寶拭拭頰畔，觸手方覺刻骨疼痛，鮮血膠著在臉上，扯得半邊臉發緊發木。她抬手望了望掌中血痕，冷冷問道：「不殺不剮，殿下想要小人怎麼死？」定權已經恢復了平靜，彎腰看看她，同樣冷笑道：「妳想像那個人那樣，一索子就過去了，天底下再沒有這般便宜的事情。」他反剪了手，從她身畔跨過，叫人喚過周循，指著地上人吩咐：「去叫人給她收拾出一間閣子來，離本宮的寢宮近些。她如今是本宮的人了，安排人日夜侍候著，務必要照顧好她。若是短了她一根頭髮，本宮就先揭了你的皮。」

周循跑來得急，看看屋內情景，又看看定權臉色，伸手擦了一把汗，審時度勢不敢勸諫，只得唯唯連聲。

定權也不再理會他兩人，甩手便去。周循見他走遠，方喝斥兩個探頭探腦的內侍：「殿下的話沒有聽見嗎？還不快去將東閣收拾出來，迎接……」太子的那句話實在不可理喻，一時想不出合適的稱呼，只得從權道：「迎接顧姑娘。」說罷慢慢蹭進屋內，伸手扶起阿寶一隻臂膊，似笑非笑道：「顧姑娘快請起身吧。」

內侍們得了嚴旨，手腳倒頗為俐落，不過一個多時辰，果然將離定權正寢不遠處的東廂收拾出一間來，尋找截間格子隔出了暖閣，又將幾榻妝檯箱籠也都安排了進去。周循親自護送阿寶前往，指派了四名宮人在她身邊日夜守候，又命兩名內侍在門外日夜守候，疾聲厲色叮囑了半晌方起身離開。

內中一宮人上前來擦拭阿寶臉上血漬，見阿寶只是無意識地避讓，無奈道：「顧姑娘不肯上藥，消不了腫，將來留下疤來可怎麼得了？」

阿寶這才仿似回過了神來，道：「不要這麼叫我。」

宮人道：「姑娘也聽見周常侍這麼說了，姑娘勿怪，待過幾日冊封的牒紙下了，自然就是娘子了。」

她信口胡說，阿寶不再理她，轉身倒在床上。那宮人卻只顧在一旁喋喋不休，不依不饒，一定要替阿寶收拾好傷處，阿寶被她鬧得無法，為圖清淨只得隨她去料理。一廂還有椅凳、盆架、燭盞、箱奩、鈿絡等許多瑣碎物件陸續搬入，她也不願看，索性蜷在床上假寐。那幾個宮人受了嚴旨，就在臥榻邊站立侍奉，寸步也不肯離開。

搖曳的燭火，將她們的影子投在壁上，陰沉沉的一道又一道，原來天早已黑了。宮人們焚起了爐香，是沉水的氣味，她回想起了他水色衣香中的朵朵落花，也想起了那種錦繡的另一個名字：落花流水[43]。這實在是對她今春最好的總結。

定權站立在書房內，隨手自阿寶房內尋出的幾件物品裡拈起了一疊紙，都

43 宋代著名織錦紋樣。

是她的仿書，循序漸進，於無人處亦不露半點破綻。那日她出宮使用的勘合並沒有找到，當是早已經毀棄了，她說的那些話便也無從考證。其餘一切，除去那只影青瓷小盒和那本詩帖，都只是一個尋常宮人的普通用度，這才真叫心思縝密，滴水不漏。

定權嘆了口氣，問道：「她現在怎麼樣了？」

周循答道：「聽說已經睡著了。」

定權一笑道：「像是她的為人。」又道：「照看好了她，膳食也都勞你支應周全。」

周循答應一聲，抬起頭瞧了定權一眼，小心翼翼地諫道：「殿下，這種人留下終是禍害。」

定權冷哼道：「你知道什麼，殺她不過只是翻手覆手的事情。她一個平頭奴子，還怕她能翻上天去？只是人死萬事休，前頭那人的線斷得乾乾淨淨，她背後的人究竟是誰，現下也難說得很，我怎可信她雌黃之詞？」

周循知道他的性子，勸不過來只得替他補全，又問道：「殿下往後怎麼打算？就這麼圈著她不成？」定權道：「她不是自稱華亭顧家的人嗎？在京中還有個養父，你也再去查查，究竟是真是假。」

眼見周循去遠，定權這才又坐了下來，眼望著跳動的燭火，只覺得兩太陽穴處也在突突跳個不住。他伸出手來壓在額畔，突然想起許昌平的話：「殿下今後當臨淵履冰，不可隨意輕信半人。」他是一向如臨深淵，如踐薄冰，活得戰戰兢兢，可是這又如何，他們不還是一個又一個地計算上了他嗎？便是他許昌平，誰知道到底又懷著什麼心思？

只是她的計算算得上是別出心裁了。她安靜於人群間，一樣會摧眉折腰，一樣會曲意媚上，餘人做的她都會做，並且不差分毫。但正是因為這樣的人云亦云，他才察覺出了她身上莫名的奇異，如果定要述之言語，大概也只能說那是一種根本就不應該屬於一個尋常宮人的淡漠氣質，她的頂禮膜拜、俯首貼耳，無論多麼循規蹈矩，以至於無可挑剔，骨子裡卻仍然透著敷衍和應付。他不知道這是她以進為守的刻意手段，還僅僅是因為她自己也沒有辦法收斂起這種氣質。

但刻意也罷，無奈也罷，他不得不承認，這一筆偏鋒卻確實有效。他移開桌上尚未寫完的經卷，想起了另一個人。這樣的念頭讓他深感自己罪孽深重，但正是因為此人，他才能夠敏感地覺察出那些隱忍中的倔強、柔順中的堅剛，能夠在這個年紀就徹悟，有著這樣氣質的人，永不可以用一柄麈尾來馴服。

想必這一點她自己也清楚。他伸出手去，試探著撥弄了一下燭火，火苗得到人氣高高竄起，直朝他指上舔去，熾烈滾燙的疼痛，從指尖一下子傳遞到了心裡。

財色於人，人之不捨，譬如刃有蜜，不足一餐之美，小兒舐之，則有割舌之患。愛欲之人，猶如執炬，逆風而行，必有燒手之患。[44]他其實從不信佛法廣袤，慈悲無邊；亦不信天道輪迴，善惡有報。只是，這燒手之痛，他卻是真真切切地嘗到了。

44 出自《四十二章經》的第二十二和二十五章。

第十五章

千峰翠色

此後數日並無大事，阿寶終日昏睡，醒時也不過呆坐。定權也只是偶爾差周循詢問她的近況，並不曾親自再去探視。又過了五、六日，周循向定權稟報：「派去華亭郡的人已經回來了，只說顧家長子顧琮仍在，只是既是白身，又早已分了家，早就敗落了，另有幾房也已經遷居他處。向顧琮的家人和鄉人打聽，都說是顧眉山活著的時候妻妾僕婢無算，子女更是不勝數。庶出姑娘的閨名原本就是隨意取的，他們本就不知，上一輩的人分家時又流散得差不多了，是以顧姑娘的名諱，便是她養父也說不真切，只說是原是遠方本家，前年年底因憐她而收養。」

定權嘆了口氣道：「既然如此，就算了吧。」轉念又笑道：「不意民間也有這般人家。」周循道：「是——殿下現下如何打算？」定權用手指輕輕敲了敲案沿，扯過一張紙來，看看案前擺的一雙祕色八稜淨水瓶，沉吟片刻，取筆在紙上端端正正寫下三個字來。又算計著阿寶的年紀，隨意編造了個生辰八字，交給周循，吩咐：「我有意納她為側妃，寫給陛下的呈文已令春坊呈遞。你明日便到宗正寺去走一趟，將事情辦好。」未待周循答應，先行阻攔：「你不必規勸，我自有主張。」周循無奈，正欲離去，定權又一指那淨水瓶道：「送一只到她那邊去。」

太子納側妃，這事情說小不小，說大倒也算不得多大，何況所納者又只是品卑階低的六品才人。然則因為定權的元妃與側妃俱是他冠禮後皇帝為其選定，說到正經自己報選，這還是頭一遭。是以周循將定權為阿寶捏造的名字、生辰、家世等報到宗正寺，不待玉牒造好，闔宮上下，便都知曉了這件新聞。

定權次日一早入宮向皇帝問安，皇帝正展開雙手，一旁有內侍在為他束帶，見定權進來，遂揮手令內侍退下，笑問定權：「朕看了你的箚子，你說想新納一個才人？」定權答道：「是。此等小事尚要勞陛下操心，臣惶恐。」皇帝笑道：「也不算小事了，雖只是側妃，終究算是朕的兒婦，是誰家的女兒？」定權答道：「是前華亭郡知州顧眉山之庶女，原本是臣近侍。」皇帝拈鬚沉吟道：「知州。」定權臉上微微一紅，道：「是。臣見她溫柔知禮，家世清白，有意抬舉她做個才人，若是陛下覺得臣行事孟浪，臣這就去告訴宗正寺的人，把玉牒撤下來。」皇帝笑道：「既已選報，就這麼辦吧。你如今也大了，這些事情自己打算好即可。」定權答了一聲「是」，見皇帝沒有別的話，才施禮退出。皇帝望著他的背影，似是若有所思，良久復又輕輕念道：「華亭，顧。」

東宮筵講結束，定楷推說口乾，定權便留兩人在偏殿點茶。因為定棠頗精於茶道，此事便一向由他主持。定楷在一旁閒看了半日，覺得無聊，隨口笑問：「聽說殿下近日有些喜事。」定權亦笑道：「說過了休扯我作陪，這算什麼喜事，還值得一說？」

定楷嬉笑道：「是，只是聽說這位新婦亦是出於河西顧家，眾人皆說，若她日後福重，我朝未必不會出第二個顧皇后。」

定權拾起茶筅在他襆頭上敲了一記，笑道：「你們都是聽誰在翻嘴嚼舌？我納個偏妃都能傳出這種謠言來？」定楷吐舌道：「人多口雜，自然亂傳，殿下要怪，就怪戚畹實在是鐘鳴鼎食大族，聽了這姓氏，誰能不往這上邊演義？」定棠在一旁聽到此處，橫了定楷一眼，插嘴斥責：「你放肆，這些話也是拿來渾說的？還不快向殿下謝罪！」定楷委屈地離座跪倒道：「不過說出來博殿下一笑，殿下若不愛聽，我不說就是了。」定權道：「你別理他，我就是著惱，也不會惱你一個小孩子家的。」瞥了齊王一眼，笑道：「大哥嚇唬他做什麼？」

定棠手中持筅擊拂，一面笑道：「他確是欠管教了——前幾日尚有言官上書，道我們陪著殿下讀書，日子久了，禮儀疏忽，東宮內要重正君臣本位之語，陛下看了也頗以為然。他這樣不知天高地厚，誹謗君上，殿下且讓他跪著，只怕於他大有裨益。」定權笑道：「那這是你大哥要罰你，你可怨不上我。」定楷道：「大哥是惡人，臣只問三哥討恩典。」定權笑道：「罷了，你快請起，恩典我給不起，叫你大哥賞你杯茶壓驚。」三人玩笑一番，吃過了茶，各自散去。

定權於本夜間履臨阿寶的新居所，屋內的陳設已經頗具氣象，人卻無精打采地倚在几前，呆望窗外。一宮人見定權入內，忙提醒阿寶：「顧娘子，殿下來了。」阿寶這才回過神來，站起身來向定權行禮，喚道：「殿下。」定權點點頭坐下，上下打量阿寶，才發現她已經妝飾一新，著碧羅抹胸，外罩鵝黃褙子，胸前露出的一痕肌膚如凝霜皓雪一般。一頭烏絲綰成同心髻，鬢邊斜斜插了一支琉璃簪，垂掛著銀線流蘇，微一側首，被燈光照映，連帶靨邊的兩點翠鈿都跟著微微一燦。定權疑心那是她展頤所致，再瞧她臉上神情，卻並無喜樂之態，隱隱記得仿似見過這情景似的，一時卻又想不真切，倒是稍感惘然。

阿寶被他呆呆地看久了，微覺羞惱，偏過了頭去。定權這才回過神來，笑道：「妳別多心，我是看——這身衣裳妳穿著並不好看，倒還不如妳從前那麼打扮。」阿寶點頭道：「妾知道，婢作夫人，總是刻鵠不成[45]。」定權搖頭笑道：「倒也不是這麼說話。妳太瘦了，穿抹胸簡直是自暴其短。」

適逢宮人奉茶，定權便也不繼續取笑，持盞飲了一口，正色問道：「還住得慣嗎？」阿寶答道：「是。」定權道：「還缺些什麼，叫周循去給妳送過來。」阿寶道：「不缺什麼。」定權四下環顧，放下茶盞，笑道：「還少幾部書吧，還有筆墨紙硯。妳喜歡念什麼書，說來給本宮聽聽。」阿寶面色一滯，不再答話。定權笑道：「是小玉落節，還是紅拂夜奔？」轉口又道：「哦，本宮忘了妳是詩禮人家，哪有給閨閣千金看這些東西的道理？」阿寶愈發難堪，側過臉去一語不

45《後漢書・馬援傳》：「刻鵠不成尚類鶩」，意指仿效失敗。

發。定權倒也並不以為咎，站起身朝她欺近兩步，伸手便向她胸口探去。

阿寶大驚失色，方欲迴避，左手已為定權緊緊箝制，未及掙扎，他的右手已經貼上了她左胸。手掌下覆蓋著的那顆心突突跳得飛快，定權放下手來，任由阿寶掙脫，笑道：「人心這東西，奇怪得很吧。雖是妳自己的，卻也猜不透，勘不破，握不住。不過說人心難測，其實也不盡然。我只是奇怪，妳小小年紀，縱有潑天本事，說謊的時候，手不冷嗎？心不跳嗎？背上不會出汗嗎？」她繼續沉默，他則繼續笑言：「阿寶，妳的心，為什麼跳得這麼快呢？」

這是他第一次明明白白呼喊她的名字，她卻無法回應，連自己都覺得心律異常，要頂破腔子跳出來一樣，試著悄悄舒了兩口氣，卻毫無作用，終於忍不住援手捂住了心口。定權笑道：「這就是了，好好管管它吧，能夠管住了，妳也便不再是人了。」他的指甲堪堪地劃過几面，停留在了燭臺前，帶出了一聲彷似低嘆的聲音：「是佛。」

他終於抬起頭，問道：「妳沒有什麼話要問我嗎？」阿寶道：「沒有。」定權點頭笑道：「妳是真的聰明。」又道：「宗正寺今日已為妳造好了玉冊，天下皆知妳已是當朝皇太子的側妃，食六品才人俸祿，我今日來就是為了告訴妳這件事。至於冊封禮，我認為妳當下身體不好，可以免去。但女孩子的心事我也不大清楚，所以若妳執意要舉行，我也並不阻攔。」

她無話可說，終知道連日來的憂懼成真。他則審視她，評估她，以他一向的自得自滿一廂情願地下了結論：「不管妳是什麼人，能夠嫁給我，總也是談不上一個委屈的，日後便安生過日子吧。」阿寶蹙眉，終於開口：「殿下——」言尚未出，已被定權打斷道：「成事不說，遂事不諫。過去的事情，本宮不想問了。只是妳畢竟還年少，靜居的時候，耐住性子好生想想今後打算，總是無害的。」

他說這話時，抬眼已經瞥見了架上的淨水瓶，伸手將它取下，放置在案上，為她講解：「這是前朝越窯祕色瓷，人說越瓷不及本朝耀瓷，但也未必，不厚古薄今來看，此物還是極難得的。」這話並不假，這只祕色瓷瓶釉色溫潤，似青非青，瓷胎薄得與紙相似，背後映著燭火，如玉暖生煙一般。阿寶點頭附和：「是。」定權道：「妳說說看。」阿寶一哂道：「千峰翠色，雨過天青，澄瑩如玉，素潔似冰。這是文獻中已經形容盡了的，妾實難再有新意。」定權道：「不錯，後面的都說得不錯，只是頭一句。」他提起了那只淨瓶，輕輕撒手，阿寶未及驚呼，那數百年前的珍瓷已經砰然落地，如碎冰，如敲玉，如擊磬，連粉身碎骨之聲，都悅耳動人至極。

定權含笑望著地上碎瓷，道：「這才叫作千峰翠色。」忽然想起一事道：「對了，妳這名字造冊可不大好聽。我給妳新取了個名字，叫作瑟瑟——顧瑟瑟。」他拉過阿寶的左手，伸出食指，指甲如刀筆勒石一般，在她掌心中刻出了一個「瑟」字，湊過臉去，低語道：「知道這個字是什麼意思嗎？」他的氣息吹到阿寶的耳畔，阿寶在他手中禁不住瑟縮了一下。

他亦覺察到了，一笑放手。瓷片本薄，經他踐踏，愈發零碎。阿寶望著滿地碎瓷發呆之際，他早已經去遠。

她慢慢蹲下身來，欲拾撿那些瓷片，一旁的宮人早已叫道：「顧娘子快放手，妾來效勞。」她名叫夕香，這是阿寶已經知道的，遂笑道：「不妨事的。」夕香卻著急起來，忙攙扶她起身，又斥責另一宮人：「還不快把此處收拾好？」回首對阿寶笑道：「顧娘子且去那邊坐坐。」阿寶轉念，知道她怕自己用這碎瓷自戕，一哂便隨著她走開。

雖然定權言語無賴，但終不失信，幾日後命人將紙筆書籍皆送到了阿寶房中，一同送去的還有一匣花鈿，有金有翠，匠造精巧，卻不知是何用意。守備並無半分鬆懈，看樣子這是長久拘繫的架勢了，阿寶不由也嘆了口氣。

太子納她為側妃的用意，其實大抵可想而知。自己陡然間便大張旗鼓地變成了東宮的側妃，又投遞不出隻信片紙，不論主使者疑心自己變節洩密，或是功成身進，皆是人之常情，屆時自己或成弃局棄卒，或成引蛇之餌，再訊問起來，再檢查下去，自然亦可便利許多。

她不得不感慨他的高明，這個六品的爵位，於他不過只是惠而不費的舉手饋贈，就如同打發幾包不合口味的糖果。但於她，卻是要她用一生來殉職了。

不可展望的一生依舊是一生，無未來的一生依舊是一生，依舊是一個人最珍貴的東西——新封的顧才人慢慢援手，將盒中翠鈿裝飾於臉上，鏡中的面龐，是如此青春和美麗的生殉。

齊王依舊於午睡後去趙王府，見定楷仍在窗下臨寫太子饋贈的兩卷字帖，心中畢竟微感不快。看了看敷衍笑道：「五弟的字真是進益了。」

定楷笑道：「大哥先坐。」自己洗去手上墨痕方陪著他坐下，問道：「大哥是為了前幾日說的那個顧氏來的吧？」定棠笑道：「我只是過來瞧瞧你。」頓了片刻又道：「不過你既已提起來了，我這幾日確實也在疑惑那個顧氏究竟是什麼人。」定楷道：「太子前日的模樣大哥也是看著了的，不像是有什麼隱情的樣子，偏巧是一姓罷了。」

定棠冷笑道：「你哪裡知道這其中的事情？」定楷笑道：「正是，大哥又不肯告訴我，我向何處知道去？」他言下之意，於己似有疑心，定棠遂正色道：「宗正寺的人說是前任華亭郡守的嫡女，知州既無罪過，他的子女怎麼會悄沒聲到了他宮中去？五弟想想便知，他為人素來滑邪，不是偽造了此女的家世，便是……」留了半句不說，低頭沉吟飲茶。

定楷方想答話，忽聞窗外有侍者報道：「二位殿下，凌河的軍報午時已經送進了宮中，中宮殿派人來傳與二位殿下知曉。」此乃國家大事，定棠忙將兒女私情抛至一旁，急步走到門前，問道：「什麼軍報？」侍者應道：「是我軍大捷的軍報。」定棠倒退了兩步，問道：「是嗎？」

定楷看了他一眼，微微一笑，端起茶盞來緩緩啜了一口。

第十六章

碧碗敲冰

凌河大捷，毫無疑問是靖寧二年朝中頭一樁大事與喜事。世人皆知，此役一畢，國朝與虜寇便算攻守易勢，接下來的戰爭，比拚的不過是車馬錢糧而已。若待最終決戰過後，虜禍肅清，邊境少說也有三、四十年安然可圖。

故軍報一到，不出三個時辰，上至省部公卿，下至在京各個司衙的芝員芥吏，皆已經得知。眾人莫不奔相走告，額手稱慶，皇太子母家近些年來頗不得志的幾位侯伯的門檻，也險些叫報喜之人夷平。如是未等天子頒旨，京中百姓便也輾轉得聞，上燈時分，便聽見街頭巷角零星的爆竹聲響，如同節日一般。

詹事府衙門的位置，在禁中大內御溝的東南，酉時已經早過了散衙的時候，許昌平仍坐在府衙中，一個主簿，自然無人留意他在做什麼，何況今日正官在本部，未至衙內，眾人心中歡喜，也沒有幾人先走，他也並不算刺眼。許昌平此刻便嘴角銜著一抹笑，冷眼望著自己的頂頭上司們聚在一旁眉揚色舞，口沫橫飛。雖然離得遠了，但興致上來，免不了高聲大氣，終有些隻言片語落入了他的耳中。

「顧家人到底還是有幾分硬本事的，不然能夠撐過這麼多年？」、「是極是極，自太宗朝始，到如今已近五十載，戚畹之族，實屬難得了。」、「這一仗打得不順，聽聞聖上也是憂心成疾，不想突然峰迴路轉，到底是天佑我朝，大司馬此番是不世之功啊。」、「正是，雖說聖意近年來頗有些壓制外戚之意，待東朝繼統，只怕這顧家又是一番柳暗花明新光景了。」、「新光景？呵呵。」、「呂府丞覺得這話好笑？下官倒是要請教了。」、「本官何曾笑了？」、「列位皆聽得清楚，府丞這是什麼意思？難道是笑我說的東朝……」、「喝呀，二位，我們是在說大捷，哈哈，大捷。」

他們烏泱烏泱，鬧得不堪。許昌平覺得多留無益，嘆了口氣起身，走到眾人面前揖道：「諸位，下官先行告退。」眾人正說得得意，哪裡去理會他？許昌平遂拂了拂袖子逕自離去。

晚照方好，半天斜陽徐徐鋪開，如流丹，如吐火。映得雕梁飛甍流光錯彩，青槐弱柳含翠耀金，街上熙來攘往的行人，頭臉衣衫也皆渲染成了朱赤之色。偶有官馬過鬧市，攪起漫天紅塵，看來明日又是太平盛世裡的一個晴好天氣。許昌平卻突然想起兩句話來：「田單破燕之日，火燎於原；武王伐紂之年，血流漂杵。」[46]太子說的那句「他們都是我的子民」，雖屬煌煌正論，但他聽的時候卻並不以為然。此時在這普天祥和下，反倒微微覺得有折心錐骨的疼痛。

皇太子此刻早已被召入宮中，卻破天荒沒有同召齊趙二王。皇帝見了他的面，也是頗為歡喜的樣子，笑道：「朕早言不必擔憂，捷報果然就已經到了。」定權亦笑道：「陛下聖明。」皇帝與他言笑了片刻，將軍報原件遞給他，道：「你

46 唐寇豹《赤賦》，僅餘此句。

舅舅在上說斬首三萬餘，折損近三萬，慘勝如敗，在奏報裡向朕請罪，你以為如何？」定權略一過目，回道：「此戰甚為艱難，將軍想必已經行盡全力。不管如何，總歸是勝了。臣以為，還是宜嘉獎將士，論功行賞。至於顧將軍處，可不事賞罰，敕令他以為後事之師即可。」皇帝笑道：「你終究不肯替你舅舅說話呀。此役虧在遷延過久，若能速決，不至於如此。只是前方有前方的難處，也怨不得他。太子身處九重宮中，雖不能親臨親蹈，卻也要知道、明白、體恤。」定權垂首答應：「臣謹遵聖訓。」

皇帝看了他一眼，道：「你舅舅今次還是立了奇功的，朕的意思是，叫他安頓好了軍中，回京來一趟吧。一來慶功獻俘，張揚我朝天威；二來朕想同他當面說說決戰的錢糧準備；三來你們甥舅也許久未見，不說朝上公事，私下一家人也可團圓。你怎麼看？」定權將奏報雙手遞還，回道：「此大政，全憑陛下主張。」皇帝道：「如此便好，你去告之祕書臺，讓他們擬敕給顧思林，叫他旨到後兩旬之內，入京述職。」又笑道：「今晚不必出宮了，留下來陪朕用晚膳吧。」定權躬身答應，隨著皇帝一起出了晏安宮。

皇帝的敕令第二日便由快馬送出了京師，顧思林返朝的消息俄頃上下傳遍。一時西苑及刑書吏書，以及東朝宮官禮書和幾個侍郎的門前也有了幾分門庭若市的氣象，只是定權除了入宮，便閉門不出，不論戚族還是臣屬，不肯輕易再接納半人。饒是如此，仍生怕皇帝起忌，後來索性聲稱中暑，向皇帝告假。皇帝自然明白他的顧慮，不過於心底罵了兩句豎子狡猾，便下旨令他榮養，又委派御醫時時過西苑看拂。定權遂終日窩在自己閣中，專等著顧思林進京的日子。

他雖然極力掛念著母舅入京一事，但既幽居深宮，內言不出外言不入，也逐漸安下心來，只是作書告知張陸正等人，令他密視省部中的口風動態，又囑咐他及諸人慎言慎行，萬不可參與顧思林返朝之事云云。信既送出，一時無事可做，竟日裡寫幾筆字，讀兩句書，倒也落得了幾日清淨。

某日午睡醒來，正值窗外雲淡風輕，晴絲嫋繞，自覺長日無聊，又記掛後苑池中菡萏是否開放，遂更衣慢慢踱至後院水榭。方坐下便聽周循差人來報，大內派來了敕使。定權不知何事，只得令周循先將來使迎進，自己又折返更換了公服，一番折騰不免又是滿身躁汗。

至正廳看見來者，他不由笑道：「奴子們不懂事，也不知道報告一聲是王翁來了，倒勞煩王翁多等了許久——只是我也沒有想到，陛下總算捨得放王翁出宮了。」王慎笑道：「是臣自己討來的差事，今年這最後一茬櫻桃，今日送入宮中。陛下說殿下害暑，想必胃口不振，吩咐給殿下送些過來。又囑託說殿下身罹暑熱，要少飲冰。」皇帝既然有話，定權遂跪地叩首道：「臣惶恐，勞陛下掛心，請常侍代為上達，臣叩謝天恩厚愛不盡。」王慎避至一旁，待他做作完畢，扶他起身笑道：「殿下忒多禮了，大熱的天氣，何苦還穿戴成這副樣子？」

定權吩咐周循將櫻桃收下，又笑對王慎道：「王翁且寬坐，我這裡可存著好茶，我親自來點，王翁吃一盞再走。」王慎笑道：「來日再叨殿下的光吧，臣這便回宮覆命了。」定權方欲挽留，又聞他輕聲道：「陛下想讓齊王一同主持郊迎事宜，已經照會了禮部。殿下現在去同正副詹說說，只怕還阻得住。」定權一愣，方回過神道：「我知道了，多謝王翁。」

王慎悄悄嘆了口氣，方欲辭退，忽聞定權道：「母親薨時，將我託付給了阿公。我獨身在宮內住的幾年，也全賴阿公照拂。這些情，我總是記在心上的。」他提及舊主，王慎也略感心酸，揉了一把眼角道：「老臣有本事的地方，總是向著殿下的。沒本事的地方，殿下也不要怪罪。」定權點頭道：「我也只是這樣一說，我又何嘗不知道阿公的難處？」又說了兩句好話，到底命周循取出了兩餅小龍交給他帶回，才親自送他出門離去。

周循隨著定權折返，見他陡然間面色陰沉，賠小心問道：「殿下，賜下的櫻桃要怎麼分配？」定權冷笑一聲道：「那是天恩，你說該怎麼辦？打個神龕供起來吧。」周循無故又碰了個釘子，只得自認晦氣，答應道：「是。」定權雖說賭氣話，想了想，終於轉口道：「難得陛下心裡也有想到我的時候。你去敲冰，把櫻桃湃起來，送到水榭那邊，叫良娣她們都過去，就說共沐天恩雨露吧。」周循擦了把汗唯唯道：「臣這就去辦理。」

待定權再換回衣服，又重新擦過了臉，周循已於後苑水榭中將冰塊、乳酪和櫻桃都安排妥當了。六月初的末茬櫻桃，已經肥厚甜美之至，剔去核渥在晶瑩寒冰當中，溉以乳酪，粒粒如雪中珊瑚珠一般。府中良娣、昭訓、才人、奉儀等一干側妃也皆已等候在了亭中，圍著低聲談笑。

自元妃歿後，定權少與她們會晤，幾位側妃竟日無聊，又無可拈酸吃醋處，私底裡相處得倒頗為融洽，鶯鶯燕燕五、六人，遠遠便聞一片笑語聲。定權聽見，不由輕輕皺了皺眉。眾妃見他進來，頃刻間緘默無聲，定權自己也覺得無趣，遂笑指几上櫻桃道：「宮中才送到的，想來諸位四月間都已吃過了，也不算嘗新，只當是消暑吧。」幾位側妃這才回過神，紛紛施禮道謝。

定權環視榭中，蹙眉問道：「顧才人呢？」一個內侍答道：「周總管沒差人去請她。」定權斥道：「不是說讓娘子們都過來的嗎？你去跟他說，叫他親自把顧娘子送過來。」

幾位側妃素來寡寵，先前蔻珠一事在西苑內已鬧得人人盡知，近日裡又有個卑賤宮人莫名其妙得到牒紙，心中本已頗為不快，此刻見太子又專程邀她出來，更不由暗暗捉鼻。

阿寶頃刻便到達，衣色清淺，脂粉單薄，看得出來妝飾匆匆。她莫名被周循叫出，見到水榭中的架勢，不知就裡，心中自然感到疑惑。上前按照定權的指點向良娣、昭訓們一一行禮，又尷尬地接受了兩個奉儀咬牙切齒的禱祝，便斂裾默默退至一隅，跟隨她的兩名宮人也寸步不離，一併侍立至她身後。

她品味不高，架子卻擺得十足，竟還將侍女直攜入亭中，諸妃更是心中厭唾。礙於主君在前，不便表達，只得各自暗中狠看，以預備下將來談資。目光交流，意在語前，均覺得這個賤婢不過是尚稱清秀，除了膚色略白些，實在看不出出奇的地方。她們眼中官司打得熱鬧，雖無人說話，但水榭內氣氛卻還是活躍的。定權不由也覺得好笑，佯作不察，對阿寶道：「妳也坐吧。」

內臣見各人分位坐定，上前將櫻桃分盛於盞中，首先奉與定權。定權擺手道：「叫她們用就是。」自己命人進上砂糖綠豆甘草冰雪涼水[47]，連飲兩盞，只覺得腹內冰涼，肌膚上仍是一片燥熱，四顧一周，指點阿寶道：「來給我撥扇。」阿寶只得起身，揀起手中團扇，上前慢慢為他撲搖。

諸妃拈酸望去，見太子身穿一件素白褙子，既不戴冠，也不束帶，倚於朱紅欄杆上，愈發襯得眉目如畫，丰神似玉，一旁卻是阿寶侍立，不免要生蒹葭玉樹之嘆。饒是幾人皆出身名門，素有涵養，此刻也難免手上加了些動作，水榭裡一片碗杓叮噹碰撞之聲。

定權發了片刻呆，見眾人將櫻桃分食盡，了結了這樁麻煩事，更加覺得無

47 宋代消暑冷飲。

趣，起身笑道：「妳們就在此處納涼吧，我還有事，便不奉陪了。」又對阿寶道：「妳跟我走。」炎天溽暑，諸妃嚴妝麗服而至，無非是想叫他多看兩眼，他卻不解風情，甫到便離，還不忘帶走那個賤婢，更加眾人心中鬱悶。待兩人走遠，水榭中一片憤憤征伐聲，無非是將狐媚惑主、婢作夫人的舊話又重提了個無算。

阿寶跟隨定權沿著浮光躍金的清淺池塘一路走回，轉過一叢修竹，定權忽然駐足笑道：「妳便是在此處撞上本宮的吧？」阿寶臉上一紅，點頭道：「是。」定權問道：「妳怎麼便算得出在這裡能碰上我呢？」阿寶低聲道：「成大事何拘一時成敗？況且西苑不過掌大的地方，妾行來走去，終有能遇上殿下的時候。妾不過是時運略高了些，華蓋照頂，頭一遭出來便得見了殿下金面。」定權將足邊一片破碎的琉璃瓦片踢至水中，忍俊不禁地讚道：「好，好。妳這麼說話，我聽了倒很喜歡。」

向前走了兩步，他又道：「本宮的舅舅要回來了。」這句話憑空而來，毫無道理，阿寶愣了片刻方道：「妾不知道。」定權道：「正是說給妳知道的，國舅要回來了，西苑宮門前的人陡然就多了起來，我不願意湊那個熱鬧，索性跟聖上裝病躲幾天。妳可明白這是為什麼？」阿寶點頭答道：「臣門如市，臣心似水。」定權拊掌，大笑至打跌道：「妳實在是個妙人。」阿寶等他笑罷，嘆了口氣，問道：「殿下告訴妾這些話，又要做什麼？」定權拍了拍她的肩膀，笑道：「鸚鵡能言，不離飛鳥。我有金屋玉籠，還擔心妳去跟誰學舌呢，我的雪衣娘子[48]？」他的顏色霽和，阿寶卻回想起了方才的櫻桃，入口甜美，卻從喉底一線冰入心底。

大出諸妃意料的是，是夜奉召前往正寢的，並非她們在水榭中詈詬的那個狐媚惑主的顧才人，而是府內唯一的一位良娣謝氏。謝良娣亦是大家閨秀，出身不輸已故元妃。若皇帝不另行為太子擇妃，那麼她拾階而上，便是正理。

48 傳說為楊貴妃所養白鸚鵡名。

第十七章

將軍白髮

長州與京城，相去近千里，若帶大軍開拔，雖日夜並程也需彌月。朝廷連年用兵，最怕周轉不力，是故逾半府軍都常年駐紮於承州。承州與長州緊鄰，朝廷又專設正副都督協佐長州辦理軍政各事，可戰可囤，前線需要調度時，亦更加機動。

敕使於五日後抵達長州，其時顧思林還在清點擄獲，打掃戰場，接到皇帝敕令，心中也微感詫異。雖如此，奉旨當日還是急急擬定了有戰功、宜頒賞的將士名冊，又安排押送俘獲戰利事宜，令他們先行上路，取道關中，抄近道入京畿。直到手中要緊事務布置妥當，方將善後諸事一併交到了幾名留守副將的身上。雖如此也用去了三日有餘，這才帶著幾位功高將領，點了五百親兵，輕裝簡騎，不待明日便要出發。

副將顧逢恩前往送行，不禁發問：「陛下給定的時日寬裕，將軍又何必走得如此匆忙？」顧思林看他一眼，答道：「王命下，不俟駕而行。我拖延了這幾天，已是不該。我去後，你務必要盡心竭力，安頓軍務。」顧逢恩朗聲答道：「大司馬鈞令，屬下牢記。」想想終又笑道：「我還是三郎娶親之前見了他一面，不知道他現下怎麼樣了。」顧思林斥責：「稱殿下！」顧逢恩應道：「是。」顧思林嘆了口氣道：「我昨夜囑咐你的話，你可都一一記住了？」顧逢恩抱拳施禮，道：「大司馬放心去便是。」又低聲道：「爹爹放心。」顧思林點了點頭，這才認鐙上馬，帶著敕使車駕一道開拔。

顧思林一路南行，人不落鐙，馬不下鞍，終於六月末抵達了京畿左近的相州，此時離皇帝給定的期限仍有五日之距。人馬行至相州，反倒放緩了步子，只說是等候押運俘獲的隊伍趕到，再一併起程，並請敕使先行入京稟奏天子。

皇帝得了奏報，也自然歡喜，遂向禮部問起納俘慶功的儀典安排進度，待知已將就緒，更加天顏愉悅。復問起太子，亦有掌太醫院的禮部屬員代為回答：「太子殿下仍在報本宮內安養。」皇帝皺眉道：「又不是什麼大不了的病，靜養了十來天，也該好了。你去他那裡，傳朕的口敕，說他舅舅就要到了，當日郊迎典禮叫他主持，也讓他早做準備。」

定權得到皇帝的旨意，病自然也便好了。遂打起精神，接見了禮部幾位首長，詢問明白是日安排，無非是按著祖制朝綱，先郊迎，後獻俘，後告太廟太社，後饗宴等。

他所關心的卻並不在此處，輕輕聽過，待禮部官員說得口乾舌燥，方問了一句：「郊迎時的禮儀供奉，是由哪幾個衛所負責？」本朝除直隸皇帝、專職禁中守備的親軍衛，隸屬於京軍衛的衛所在負責京師安全外，尚有於祭祀時清道徼巡、奉引儀仗的職能，太子此問看來並不突兀。禮部祭祀由太常寺所司，此刻便由太常寺卿、詹事府少詹傅光時答覆道：「殿下，共四衛——鷹揚、驍騎、天長、懷遠。」定權皺眉道：「由誰人調度？」傅光時道：「是齊王。」定權問道：「為何是他？」

幾名大老一愣，互看了一眼，皆示意左侍郎趙尚法回答。月前經廷臣推舉，天子首肯，禮部尚書何道然已經接任中書令，禮書人選尚未定，由佐官趙尚法暫時代行尚書事，他責無旁貸無可推脫，只得硬著頭皮答道：「是陛下旨意。陛下說大司馬凱旋，乃國中盛事，必使在京皇子宗室皆出使儀典，以示對將軍寵渥。齊王過去亦有代天子禡祀、閱兵的經驗，是以此次執掌，當屬駕輕就熟。」

定權問道：「這麼說的話，趙王呢？」趙尚法回答：「趙王自然亦是要出席的。」定權道：「我知道他自然是要出席，我問的是他可將兵？」傅光時在一旁插嘴：「趙王只是納迎，不將衛軍。」定權奇道：「這是為何？趙王已行過冠禮，身受王爵，為何不算他一個？」趙尚法道：「這是陛下——」定權打斷他道：「陛下不說，非愛惜他，而是怕他年少而承重任，諸臣心中不服。陛下有撫恤臣工之意，臣子豈可不察君父苦心？與本宮同在京中的只有這兩個嫡親兄弟，這種盛典上厚此薄彼，怕是非但趙王臉上不好看，中宮那裡也是說不過去的。」說罷看著趙尚法，笑道：「當然本宮也只是建議，是否可行，諸位熟習典故，還請指點。」

趙尚法尷尬非常，四顧一周方推諉道：「還請諸同僚議論。」右侍郎宋惜時素來與太子親善，為人也甚是乖覺，忙附和：「殿下思慮周密，臣等不及。殿下一片至純孝悌之心，臣等感動莫名，安敢不察？臣及諸位同仁這便向陛下上奏，言趙王殿下共領禁軍事宜。」光祿寺卿事不關己，卻素來和太常卿有些齟齬，遂也在一旁拍案幫襯道：「宋侍郎高明，趙侍郎以為如何？」

趙尚法被他陡然一問，心下抱怨，此情此境，也只得含糊其詞：「臣以為……殿下所言皆是天理……」尚未說完，光祿卿忙道：「趙侍郎也無異議，再好不過。傅詹事乙太常卿的身分上書陛下最為適宜，臣等願一併聯名。」定權笑道：「我朝以禮儀立邦，萬般諸事，皆要倚禮從之。諸位居此位，可謂國之砥柱矣。眾多事項，還是要仰仗諸位。」眾人忙還禮不迭，定權已一笑起身離去。

待得諸事真正安排妥當，顧思林已於京郊整頓駐紮，等待皇帝宣召，便準備攜軍入城。皇太子一早前往東宮，是日寅時便起，易服聽詔，乘金輅前往外城北落門。旭日方升，還不算溽熱。只是他今日代帝親迎，又要預備告廟，穿著全副袞冕，羅衣羅裳，中單蔽膝層層累累，又有革帶、玉珮、大綬加在腰上，還佩帶一柄配劍，便是走動也嫌累贅。此刻立於城頭，片刻便汗流浹背，一旁內臣不住為他拭擦額上汗珠，一面翹首等候將軍進城。

定權行至雉堞[49]前，向下望去，見齊王、趙王各具甲胄，踞於馬上，千餘禁軍壓後，百官分立兩側，雖越千人，卻只能聞樹頂蟬噪，林間鳥啼，再無半毫

49 垛口、短牆。

其他響動，當真堂皇威儀之至。

他站立於千萬人之上，卻只覺危欄難倚，高樹多風。皇帝一面大力褒揚顧思林，敕令皇太子親迎，給足了他和自己顏面；一面又令親藩在郊迎時統領衛軍，將本已紛擾的朝局攪得更加混沌不堪。

眾所周知，本朝親衛軍中號稱上直十二衛的控鶴左右衛、虎賁左右衛、羽林左右衛、神策衛、天策衛、龍驤衛、鳳翔衛、豹韜衛、飛熊衛雖名由皇帝委任的四位侯、伯、駙馬帶領，其實便屬皇帝本人親統。而府軍前後衛、府軍左右衛、武德衛、武威衛、廣武衛、興武衛、英武衛、神武衛、雄武衛、振武衛、宣武衛、鷹揚衛、驍騎衛、天長衛、懷遠衛、崇仁衛、長河衛、旗手衛、鎮南衛、義勇衛這由京軍衛管轄的二十二衛所中，有七衛指揮使是李柏舟任職樞部及中書時親自簡拔，與齊王關係頗密。此次郊迎所用的鷹揚、驍騎、天長、懷遠俱不在此七衛之列。若是齊王藉機順理成章再掌握了這四衛六千人，則京軍衛近一半也都落入了他的手中。

定權放眼望去，文臣群中只可見一片朱紫之色，冕上的白珠九旒於眼前來回擺蕩，根本看不清張張低垂的臉孔。想起張陸正等人轉報的省部間種種暗湧潮動，眾人揣測紛紜、舉棋不定的情態，此刻也只有暗自嘆息。

皇帝最終肯將這四衛一分為二，使二王共領，總算使他稍舒了口氣，至少今日郊迎後，趙王天長、懷遠二衛的兵符還可及時討還——儲副不將，是本朝祖制。開國伊始便有朝臣進言，言「儲副之位，止於侍膳問安，不交外事」，又言「撫軍監國，自漢至今多出於權宜[50]」，是故自己手中，除東宮衛數百人，再無可直接調度的軍隊。李柏舟之後的樞部盡入他人掌握，為人作嫁的怨望也再一次不合時宜地湧上心頭。

城上侍臣見太子筆直站立，翹首前望，哪裡知道他的紛繁心事，陪笑道：「將軍車駕未至，殿下先坐下歇息片刻吧。」見太子回頭一蹙眉，立刻緘口禁聲。又等候了小半個時辰，方有人來通稟將軍已至郭下，定權急令使臣前往頒布教旨，令將軍即刻入城。

不出片刻，眾人便先瞧得煙塵半天，感知腳下地動。遠遠望見數百軍士，托著數騎前來。兩側迎風翻飛的大纛也愈來愈清晰，一列幾面為特近榮祿大夫、左柱國、太子少保、武德侯顧，一列幾面為樞部尚書、長州都督、承州副都督、鎮遠大將軍顧。定權見旌旗獵獵，漸行漸近，便動身下城。齊趙二王見他下來，忙也下馬，侍立至他身後。

此時鼓號齊響，聲樂震天，顧思林已兵臨城下，下馬單膝下拜向定權行禮道：「臣顧思林參見皇太子殿下。」他甲胄在身，按制本不需行跪拜禮。定權忙伸手托他起來，道：「大司馬請起，大司馬勞苦功高，陛下特命我等在此迎候。」

---

50 出自《宋史・尤袤傳》。

顧思林忙又謝過皇帝天恩，方向二王行禮。齊王還禮笑道：「舅舅這可折殺我們了。」

定權已有四、五年未與國舅謀面，此刻匆匆打量，只覺他較自己記憶中已老了許多。顧氏一族的容貌本都頗為漂亮，先帝曾有戲言：「芝蘭玉樹，皆出其庭。」定權的容貌便有六、七分母舅的樣子，是以顧思林將兵，未免俊雅有餘，威武不足。當時他以帶刀散騎舍人的身分初入地方行伍，人見他面容清秀，出身高門，礙於他宰輔之子與寧王郎舅的身分，心內卻多有輕慢，背後給他取了個「馬上潘郎」的諢號。如今雖仍在馬上，卻是安仁老去，眼中面上，頗現風霜。

定權心下微覺悲傷，轉而向二王下令：「請將軍策馬入太廟。」二王遂行軍令，將顧思林帶來的軍士安頓於城外，自領四衛簇擁著皇太子輦駕和將軍車騎進城。一干官員見太子起駕，也紛紛尾隨。佇列浩浩湯湯，金鞍錦韉，紫袍玉帶，充塞道路，兩旁百姓夾道，也只覺得逢國家盛典，見天朝威嚴，振奮不已。

垂拱城門外的獻俘之儀[51]在前日便由有司鋪排妥當，城上設皇帝御座，城下設大將軍位次，以下文東武西相對而立。此刻待各自更衣後就位，奏樂鳴鞭，鞠躬拜興如儀。奏凱典儀結束後，再行宣露布獻俘式。由刑書杜蘅上奏皇帝，

---

51 獻俘禮儀從明。

交戰俘於刑官。頃刻後，便有敕旨自垂拱門上下達，命開釋戰俘，賜其中國衣冠，暫由理藩院看顧。同時下達封賞戰將的敕旨，顧思林上報的有功將士無一遺漏，俱獲封賞，眾人再次舞蹈拜謝。

如此繁文縟節，直折騰至近暮。眾臣一早出來，隨駕在城門馳道，明堂太廟之間輾轉，光衣服就換了幾次，早餓得口不能言，手腳發軟。待辰時鼓樂齊鳴，為顧思林慶功的宮宴開始時，坐在朵殿中的三品以下官員也顧不上禮節，放口大啖餘暇，尚不忘偷眼察看殿上情形。

其時除齊趙二王仍在外戍守，大殿上的諸臣也皆齊聚。眾人宴前已更換了常服，因顧思林尚有樞部尚書職，此刻服尋常三品文官的紫袍，加恩腰束玉帶，下佩玉魚。皇帝見了，指著他向太子笑道：「太子可曾見真正儒將？大司馬便是一個。今日是國宴，也是家宴，你還不快代朕向你舅舅敬杯酒？」

定權答應了一聲，接過內侍奉上的金杯，行至顧思林席前，見顧思林早已起身等候，笑勸道：「將軍辛苦，我敬將軍一杯。」顧思林雙手接過酒盞，躬身向皇帝行禮道：「謝陛下。」又道：「謝殿下。」方將卮酒飲盡。太子既然帶頭，群臣便也絡繹起身敬酒，殿上筵席頃刻熱鬧起來。歌功頌聖之聲、吟詩作賦之聲，響成一片，蓋過了喧囂舞樂。

宮宴由戌時初直進行至亥時末，大殿外已悄然星辰漫天，玉繩低轉。顧思林素來雖然有幾分酒量，此時也不免耳目迷離，答非所問。皇帝見狀，遂笑道：「將軍病酒，今日便宿在宮中吧。」又吩咐定權：「你扶你舅舅過去。」定權躬身答道：「臣先服侍陛下歇息。」皇帝道：「朕這邊自有人扶持，你去就是。」定權這才答應了一聲，命王慎在外廷安排宮室，又叫人扶起顧思林，自己跟隨而去。

內侍將顧思林扶至榻上躺下，為他卸去簪纓鞋襪，便按王慎的命令去準備醒酒石和熱湯。一時閣中諸人盡去，王慎自己也掩門外出，只餘甥舅兩人同處一室。定權見顧思林一頭頭髮，已有大半斑白，心中不免難過，於他面前靜立良久，方欲起身，忽聞顧思林說道：「殿下比原先長高了這麼許多。」定權回頭，輕輕喊了一聲：「舅舅。」顧思林翻身坐起，點了點頭。

仔細察看他容顏打扮，心中悲喜交集，良久方問道：「聽說你爹爹……」定權點頭道：「有些緣故，舅舅不必憂心，我已經辦得妥妥貼貼了。」顧思林搖頭道：「你的膽子是太大了呀。」兩人相對無語，良久定權方強笑道：「大哥可安好？」顧思林道：「他也好，臨行時還問起你來。」定權道：「那便最好不過。舅舅安心在京中住幾日，只是……」頓了片刻，方繼續說道：「只是不要與外人會晤。」顧思林點頭道：「臣都省得。」定權道：「我不會私下裡去找舅舅，舅舅也別私底裡來看我。」顧思林亦是如前點了兩下頭，含笑道：「殿下長大了，臣死也便瞑目了。」

定權奮力忍住眼中淚水，想找出兩句勸慰的言語，卻如何也說不出口，終於只道：「遼水傷骨，劍戟無情，舅舅勿作此不祥之言。京中諸事有我，舅舅在前方安心便是。」顧思林聞言，心痛亦如刀割，起身摸了摸他腦後的頭髮，輕輕嘆道：「阿寶，好孩子。」定權登時臉色煞白，在燈下看著竟覺駭人。顧思林也自悔失言，強笑道：「臣醉了，僭越了。」定權搖搖頭道：「自母親去了，就沒人再這麼叫過我了。」兩人雖各銜了滿腹話語，亦無從說起。片刻王慎帶著內侍返回，定權囑咐了兩句好生服侍，便折身回到了宴上。

恰逢皇帝移駕，定權忙搶上前去扶住了他手臂。皇帝問道：「你舅舅睡下了？」定權答道：「是。」皇帝看了他一眼，問道：「你的臉色怎麼這麼難看？」定權笑答：「陛下知道臣的這點酒量。」皇帝笑笑道：「既是如此，你也先回去歇著吧。」定權笑道：「爹爹如這般說，兒便該打了。」皇帝笑道：「去吧，你一天也累了。今日朕心中高興，且記下你這頓打。」定權到底不肯，直扶著皇帝進了晏安宮，服侍他睡下方辭出。行近延祚宮時，畢竟沒有忍住，悄悄引袖拭了一把眼角。

第十八章

悲風汨起

身為外臣留宿宮中，固是莫大寵渥，是夜消息便眾口相傳，不脛而走，到第二日清早顧思林睡起去向皇帝謝恩時，朝中上下已都知曉了此事。當下待將軍回府，便又有紛雜人等懷了諸般心思登門拜會。顧思林倒也客氣，推說累日奔馳，體乏身倦，只恐慢待諸君，有失禮數，請諸君原宥云云，竟然閉門謝客，不納一人。他的原配已故，長子戰死，次子又正在長州留守，府內只留有幾名婢妾，也只好終日對著這幾張半生不熟的面孔，心中逕自牽掛軍中事務。

至於皇太子方面，更是聲稱因國舅還朝，諸事紛紜，爽性便鎮日據守延祚宮內，直到下匙前方返回西苑。朝中眾人引頸等著看兩人舉動，此時也不免得意的得意、失望的失望，只得仍是各司各職，各就各位。偌大事情，驚雷般張幕，到頭來卻連個雨點都不曾落下，除了皇帝或有相召，太子或有相陪外，在顧思林返回長州之前，居然風平浪靜。

顧思林在京內安住逾月，待奉旨將返時，天氣已不似先前暑熱。定權見敕旨終於下達，終於暗暗舒了口氣。他去國在即，皇帝又下令安排饗宴。因是家宴性質，只教陳謹等人前往宮門引領顧思林，一路前往晏安宮。

方過御溝，迎頭忽然走過一個著綠袍的年輕官員來，避閃不及，只得迎上前來向顧思林行禮，朗聲報道：「下官詹事府主簿許昌平見過大司馬。」顧思林停步，淺淺還了一禮道：「許主簿多禮。」待許昌平抬起頭來退立道旁，顧思林倒不免多瞧了他兩眼，心內隱隱只覺此人似乎有幾分面善，思忖片刻，笑問道：「主簿可是岳州人士？」許昌平恭謹答道：「下官祖籍岳州。」顧思林笑著點了點頭，道：「岳州人傑地靈，多出俊士，主簿這般年輕，便得佐導青宮，日後必定前途無量。」眼見許昌平面露喜色，躬身回答：「大司馬金口之言，下官慚愧不已。」這才不由暗笑自己思慮過多，便捨下他繼續前行。

陳謹賠笑問道：「國舅英明，怎知道他是岳州人？」顧思林笑道：「常侍不知，我帳下便有個岳州的副將，初時聽他講話，好不頭痛。這位許主簿中州之音已算是說得準的，可終究還是免不了有一、二字鄉音難改。」陳謹竭力稱讚了兩句，又笑道：「國舅見微知著，洞察如炬。他一個秀才官兒，得了國舅這幾句考語，怕是一夜都睡不安生了。」

康寧殿的賜宴是名副其實的家宴，只有皇帝、太子、齊趙二王和幾個宗室參與。幾個晚輩既不敢飲酒，又不敢闊論，無非順著皇帝的意思多闡發幾句老生常談，席間氣氛便頗有些拘束無趣。枯坐了一、兩個時辰，場面言語早已說盡，桌上珍饈卻幾未動箸，如是終聞皇帝發話道：「天已不早，朕還有幾句話要同將軍說，你們便先回去吧。」幾人如蒙大赦，忙謝恩不迭，出宮回府補餐去了。

眾人去盡，皇帝方回首對顧思林笑道：「一宴竟然乏味至斯，朕原本也不曾想到，看來請客不誠，委屈將軍了。」顧思林忙答道：「臣惶恐。」皇帝笑笑，親自斟了杯酒，遞到顧思林手上道：「慕之，你還是同從前一樣啊。」顧思林謝恩飲過，答道：「臣已經老了。」

皇帝似頗有幾分感慨，扳指問道：「你我君臣有多少年了？」顧思林答道：「於定新年算起至今，臣待罪轂下，也有二十五載了。」皇帝搖首道：「不然，你做帶刀散騎舍人時，我們是朋友，可以不計算在內。若自朕為親藩，迎娶王妃伊始，你為朕長史，股肱之臣，到如今已是二十六年了。」顧思林笑道：「陛下這話，實在是折殺臣了。」皇帝正色道：「朕說的是實話，當年恭懷太子薨後，若無你顧慕之，無你顧氏，朕與蕭鐸之爭，鹿死誰手，亦未可知。朕有今日，你是首功，便加你個上柱國也並不為過。」

皇帝突然提及舊事，且做如此言語，顧思林急忙放下酒盞，俯首跪地道：「陛下得承大統，乃是陛下天縱英明，懷具九五氣概。聖上出此言，罪臣有死而已。」皇帝笑道：「這些都是套話虛話，做不得數。一般是先帝血胤，這個皇帝誰又當不得？」顧思林不敢再答，連連叩首，口稱有罪。

皇帝離席，親自扶他起身，笑道：「事君盡禮，人以為諂。慕之從來都是這般謹小慎微，朕說你同從前一樣，就是說這個。不要動不動跪來拜去，說罪道死的，如今連太子都學會跟朕來這一套了。」看著他坐下，又問道：「聽說太子都不曾上門去看過舅舅？朕記得他小時候和舅舅最親了。」顧思林笑道：「殿下年紀也大了，自然與小時候不同了。」皇帝笑道：「他大約是不敢去吧。」顧思林道：「臣是外臣，殿下避些瓜李嫌疑，想來也是常情。」皇帝嘆氣道：「朕教訓他，是因為他適來太不成話。身居儲位，凡事不能自制自重，傳出去那是什麼名聲？現下他懂事多了，朕看在心裡，自然也是高興的。」顧思林道：「陛下苦心孤詣，俱是為殿下打算。殿下心中，定然也是感激陛下不盡。」

皇帝瞥他一眼，並不理會，搖頭接話說道：「只是如今偏有一起昏聵小人，見皇后已殤，朕又留著他兩個兄弟陪他讀書，竟在背後說些什麼『母愛者子抱』，無稽之談，還偏有人聽。朕哪次拿住，定是要殺掉一、兩個方可的。只是恐怕太子自己也信了，做出一副惶惶不可終日的樣子，又有何益？徒與別有用心之人增添話柄而已。」

顧思林忽覺口舌發乾，偷偷吞嚥一口唾涎，小心對答：「太子殿下若果真存此心，便是不諳君父深意，反信小人流言了。」皇帝笑道：「都說外甥似舅，你們說的言語都如出一轍。如果朕這個三哥兒哪日能像你一樣，朕就沒有什麼再放心不下的了。」顧思林俯首道：「太子生性聰穎純良，又得陛下諄諄督導教誘，定要與臣作比，便是拿鯤鵬來比學鳩了。況且臣已老邁，馬齒徒增，更如秋蜩望春陽，徒生慨嘆而已。臣有一語，懷據良久，不敢上達於天子。」皇帝道：「慕之與朕何須如此？有話便請直言吧。」

顧思林離座叩首道：「而今邊事稍和，敢請陛下另拔賢能，臣願歸田，終日服侍陛下左右。」皇帝大笑道：「這個朕可不能答應你，匈奴尚未滅，將軍又安可秣馬南山？」顧思林道：「臣抱此心已非一日，還望陛下明察。況且此役本是臣指揮失當，徒耗許多國帑人命，陛下非不加罪，反以為功，臣已是感動涕零，安敢久居其位，空惹天下批評？」皇帝再度托他起身道：「將軍前番上書，朕已知將軍心意。戰事艱苦，豈是將軍一人過錯？朕倒要看看天下誰人敢妄議將軍。」看著他又笑道：「我知戎馬已思林，不過還請振奮勉強。不獨是為朕，也是為太子守好這江山。至於擢拔一事，我聽說逢恩那孩子如今亦是大有出息，還望將軍舉賢勿避，多委重任，日後襲爵，復可留為太子之用。」

君臣兩人，一個泅過驚波駭湧，一個蹈過屍山血海，一對一答，雖明知彼此言非心聲，卻都將話說到了十分完滿。一時君臣相顧，顧思林涕淚縱橫，感奮道：「陛下之恩，天高地厚，臣有死以報陛下而已。」皇帝笑道：「慕之鎮日出入槍林箭雨，說話也不知存些忌諱。待得慕之功至雄奇一日，朕親自迎你解甲而歸，你我君臣有始有終，也為萬世立個榜樣。」

兩人促膝談罷，顧思林拱手告退。皇帝望他身影遠去，隨口笑道：「果然都有他顧家的血脈——如出一轍。」陳謹陪笑道：「殿下走路的模樣還真有幾分像將軍。」皇帝笑哼了一聲，起身拂袖入內殿，陳謹忙也跟了上去。

定權一頓飯既吃得極不開懷，又記掛著皇帝留下顧思林所為何事，還宮後只覺得心內不安。雖也暗笑自己思想過多，徒勞無益，卻終究難以靜心。丟下手中翰墨，於庭中散漫行走了幾步，其時月初，也無月可賞。簷下宮燈，隨風而動，搖擺得久了，即使閉上眼睛，也能夠感覺到暗黃光暈在眼前晃動。時辰已晚，風吹入領間袖口，竟也有了些初秋的寒意。他抬起頭，方發覺已經行至阿寶居處，想了想，便也信步走了進去。

阿寶逾月未見他，他也只聞說阿寶鎮日在屋內或讀書，或臨帖，從不出門。此時入內，看見她正在對著鏡臺摘取耳上璫環，是一副將要睡下的模樣。一時不知要說些什麼，待要出去，又覺得自己此舉未免太過莫名其妙，只得上前坐下。

阿寶放下鈿絡，緩緩起身，向定權施禮道：「殿下。」定權擺了擺手，道：「妳接著卸妝，本宮只是過來瞧瞧，怕下面人看顧不周，叫妳畏罪自裁了。」阿寶對他微微一笑，果真又背對著他坐了下去，從髻上拔下一支玉簪，才輕聲慢語道：「殿下送給妾的，皆是珠玉之屬，連金指環都沒有一個，叫妾拿什麼自裁？」定權笑道：「妳要討金討銀，還是等該交代的都交代了再說吧。本宮的俸祿也是有數的，白白替齊王養了妳這麼許久，還真有些捨不得。」

阿寶道：「殿下還想聽妾交代什麼？該說的不該說的妾都已經說了。早知道如此，妾當日就應再預留兩三分話，如今也好拿來搪塞。」定權搖頭道：「妳太過聰明了，我是不能夠全信的。我就是這樣的人，自己也沒有辦法。只好委屈顧娘子先插戴這些，等妳哪天思想明白了，或是陛下開恩漲了我的俸祿，那時要金要銀，咱們再作商量，妳說可好？」阿寶苦笑一聲道：「好。」伸出手去取頰上花鈿，大概月來指甲養得太長，一時卻不便摘下。

定權心裡微微一動，起身道：「我來幫妳。」阿寶微覺詫異，也不願因此等小事違拗他，遂微微點了點頭。定權走到妝檯前，一手托起她的下頷，一手輕輕為她摘下了兩靨翠鈿，神情極是專注，舉止也頗為溫柔。阿寶只覺兩人姿態尷尬，不由臉色轉紅。定權看見，取笑她道：「妳上次還說過做大事什麼的話，成大事者不但要懂得隱忍，臉皮更要和城皮一樣厚，像妳這樣怎麼行？」阿寶心事被他點破，一張臉孔忽然如敷上了一層胭脂一般，交手低頭不語。

她突然露出一副小兒女的嬌憨神態，定權倒不便再調笑下去。將那兩枚翠鈿托於手心中，默默放在燈下察看。阿寶久不聞他言語，抬首望去，只見他蹙眉靜坐，一副心思滿懷的模樣，眉宇間一道淡淡折痕，仿似天生。

兩人靜默良久，直到窗外一陣杜鵑啼鳴，方驚得定權轉過神來，信口胡說道：「這鳥兒想來也是滿腹心思，這個時辰還沒睡下。」阿寶輕聲問道：「殿下有心事？」定權笑道：「妳不必指桑罵槐。」又道：「我有心事，妳能猜出來是什麼嗎？」阿寶搖首道：「妾猜不出來。」定權微微笑了笑道：「妳不說實話，我也沒有辦法。」說罷起身道：「天不早了，妳睡吧。」

行至門前，忽聞阿寶低聲問了一句：「是國舅要離京了嗎？」定權回過頭來，臉上神情古怪，阿寶方自悔多語，他卻輕輕點了點頭，轉身離去。

定權信步走出，回到自己閣中悶悶坐下。展手來看，那兩枚花子依然黏在掌心之上，想是掌中溫熱，將背後的呵膠融開，所以一直不曾下落。燭火輕輕躍動，帶得兩枚翠鈿也明明滅滅，彷彿手心捧著的便是伊人遺落的笑靨。美人展頤，如春花綻放，只是今年的春天，早已經過去了。暮春時節自己到底做過些什麼，現在也想不起來了。定權將翠鈿從掌中撥下，看著它們飄落至青磚地上，便如微雨落入平湖一般，沒有半分聲響，既不再發光，又映著黑色地面，便再看不見了。他慢慢站起身來，心中不涉悲喜。

顧思林去京在即，剩得五、六日時間，還要到京郊巡營整隊，皇太子也協同禮部前後忙碌送行事宜。眼看著國舅恩返一事便要完滿結束，尚書省卻在此時突然接到了兩封御史臺的奏章，內容皆是彈劾顧思林於凌河一役中指揮失調，致使軍隊折損慘重，應予相應懲戒事宜。

兩位作者位階並不高，言辭也算溫和，但京裡近月來的情勢，如同一鍋已近燒滾的熱油，薪盡將要熄火時，突然被兩點冷水一激，登時開花般四濺飛散。一時間，相干的，不相干的，說話的，不說話的，卻都不約而同眼睜睜盯住了晏安宮和報本宮。

定權亦已知曉此事，反覆忖度，還是冒大不韙差人去喚了張陸正入宮。張陸正自後門下車，便被內侍逕直引至後苑，見定權正反剪雙手站立於太湖石山頂上的風亭中，便也提袍登上，躬身向他行禮。

定權隨手托他起來，手指遠方道：「孟直也來瞧瞧這早秋的顏色。」張陸正順他指向翹首望去，天青雲淡，遙遙可見京郊南山，依舊一片鬱鬱蒼蒼之色。金風已至，身居高臺，更覺萬籟清明。腳下幾株高大楓樹，葉緣已微微泛紅，萬葉千聲，迎風作響。他回首去看定權，見他端然獨立，一襲尋常紫色襴袍，廣袖當風，衣袂翻飛，湛然如同謫仙。只是這位謫仙的嘴角卻抿得鐵緊，見他看向自己，才勉強微微一笑道：「何如？山雨欲來風滿樓。」

張陸正方欲開口，又聞定權道：「你看這草木之色，現下雖仍然青蔥，卻終是不能持久了。再過幾日，便都要搖落。」張陸正思量片刻，終是正色道：「殿下，現下還未到悲秋的時節。」定權點點頭，轉口問道：「那兩御史何人？」張陸正答道：「臣查詢過，聽聞他們平素與齊王並無過往。」定權搖頭道：「他們果與齊藩有來往，我倒不會這麼擔心。我現今只後悔，沒有讓你入省，這次省內，尚不知會鬧出什麼樣子。」

張陸正一怔道：「殿下何出此言？何相雖是由殿下與齊藩共舉，但他為人中正，大事上分寸向來拿捏得準，況且還任過詹府首領，雖然日短，究竟也算東宮舊人。他在其位，其實有益於殿下。」定權嘆了口氣，道：「如今世道，說人中正也不算得什麼讚語。我知道，何道然是個畏事庸才，除了會說幾句忠孝廉恥、仁義禮智的大話外加明哲保身，別的什麼都做不成。只是我如今哪還敢奢求有益，只求不叢怨便可。」

張陸正沉默有時，問道：「殿下鈞意，可否更示下一二？」定權蹙眉道：「如今也只好先做觀望。孟直，省部裡的風吹草動，務必要及時傳達給我。沒有到事態最壞的時候，就千萬不要有所動作。此事一過，我定要竭全力，亦抬你入省。」張陸正遲疑道：「臣是問……軍事，殿下如何打算？」定權道：「我會叫人告訴顧思林，叫他安心結軍。只是恐怕他一時片刻，走不成了。」

張陸正一時無語，定權又道：「我更怕的是，禍事不單在顓臾，更在蕭牆[52]。非但是顧思林，連我也要牽扯其間了。」張陸正心中早有隱憂，此刻被他明白道破，暗覺心驚，口頭卻只得敷衍勸慰：「事態尚不至於如此，殿下還請寬心。」定權嘆道：「我何嘗不願事過，再笑自家多慮。孟直，前後諸事，還多要仰仗於你，我在這裡便先謝過了。」說罷向張陸正微微一揖，驚得張陸正忙跪倒道：「殿下折殺臣了，臣必當盡心竭力，死而後已。」君臣兩人對面，半晌無言，良久定權方撫了撫袖口，笑道：「果然是高處不勝寒，這上面的風頭還是大多了，站久了便覺出冷來，孟直先去吧。」

52《論語・季氏》：「吾恐季孫之憂，不在顓臾，而在蕭牆之內也。」顓臾為魯國的屬國，蕭牆是宮門前的屏風或小牆，代指魯君。權臣季孫氏以威脅為由打算攻打顓臾，其實他是擔心魯君要削弱他，才想先下手為強。

及目送張陸正離去，又揮手招來山下侍衛，吩咐：「去把許主簿請出來。」許昌平片刻後便自中門折出，登上亭來，未及行禮，定權已經制止道：「主簿坐吧。」又問道：「茶喝得可還滿意？」許昌平笑道：「建州小龍，絕妙好茶。」定權笑道：「主簿這是避重就輕，叫你見笑了，我的茶道確實不精。不過休以為我蕭家皆如此，萬一有幸喝到陛下和齊藩點的茶，方知道真正國手是何意。」

待了片刻，方將適才對答略作轉述，問道：「主簿又怎麼看？」許昌平沉吟道：「殿下英明——陛下聖意，攘外必先安內。李氏去位，張尚書為吏書，常理也罷，資歷也罷，才幹也罷，人望也罷，皆應由他拾階替補。遲遲懸而未決，便是天心早明的證據，這其實也是保全張尚書最好的法子。何相在位，固然是個甘草領袖，和事班頭，只是——」他略顯猶豫，定權微微頷首道：「我聽著，主簿但講無妨。」許昌平道：「自李氏一案，凌河一役，朝事如病，肌膚或似無恙，其實已經沉屙。一味方子裡，君臣佐使皆是虎狼藥，便必須甘草來調和。如今省部結構，非但如臣前言，無害於陛下亦無害於殿下，更是有益於陛下且有益於殿下。」

定權笑道：「主簿於我，仍舊不肯十分用情。罷，你不敢明言，我來替你補全。陛下聖意，攘外必先安內。如今內憂已靖，要處置外患，我便是個眼前的由頭，現成的藉口。陛下要不戰屈人，必將重提舊惡，重提舊惡，又必會牽連刑書乃至吏書。本宮的那位前詹事，主簿的那位前上司，乾草也罷，溼草也罷，就能勉強紮成個擋箭垛子，只怕作用也是有限，不過是聊勝於無罷了。但是有一線生機，我不能不試試看。有些話我也實在不好向吏書明言，只盼他心中不要因此有了芥蒂。主簿幾月前才說過些近慮遠憂的話，卻不想這遠憂也就在眼前，懸頂之劍這麼快就要掉下來了。」

許昌平沉吟搖頭道：「張尚書老成謀國，殿下一番苦心，他怎會不察？殿下憂慮這些其實大可不必。況且殿下的這層意思，臣也並非不敢明言，確實是不曾做此一想。雖說要未雨綢繆，可時局晦暗未明，尚不必過度憂心。殿下不要忘了，雖然承州都督李明安是陛下親信，小顧將軍卻還在長州。他調控不了全部長軍，三分之一強總還是可以的。軍中之事，將軍行前想必早已安排妥當，陛下斷然不會不加顧忌。臣忖度天心，陛下此舉想要的，無非是試探，看看殿下的動作，諸臣的動作。殿下處理得當，或可平安化解無礙。」

定權嘆氣道：「我也知道，顧思林這次帶回來的綬賞將員，竟有大半不是他親近之人。想必陛下心中也清明如鏡，然而此舉於陛下又有何害——主簿想想，不賞功罰過便罷，賞不功同罰不過，軍中舊部，會怎麼思想將軍。如此往後，兵將離德，本宮的那個書生表哥在邊鎮怕也難順心了——只是盼望如主簿所言，若能以柔克剛，我又何妨風行草偃。」

見許昌平在一旁似無疑意，忽而一笑道：「我和主簿說這話，固然是叫主簿心中先存主見。另有一層，有白頭如新，有傾蓋如故，我不屑對主簿隱藏本心，也望能拋磚引玉，投桃得李。」眼見許昌平肩頭似乎微微抖了一下，才又笑道：「風愈發大了，還是下去吧，到本宮書室吃杯茶去。」

後事並不十分出乎定權的意料，雖皇帝以無事生非，汙蔑勳臣為由，嚴旨斥責了二臣，隨後又罷免了兩人的職務，但是事態似乎也從此失去了控制。於兩人離朝的次日，彈劾顧思林的奏本便紛紜不斷地送入了中書省，言辭也愈發苛酷，更有人索性指明顧思林是有意遲延戰機，才使戰事久持不下，朝廷非但不應封賞，反應降罪，以正軍法；或說顧思林此舉是朝中有人授意，至於授意者為何人，卻又不言明。皇帝初時還有敕令，言再有此類奏疏，則上下一律嚴懲。鬧到最後，無力彈壓，只得將太子又召進了宮。

見禮已畢，皇帝手指著御案上滿堆的奏呈道：「太子過來看看吧。」定權走上前去翻看了四、五件，見與自己已得知的都大體相同，這才放下，叉手退立一旁。皇帝問道：「你覺得此事當如何處置？」定權恭謹答道：「臣不敢專擅，還乞陛下聖裁。」皇帝上下打量了他一眼，厲聲喝道：「跪下！」

定權微微一愣，連忙撩袍垂首跪倒。良久方聞皇帝道：「朕初時以為只是幾個幺麼之徒，妒忌軍功，沽名賣直，才鬧出來這等事情。不想現在竟然連你也牽扯了進來，你且在這裡跟朕說實話，究竟有沒有干預過邊事？」定權搖頭答道：「絕無此事，還望陛下明察。」皇帝看了他半晌，方道：「沒有就好，若真有這樣的事情，朕饒得了你，國法家法也饒不了你。」定權頓首道：「臣雖駑鈍，亦知兵者國之大事，豈可以兒戲左右之？況且君父在上，臣安敢僭越妄為，冒天下之大不韙，行此喪心病狂之舉？便是顧將軍，臣也可擔保，斷無所言之事，求陛下聖斷。」

皇帝點點頭道：「你能說得出這樣的話，心思想來還不算徹底糊塗。此事朕要徹查，儲副和將軍，皆是國本，如此風言，究竟是由何人所起，居心何在！你去和顧思林說，朕既然答應過他，就讓他暫緩離京，等該查的清查了，該辦的嚴辦了，再教他清清爽爽回長州。軍不涉政，為將者若是懷據著此等心思，怎可安守其位？」定權答應道：「陛下聖明，臣代顧將軍叩謝陛下眷顧深恩。」皇帝站起身欲入內殿，想想終又駐足道：「太子也要自省，如果素日謹言慎行，怎麼會徒惹物議？」定權不敢抬頭，答道：「臣德行有虧，謝陛下教誨。」

待皇帝去遠，王慎方上前攙扶定權，卻被他一手慢慢擋開。定權半晌方抬頭道：「常侍先去吧，我在這裡再留片刻。」王慎搖頭道：「殿下，不要再惹陛下生氣了。」定權笑道：「陛下生氣，總是我這個做兒臣的不孝了。阿公，人說不肖之子，天厭之，神棄之，人共誅之，是真的嗎？」

王慎一時無話可答，定權指了指御案上累累文書，笑笑自語道：「看來是真的了。」

他笑容難看，王慎也覺得難過，只得放手先行離去。定權伸手去撐地面，伏跪過久，腳一痠麻便跌坐在地。這麼望去，殿外血色落霞漫天，殷殷地灼燒著眼睛，四周的金磚卻如一汪秋水，不凝不凍，寒涼透骨。整個晏安宮中，燃燒著一片冰冷的火海，他慢慢閉上了眼睛。

皇太子親迄京郊傳旨，已是次日之事。如果按照先前的安排，本日卯時將軍便當離京，顧思林卻既不命拔營，也不令結隊，如同早有預料，單單等候著聖旨到來。待定權宣旨後扶起顧思林，兩人對面沉默良久，顧思林方笑道：「幸得臣這裡還來不及完全整頓，還可委屈殿下到臣帳中一坐。」定權點點頭，吩咐身後內使：「本宮去吃杯茶，爾等在此處稍待片刻。」一面跟隨顧思林入帳。

他接過茶盞，只是呆坐不語，顧思林嘆道：「是臣連累了殿下。」定權搖首冷笑道：「此事與舅舅無干，是我辜負了舅舅的一片深心。可是如果再選一次，我還是要給舅舅寫那封信的。」顧思林起身走近道：「臣本不該這麼跟主君說話，但是舅舅還是要說一句——阿寶，一將功成，萬骨皆枯，何況是帝王事業，你若總這樣下不定決心，日後怎能夠成就大業？」見他低頭不語，復又嘆道：「你母親當初若不是……」話說至一半，突然想起那日見過的那個許姓官員，便緘口不語。

定權狐疑抬首，問道：「母親怎麼了？」顧思林敷衍道：「沒有什麼，我只是說你的性子和先皇后太像了些。」定權擰眉反問：「顧將軍跟本宮說話，還要藏著一半嗎？」他轉臉便換成了官腔，顧思林心中也只能暗暗慨嘆少年已經長成，究竟不是當年日日在王府門口據守，等待著撲進自己懷裡的稚子了，嘆了口氣道：「臣並沒有什麼可隱瞞殿下的。」

他必不肯說，定權也沒有辦法，只道：「舅舅且回府去吧，陛下說要查，不知想查到幾時。歸根究柢，或許還是去年那樁事情，惹陛下掛心這麼許久。舅舅說我膽大，我卻半點不後悔，李柏舟死不死，我都是一個死，殺他就能多活一日，我也是會殺他的。」顧思林搖頭道：「你這幌子裝得太大，誅他一人即可，非要連帶上一大家子，七十多口人。驚天的大案，怎叫陛下不去牽掛？」

此事諸多曲折內情，定權也並不想和顧思林做太多解釋，只是咬牙冷笑道：「舅舅在外不知朝中事——他犯的是謀反大罪，本朝律例明文載定，是要族誅的。我既為儲君，更當遵法守紀，這種亂臣賊子，舅舅，放在你軍中，你能夠饒過嗎？」他側面說話時的神情，儼然便同顧思林記憶中的胞妹無二。顧思林心下慨然，只得答道：「是。」

定權回過神來，道：「我費盡心機，還是沒有能夠避過去。此事無論如何，我俱會一力咬牙擔待，只是舅舅千萬要慎之再慎，長州軍中，若已安排好了，我便無可擔心。只要舅舅仍在，我這個太子便是廢黜了，也能復立。倘若舅舅保不住了，我便是砧上魚肉，除了任人宰割，再無他法可想了。」顧思林低聲應道：「臣明白，請殿下放心。」定權微微頷首，走近帳門朗聲說道：「如此即請將軍回府暫住，今上聖主，定會祓除魑魅，還將軍清白。」

顧思林眼見著他出了帳門，那絳衣背影既似孤單，又似帶著無限堅決。略一恍惚，便是光陰退滅，江河逆流。自己仍是翩翩少年，站立於家門中，看著同胞妹妹身穿嫁衣的背影，一步步走向寧王迎親的鑾輿。

第十九章

玄鐵既融

本朝律制，雖然允許言官風聞彈人，勿論據不據實，朝廷都無加罪理由。但是此次風彈，竟然同時涉及了國儲和國舅，今上大怒固在人情之中，大怒後敕令大理寺嚴加勘查也不出法理之外。只是查來查去，半月已過，從最初被罷官的兩御史伊始，至後來紛紜彈劾的諸臣，盡皆說是風聞，而且無人指使。更有甚者，竟號稱只是為了上交月課[53]，所以這才隨眾湊數而奏。

引弦待發的羽箭，又漸漸鬆弛下來。天心既不明確表態，又有三三兩兩奏呈，稱既然查無實據，國本不可擅疑，邊事也不可無主，聖上宜善加撫慰，令將軍早日返長等事。皇太子雖懷抱滿腹狐疑靜中觀察，此時卻也暗暗鬆了口氣。或疑皇帝不過是藉此威懾，自己卻有些風聲鶴唳，太過多心。

八月即將過半，宮中上下依例開始預備中秋節的饗宴諸事。定權自宮內返回，換過衣服，吩咐安排一頂簷子，逕自乘至顧思林府上。顧思林正在家閒坐，聽管事通報有人求見，方想回絕，便見定權帶著三兩個尋常打扮的內臣進門，一時不知何事，連忙上前相迎。

定權見了他，先笑道：「舅舅不用擔心，是陛下叫我來的。」既然說有旨，顧思林即要下拜，被定權一把扯住，阻止道：「是口敕，我們進去再說。舅母不

53 要求言官每月必須完成的工作量。

在了，一晃也有四、五年沒有登舅舅家門了。」顧思林也笑了笑，將定權迎了進去。

他行走時微有趔趄，定權自然注意到了，問道：「舅舅這是舊疾又犯了嗎？」顧思林笑道：「近來起風變天，略感疼痛，不礙事的。」定權皺眉道：「我去叫太醫來給舅舅瞧瞧。」顧思林推辭道：「這也不是一時一日事了，臣這裡自有藥酒，殿下不必掛心。」

一面說著，已至廳中，又定讓定權上座。定權笑辭道：「今日來是為家事，還請舅舅上位。」說罷逕自在客位坐下。顧思林無法，只得自己另坐了相對客位。定權笑道：「這樣說話，還要隔著半空，舅舅上座便是，我還有話要同舅舅講。」顧思林究竟不肯答應，轉而吩咐進茶。定權也不再勉強，知會道：「陛下說後日戌時宮內設家宴，請舅舅務必參加。」顧思林忙起身答應了一聲，定權托盞喝了口茶，又問道：「舅舅近來可聽說了朝中動向？」顧思林道：「臣鎮日閉門閒居，足不出戶。朝中之事，承殿下告之，已知曉一二。」

定權問道：「那麼舅舅怎麼看？」顧思林嘆道：「天意難測，陛下的心思，臣是真猜不透了。若說有事，大理寺查了這麼久，卻沒有半點動靜；說無事，又何必平白多留了臣半個月？且既說是風彈，並無實據，為何又不見陛下降旨處分？」定權沉吟道：「事情至此，雖不知濫觴，但也暫且可以放下了。後日一過，我便著人向陛下請旨，再定時日，讓舅舅早日離京。京中多留一日，便多惹一日是非，有什麼好處？」顧思林蹙眉道：「能夠如此自然最好，只是臣心中還是有些不安，總覺得此事尚未完結，甚至還沒有開始。」

定權把盞的右手微微一震，抬頭問道：「舅舅何出此言？」顧思林撫了撫斑白鬢髮，半晌方道：「我服侍陛下已有二十多年，你爹爹的性子，我比你要清楚。我也沒有什麼憑據，只是心裡這麼覺得罷了。」見定權臉上顏色，勉強又笑了一聲道：「或許是臣老了，多心了，也怕事了。殿下聽過便罷，不要放到心上去。」定權舊疑未盡，心中又添上了一線陰霾，卻也不願再多說，只信口安慰：「舅舅放心，不會再有什麼事了。」

及出門來，臨上轎前，定權回首望了望顧府兩葉緊閉的黑漆大門，因主人久不居家，門上漆色脫落處未事修葺，青銅獸首也已經鏽色斑駁，這麼看去，竟也有了幾分冷清破敗的氣象。顧思林方當返京時，聽說這府前門廊之上，都擠滿了請託拜謁者，而今不過月餘，卻連半個人影都不復見。人情不過如此，世情不過如此，有朝一日，自己這棵大樹真倒了，那些猢猻也定會一言不發，各奔東西吧。

定權微微嘆了口氣道：「是寡人之過。」抬轎的內臣以為他有吩咐，忙問道：「殿下適才說什麼？」定權道：「我說，這都是我的過錯。」內侍摸不到頭腦，只得隔簾又問了一句：「殿下，可是直回西府去嗎？」定權想想道：「繞一圈，從齊府那條街上繞回去。」

時近中秋，齊王府又臨近鬧市，一路之上行人愈多。定權吩咐落轎，在齊王府街前略作停頓，從簾幕向外張望了片刻，見也是一幅門庭緊閉的景象，冷笑一聲道：「走吧。」方要起身，街角處幾名正在口唱歌謠，擲土嬉戲的小兒，一時撞了過來，有一、二句不免傳進了定權耳中：「玄鐵既融，鳳鳥出。金鈴懸頂，銅鏡鑄。」一時如五雷貫頂一般，瞬間手足俱涼，低首看去，只見自己雙手不停顫抖，半晌掌控不住。行出良久，方能開口吩咐：「停下來。」這才發覺自己連嗓音都禁不住沙啞了。

四個內臣泊轎問道：「殿下？」定權指指外問道：「你去問問那幾個童子，他們口中所唱之詞，出於何人教授。」隨行的內侍答應了一聲，去了片刻回來，覆旨道：「他們說是聽別人唱的，聽說京中近來都在傳唱此歌。」再看了一眼定權，見他臉色白得泛青，忙問道：「殿下，可是玉體欠安？」定權搖頭道：「先不回西府，離此地五、六里有一處交巷，到那裡去。」

本日正逢旬休，許昌平不曾入班。見定權再次登門，忙將他迎進。還不及虛與委蛇，便聞他劈頭問道：「『玄鐵既融，鳳鳥出』這首童謠，主簿聽說過沒有？」許昌平一愣，想想答道：「臣聽過的。」定權微微冷笑，問道：「主簿是何時聽到的？」許昌平答道：「就是近來。」定權話已出口，方想起以許昌平的年紀，不至於向來便得聞。煩躁地撩袍坐下，道：「主簿既聽過，就煩請為本宮複誦一遍吧。」許昌平略作思忖，答道：「臣聽來的似乎是這麼幾句，也不知詞句對不對。『玄鐵既融，鳳鳥出。金鈴懸頂，銅鏡鑄。佳人回首，顧不顧？』詞意平常，倒是音律尚佳。」

定權呆了片刻，點頭道：「就是這麼幾句。既然主簿都知道了，想必宮中也已經知道了。看來果真叫大司馬說對了，這次的事情，才剛剛開始呢。」許昌平疑惑道：「殿下所言何事？臣聞此歌京中遍傳，卻不知道有何淵源。」定權冷笑道：「京中遍傳？昔者天下延頸欲為太子死，今日天下延頸欲太子死。本宮真的就連漢高的那個軟糯太子都不如了嗎？」許昌平道：「不過是一首平常童謠，怎會引殿下作此語？臣下愚鈍，還請明示。」

定權以手加額，只覺掌心已經涼透，停了半晌，方道：「這童謠不是新近作的，先帝在位時，便已經有了，細算起來，比你我的歲數還都要大些——你可知道先帝最早的儲君為誰？」許昌平答道：「是恭懷太子，薨於竟顯七年。」定權道：「不錯。那麼後事呢？」許昌平道：「寧王，即今上賢德，被立為嗣君。」定權道：「也不錯。今上是皇初十年被立為嗣君的，和竟顯七年足足隔了十一年。主簿知這其間又出了什麼事嗎？」許昌平沉默半晌，答道：「竟顯七年，臣還未生，詳盡情事，臣並不清楚。」

定權望他良久，嘆道：「主簿博古知今，說不清楚這是敷衍虛話。雖然為臣子者，當為君父諱，但此處只你我兩人，言不宣三口，主簿姑妄言之。」許昌平這才拱手道：「臣遵旨——臣聽聞，只是聽聞，恭懷太子既歿，先帝悲慟，次年改元皇初。國本已殤，寧肅二王起而奪嫡。皇初四年，肅王坐罪廢黜，後又賜死。先帝卻不知何意，直到崩前一年才以寧王為嫡，是為今上。」

定權道：「主簿既然全都知道，為何還聽不出歌中隱射？我問你，恭懷太子諱何，今上諱何，肅王又叫什麼名字？」許昌平拱手答道：「恭懷太子諱鉉，今上諱鑑，肅王名鐸。」[54]定權點頭道：「你知道肅王何以坐罪，今上何以得嫡，孝敬皇后的家門又是什麼？」

他已經提示至此，許昌平將前後之事略作串聯，突然省悟，這才明白此事陰損刻毒，忙問：「殿下，這是何人所為？」定權搖首道：「我也不知道，不知是誰翻起了這陳年舊事，只怕必是欲死我而後快了。」望了足下半晌，方又道：「不管是誰都是一樣。原來彈劾一事，不過是個楔子，立相一事，也於事無補。真正作手，都還沒有使出來呢。」

許昌平遲疑片刻，問道：「殿下是怎麼打算的？」定權搖首道：「國舅是萬萬不能捲進去的，這一點，想必你心裡也清楚。明日宮中設宴，陛下命我去請將軍，現在看來，將軍去不得，先讓他稱病吧。一時回不了長州無妨，但定要全身而退。我來，就是告訴你一聲，其後局勢雲譎波詭，是沉是浮，你都要冷

54 鉉，鐵之意。鑑，即鏡子。鐸，即銅鈴。

眼觀察。主簿是詹府的人，位階又不高，料想他人不致生疑。或者本宮到時還要仰仗主簿精明，亦未可知。」

許昌平沉默了半晌方道：「臣省得了。臣定當智竭駑鈍，盡忠王事。」定權點頭道：「好。有一份名單，我晚間差人送來給你，你權衡輕重而後施行吧。」他雖然輕描淡寫，所言卻是極重大事，許昌平見他行走出去的步子都微有趔趄，回想起那首謠歌，也不由莫名打了個寒噤。

天近傍晚，定權還宮後先命人備熱湯，沐浴更衣。又吩咐於後苑設宴，請諸妃參與，見眾人皆已齊聚，方笑道：「中秋節就要到了，按說一家人是要一起過的。只是後日宮中有宴，本宮就先提至今日來，咱們在家裡先過了再說。」太子無正妃，庶妃們自然沒有伴侶出席宮宴的資格，是以在中秋與太子共宴，尚屬首次。太子既然笑語晏晏，比尋常分外肯假以辭色，諸妃自然也紛紛承歡勸飲，席上霎時一片燕語鶯聲。

定權來者不拒，將各人敬酒一一飲罷，這才環顧笑道：「顧娘子的酒呢？我還沒有喝到呢。」阿寶靜靜坐在下側，見定權今日言談舉止，已經暗生疑惑，見點到自己，便捧起面前酒盞，起身行至他案頭，隨口禱祝道：「妾恭祝殿下安康吉祥，福壽綿長。」這賀詞既陳且俗，定權好笑看了她一眼，接過了卮酒，仰頭飲盡。

一輪明月已上，晴空無雲，雖未至望，卻已盡顯圓滿之態。皎皎清輝漫天投射，照得水榭周圍狀同白晝。定權抬首望天，皺眉詢問：「夜已經這麼深了，何不點燈？讓本宮和眾位娘子摸著黑行樂嗎？」因為上回夜宴把燈被他斥責過，宮人此次牢記教訓，並未安排燈火。此刻他醉眼迷離，又作此語，只得自認晦氣，將燭火燈籠絡繹搬來，鋪陳在四周。

定權方笑道：「這樣熱熱鬧鬧的好，才像個過節的樣子。諸位娘子說是不是？」他心情似頗為舒暢，眾妃自然連連附和。定權笑道：「秉燭夜遊，燈下賞花，是第一樁風流情事。諸位娘子也不要喝悶酒，我跟妳們行個酒令。」眾妃皆出自名門，何嘗會行什麼酒令？尷尬地互看了兩眼，良娣謝氏方才小心笑道：「殿下，妾等才疏學淺，於此道並不通曉。」定權乜了她一眼，也不怪罪，笑道：「諸位掃興，罰妳們各浮一白。」

眾妃一一飲盡杯中酒，定權偏頭思忖道：「既不能行令，那本宮就出個謎題妳們來猜如何？」諸妃聞言大感興趣，紛紛拍手，一陣鬧嚷後，笑待定權出題。定權把持手中金甌，略想了想道：「今日本宮出門去，行過京中一高門，所見情景，正合前人兩句詩：御史府中烏夜啼，廷尉門前雀欲棲。追求原委，才知他上失天心，眾所不齒。這謎面就是『門可羅雀』四個字。妳們射個《左氏》裡的句子，猜得對了，本宮……我有重賞。」

眾妃面面相覷，一部《左傳》浩浩渺渺，雖然有讀過的，一時間誰又能想起哪一句便應了這個謎面？囁嚅半日，無一人能答。定權皺眉道：「令也不行，謎也不猜，叫妳們來有何益？」他似是中酒，一時無人答話。定權踉蹌起身，執卮酒走到阿寶面前，問道：「妳也猜不出來嗎？」阿寶低聲答道：「妾答不出來。」定權將一手按在她肩上，笑道：「她們答不出，我信；妳答不出來，我不信。顧娘子，妳為什麼定要瞞我呢？」

阿寶道：「妾是當真不知，不敢有意隱瞞。」定權笑笑，扳起她的下頷道：「妳猜不出，便認罰好了。」說罷將手中金甌湊近阿寶脣邊，將杯中酒強自灌下。阿寶揚手去擋，小半入口，大半潑灑出去，一條石榴裙，被濺染得酒漬斑斑。定權怒道：「妳敢欺君，妳還不說？」他似乎醉得厲害，謝良娣嘆氣對阿寶道：「妳如果知道，就說出來吧，哪怕不對呢。」阿寶只得低聲嘆道：「妾讀書不多，胡亂猜猜，猜錯了殿下和娘子們勿怪。」謝良娣催促道：「妳說就是，沒人怪妳。」阿寶道：「妾想，可是一句『是寡人之過也』[55]？」

定權愣了半晌，謝良娣陪笑問道：「殿下，她說的可是？」定權不置可否，笑道：「不意天下英雄，竟盡入吾彀中。」眾人尚不解何意，他已又笑道：「今日蟾宮折桂，顧娘子是魁首。說過答中有賞，那麼賞妳什麼好呢？」一手挽起阿寶，連句避席的叮囑都沒有，便拖著她揚長而去。

---

55 語出《左傳・僖公三十年》：吾不能早用子，今急而求子，是寡人之過也。

離了後苑，遠了人聲，才能聽見池邊草叢中秋蟲啾鳴。一池秋水，於冷月下波光粼動。定權斥退眾人，放手推開阿寶，揚手將手中金甌投擲入波心。他立於水岸，身搖步虛，阿寶欲上前攙扶，定權擺手止住了她，笑道：「顧娘子真頂得上一個鴻儒了，妳想要本宮什麼賞賜？」阿寶微微蹙眉道：「殿下醉了。」定權笑道：「我真醉了，就看不到妳臉上的金鈿了。妳不就是特意貼給我看的嗎？」阿寶分辯道：「殿下，妾只是——」定權打斷她道：「初時潛光隱曜，內修祕密；現在索性又賣弄才智，外露精明。這不都是為了投我所好？妳怎麼就知道我喜歡這一套呢？」阿寶側首，嘆息道：「韜晦不可，實言亦不可，妾啼笑皆不敢，實在不知該怎樣才能稱殿下之意。」

定權聞言，倒是愣了一瞬，方低笑道：「我要佳人回顧，佳人可願否？本宮今夜就宿在卿處，卿可願否？」阿寶被他嚇得面色如雪，連連推辭道：「妾尚待罪中，殿下勿作戲言。」定權冷哼道：「君無戲言。」阿寶想了想，斂衽正色道：「那就當是殿下的賞賜——殿下賞妾這一句戲言。」定權於月下打量了她半晌，終於淡淡一笑道：「我是在說笑的，妳去吧。」阿寶答應道：「謝殿下。」遂攜宮人先行離去，走到太湖石前，終是忍不住回眸而顧。只見他仍然垂手獨立原地，月色清明，將他一道孤影拉長，直投到了太湖石山的這邊來。

第二十章

繩直規圓

為避中秋，八月十四日，皇太子當入東宮交窗課，聽筵講。但此日宋飛白和齊趙二王多等了大半個時辰，也不見太子身影，筵講只得作罷。定棠、定楷相攜出宮，陳謹正攜著一路內臣宮人在絡繹搬送燈具、食器、屏風等器物，預備中秋夜宴，看見他們，連忙退立道邊。

定棠笑問道：「陳常侍，明日的東西可都準備好了？」陳謹垂手陪笑道：「二殿下放心，這就是最後一趟了。」定棠讚揚道：「常侍辦事，沒有叫人不放心的。」陳謹笑道：「這是臣的本分，二殿下這話要折殺臣。」兩人閒聊，定楷隨意看了看女官手中所捧食盒，漫不經心道：「我記得陛下說過，將軍最喜歡宮中的桂花餅——常侍記得預備些。」

陳謹笑道：「五殿下真是仁孝好記性，只是明晚的宴，將軍來不了了。」定楷詫異問道：「為什麼？就是要走也要過了節吧？」陳謹答道：「沒有要走的事，是前日陛下命太子殿下親自去請將軍，殿下過去了才知道，將軍病了已經有五、六日了。陛下得知，一面忙又派了太醫過去，一面又將殿下好一通斥責，說他當儲君的，國之股肱病了都不知道；做外甥的，嫡親舅舅病了都不知道：還問他鎮日都做些什麼去了。」

定楷看了定棠一眼，見他只是聆聽，便又問道：「什麼病？要緊不要緊？」陳謹道：「臣聽太醫們回奏陛下，大概是近來變天，舊疾又復發了。」定棠似不耐煩，點頭道：「五弟只顧自己口舌，耽擱常侍半天工夫，常侍快去吧。」陳謹揉眉擠眼，滿臉堆笑道：「二殿下這話，臣可是死罪。」

待一行人走遠，定楷蹙眉問道：「顧思林有什麼舊疾？」定棠背手前行，道：「他哪裡是舊疾復發，他這是新病，病得還真是當時。」定楷道：「什麼病？」定棠笑道：「什麼病？自然是變天的病。」定楷不解道：「大哥說什麼呢？他生病的事情，大哥一早就知道了？」定棠對身後斥道：「你們不必跟著，我和趙王自行就是。」

隨侍唯唯停步，定棠方道：「玄鐵融，鳳鳥出。此歌五弟聽說過否？」定楷點頭道：「我聽府中有下人吟唱過，這又怎麼了？」定棠笑道：「沒什麼，但也夠讓他們甥舅兩個沉醉東風了。」定楷思忖道：「大哥，這唱的到底是什麼意思？」定棠道：「你還小，有的事不要多問。明天等著瞧好戲便是。」定楷只得點點頭，不再追問。

及中秋當日，定權雖一門心思只想躲開皇帝，卻也明白終究是躲避不過去，到底還是延挨到酉時末才入宮。齊趙二王早已於晏安宮中等候，皇后隨後也嚴妝駕臨。帝后兩人自說話，齊趙二王自說話，定權索性低頭枯坐，一語不發。

忽聞皇帝問道：「太子昨天沒有出席筵講？」定權一愣，起身答道：「是。」皇帝問道：「怎麼？」定權遲疑道：「臣……」一時編造不出合適情由，索性便照實答道：「臣睡過頭了。」皇帝皺眉哼了一聲道：「你是愈大愈不成話，盧世瑜要是還在，你敢這麼胡來嗎？」定權也不分辯，嘆了口氣垂頭應道：「是。」

皇帝便也不再追究，看看殿外天色，對皇后道：「已經黑下來了，這就過去吧。」皇后笑道：「妾侍奉陛下起駕。」帝后兩人遂乘肩輿一路先行，太子兄弟三人魚貫跟隨。

筵席設於御苑太湖石山間的廣闊高臺之上，周遭秀石疊嶂，奇草鬥妍，幾株許大丹桂從旁斜刺而出，修修亭亭，不必風送，便可聞到衝鼻甜香。石間樹外露出大片青天，正是賞月的絕佳場所。十幾個近支宗室，幾位長公主和駙馬也都已經早早到場。向皇帝見過禮後，也難免姊妹兄弟、叔伯郎舅一番亂叫，未待宴開，已是一片鼎沸之聲。

定權和齊王、趙王並幾個宗室同坐一席，一旁席上一個鶴首老者睜著昏昧雙目，四下亂看。定楷和他坐得近，不由貼耳問道：「叔祖尋什麼呢？我幫著瞧瞧。」這位叔祖呵呵一笑，抖動花白鬍鬚道：「我看武德侯坐在哪裡，有句話要問他。」既然涉及顧思林，定權代為回答：「叔祖，顧尚書他病了，來不了了。」這位蕭姓的堂叔祖於席上輩分最高，素來倚老賣老慣了，耳朵也不太好，又問了一句：「三哥兒，你說什麼？」定權無奈，只得又複述了一遍，聲音略高了些，引得皇帝也不由瞧了過來。

叔祖不管不察，只顧自己又問：「好端端的，怎麼突然就病了？」定權嘆氣道：「五弟和我換換。」定楷笑道：「前星正座，臣不敢侵犯。」定權道：「那你跟他說。」定楷遂解釋：「舅舅病了，我們也是剛剛才知道的。」叔祖兀自問個不住，定權只得走至他身邊道：「顧將軍是舊疾犯了，叔祖無須憂心。」叔祖這才聽明白，拉著他兩手連聲道：「知道了知道了，舊疾也是給我蕭家打仗打出來的，定要讓他好生安養，不要到處亂走，長州也先別回去了。三哥兒，怎麼今年冬至的宴好像沒見到你呢？」

定權見他老朽，滿嘴纏夾不清，只盼他就此住口，好容易抽回手來含笑應付了兩句，忙挑了個別的由頭將話題引開。

一時宮燈高耀，鳳管聲和，酒漿果物皆鋪排上桌，眾人方察覺夜色轉濃，卻依舊一片青黑夜色，連月亮的影子都不見，雖心知天色有異，卻又都不敢明言。只有那位叔祖又念叨道：「看這天象，午後就是個大陰天，莫不是要下雨？」皇帝不由皺了皺眉，卻又聽定楷附和：「就是，今夜也不見流螢，我剛才還以為是燈火太亮，嚇走了牠們。」

皇帝不好去說這位堂叔，只得斥責定楷道：「小孩子家，信口胡說些什麼？」定楷撇了撇嘴，摘下一枚葡萄填進嘴裡，不再說話。又過了不到小半個時辰，疾風乍起，金銀桂花紛紛揚揚打落滿席，幾片雨雲由遠而近，急行壓來，頃刻間便將方才還是墨藍色的蒼穹遮成一片漆黑。

席上忽然響起一小兒的響亮啼哭聲，卻是皇帝最小的皇子，不過三、四歲年紀，不知因何緣由便哭鬧了起來，他的乳母連忙將他攏入懷中，卻再四也哄他不過來。

皇帝不由變色，申斥身後陳謹道：「欽天監都是幹什麼的，這都看不出來？」陳謹急得滿頭冷汗，連連躬身道：「臣有罪。」皇帝嘆道：「看來真是要下雨，皇后與幾位長公主且回後宮去吧。其餘列位，先到風華殿中去避避雨再說。今日之宴，看來是不能盡興了。」眾臣只得起身，定楷去攙那位叔祖，見他不住搖頭道：「人也有病，天也有病，唉，這不是什麼祥兆啊。」眾人好笑與好氣兼有，都只得當作充耳不聞，定權在一旁聽見，恨不能立刻上前去堵了他的嘴。

雖則宴會又於風華殿內擺設起來，但事出倉促，不成規模，加之天象詭異，皇帝也沒有了興致。殿外之雨，雖然不大，一時片刻又沒有止歇的意思。陳謹見席上氣氛寡淡無聊，遂陪笑開解道：「左右無事，不如臣將中秋貢禮抬了上來，替陛下解解乏可好？」皇帝想想認同道：「也好。」

陳謹答應一聲，安排黃門將賀禮抬上殿來，一字列開，請皇帝和眾宗室賞玩。中秋的賀禮，本只是按制走走過場，多為貢酒貢果之屬。因為皇帝雅擅丹青，也有些書畫卷軸雜列其間，皇帝便命人展開，逐一點評。忽見一長卷行草《桃花源記》，神清氣秀，風骨錚錚，通篇走筆如神，不由低頭仔細看了看卷尾落款，半晌才回神問道：「太子過來看看，這可是你老師的筆跡？」

定權甫一看到那字跡，便已經呆住了，此刻聞皇帝發問，只得走上前去，低聲答道：「正是盧先生手書。」皇帝點點頭，道：「盧世瑜這一筆字，也只有你還能寫個七、八分的意思出來了。」定權答道：「陛下過譽了，臣不敢望恩師項背。」定楷在一旁笑道：「我倒聽翰林們說殿下的楷書是青出於藍。」皇帝笑道：「他老師在時，給朕看過他的字。到底是有師承的淵源，只是他老師的書法講究藏鋒，他卻偏偏反其道而行，鋒芒露得太過。朕當時看了就說，剛易折，強易辱，不如收斂些好。」

這算是文藝上的分歧，定權與旁人一時無話可對。皇帝又問：「這是誰獻的？」陳謹笑道：「是華亭郡。」皇帝道：「盧世瑜是華亭人，他素來吝於筆墨，書畫流傳在外都不多，想必是家中的舊藏。」陳謹答道：「陛下聖明。」

提及故世之人，一時席間氣氛有些微妙，皇帝若無其事，吩咐將手卷捲起。陳謹四下看了看，含笑引導皇帝道：「陛下瞧瞧這個。」所指一條金柄馬鞭，烏黑鞭梢，用上好熟皮鞣製擰成，以手拉之，柔媚之中又有無限剛韌。紫檀為柄，上錯金銀，幾個篆字，仔細辨認，是「良馬有心」四字。

皇帝不由點頭喝彩道：「蜀郡素來產好鞭，果然不假。」又問道：「這幾字瞧著眼熟，可有濫觴？」定楷笑道：「這個宋先生教過我們，就是頌揚好鞭的，道是：『珠重重，星連連。繞指柔，純金堅。繩不直，規不圓。把向空中哨一聲，良馬有心日行千。』」皇帝不由笑道：「正是朕老了，連繩直規圓都不記得了。」

定楷笑道：「陛下春秋鼎盛，何言一『老』字？」皇帝道：「你們都這麼大了，朕又怎麼不老？」說話間一眼望向定權，定權與他雙目一觸，立刻垂下頭去。

定棠正與幾位輕浮宗室閒談曲韻，見狀一笑，轉口反駁：「太過陽春白雪，和者必定寥寥。不見詩三百倒是國風中佳作最多。我聽京中現下傳唱的幾首歌謠，音律倒也質樸可愛。」定權一身氣血瞬間凝絕，雖咬牙極力克制，仍忍不住向定棠怒目望去，定棠有意迴避，待那幾位宗室催促再三，方低低吟唱道：「玄鐵融，鳳鳥出。金鈴懸，銅鏡鑄。佳人回首，顧不顧？」

他的聲音不大，殿內卻頓時鴉雀無聲，只有幾個年輕宗室不明就裡，還讚了聲好，見眾人神色詭異，才隱約察覺事態不對。定棠笑問道：「如何？」已經無人回答。四顧一周，見皇帝和太子臉色早已鐵青，訝異輕喚一聲：「陛下？」

皇帝面無表情，定權卻見他嘴角輕輕抽搐，至良久方聞他開口問道：「這話你是從何處聽來的？」定棠看了皇帝一眼，小心答道：「現下京中都在傳唱，臣有所耳聞……陛下，臣可是說錯什麼話了？」皇帝不再理會他，又轉而問道：「你們也都聽到了？」一干宗親面面相覷，也有點頭的，也有搖頭的，只有那位叔祖從伊始便未曾聽清，仍在喋喋發問：「陛下剛在說什麼？」

定權握拳立於柱下，看著皇帝、齊王，一唱一和，惺惺作態，心中反而不覺憤怒，只覺一脈冰冷漸次散開，直至足底。腳底是虛浮的，背後也是空茫的，彷彿身置雲水之間，眼前一切，都幻化成了一團風煙，那些面容、聲音、光影漸漸糅雜成一片，如粼粼波光忽晦忽明，既看不真切，亦無法觸及。只有殿外的雨聲近在耳畔，格外清明，滴答一點，滴答又一點。被風吹斜，打在鐵馬上，是叮噹清響；稍到簷下白玉階面，就變作了沉悶的劈帕聲。

傾聽良久，忽覺有人牽了牽自己的衣袖，恍然抬頭，陳謹的面孔不知何時已經近在咫尺。定權對此人厭惡非常，將袖子從他手中扯回。陳謹無奈重申道：「陛下有話問殿下。」定權茫然道：「問我？陛下？」陳謹道：「正是，陛下問殿下知不知道這回事情？」定權總算還過神來，仰頭與皇帝對視了半晌，答道：「知道。」皇帝皺眉道：「你知道什麼？」定權點頭答道：「是臣。」皇帝驚怒道：「是你什麼？」定權輕聲笑了笑，正色道：「陛下說是什麼，就是什麼。」

殿內泛過一陣低低譁然，皇帝愣了片刻，吩咐：「太子累了，扶他到側殿去歇息。」陳謹答應一聲，便要動手攙扶，定權揚手避開，全無動作之意。皇帝緩緩走回座上坐下，道：「雨已經住了，今夜眾位想必也沒有吃好，朕就不留你們了，各自回去找補吧。」

眾人聞言如逢恩赦，唯恐走得不快，匆匆行禮後紛紛動身。叔祖心上詫異，起身問道：「這又是怎麼了？」一駙馬扶住他道：「陛下讓我們回去呢。」叔祖唔了一聲，隨眾走到殿門前，又問道：「雨不是還沒停嗎？」

餘人頃刻間鳥獸散盡，殿上只留下皇帝、太子和二王。皇帝踱到定權面前，查看他半晌，輕聲問道：「這話，是誰告訴你知道的？」定權答道：「臣從小就聽說過的。」皇帝道：「是你的母親——不，斷不會是她。那麼是顧思林？」定權搖首道：「不是，舅舅沒跟我說過，臣就是知道了，也不只臣一個人知道。」皇帝沉默了片刻，問道：「這回的事，你舅舅知道嗎？」定權道：「舅舅病了，不知此事。」皇帝又問：「那你又為什麼這麼做？」定權道：「我想將軍在前方浴血拚殺，保我疆土黎庶，後邊一群飽食終日、別有用心的小人卻紛紛進讒。浮雲蔽日，聖天子不察，臣心中不平。」皇帝隱忍地吸了口氣，問道：「你當真敢用這種事，來問朕要公平？」定權抬首答道：「是。」話音未落，頰上已著了皇帝重重一掌。皇帝腳下虛搖了兩步，怒斥道：「畜生！」

齊王、趙王忙搶上前扶住了皇帝，皇帝推開兩人，只覺氣短胸悶，手臂痠麻，看了定權一眼，走過去撿過那條金鞭，擲到定棠腳下，回座喝道：「你去替朕好好拷問這個逆人倫的畜生！」定棠作難道：「陛下，臣不敢。」皇帝怒斥道：「朕叫你去，朕看是你敢抗旨還是他敢抗旨！」定棠嘆了口氣，拾起馬鞭，走至定權身邊，輕聲叫道：「三弟。」

定權抬頭瞥了他一眼，冷冷斥道：「放肆。稱殿下！我是君，你是臣，你敢犯上？」定棠臉色一滯，回首又去請示皇帝。皇帝亦面如死灰，咬牙道：「你動手便是，朕倒要瞧瞧他敢不敢造反！」定棠聞言，只得揚手舉鞭，方欲擊下，臂膊卻已被定權一把擒住了。定棠一愣，已聞他一字一頓低聲道：「先帝訓示，庶孽之子，安可欺嫡！」

定棠的手終是垂落了下來。殿中靜了半天，才聞皇帝開口：「你們出去。」定棠一愣後，與定楷無語躬身退至側殿。皇帝一手撫額，一手相招道：「三哥兒，你上前來。朕有話要問你。」定權遲疑片刻，向皇帝走了幾步，離得遠遠地便又停住。皇帝見他半邊俊秀面孔上掌痕宛然，也不再勉強，問道：「你的心裡，怨恨爹爹？」定權搖頭道：「臣不敢。臣若有半念此心，天地誅滅，祖宗不容。」

皇帝苦笑一聲，道：「這事真的是你幹的？」定權道：「是，臣敢做，也敢一力承當。」皇帝看他面容神情，只覺與一人相似之極，就連那句「我一力承當」竟然也如出一轍。一時怒火攻頂，點頭道：「朕倒要好好問問你身邊人，你這副市井草莽的做派是誰教的？一力承當，那李柏舟的事情呢？」他終於言及此事，定權冷笑答道：「李柏舟逆謀之罪據實，三司是按國法查辦。當時擬定罪狀，陛下也未曾覺得不妥。陛下如果疑心臣干礙了司法公正，臣情願下獄受察。」

皇帝點點頭，又道：「朕再問你，盧世瑜，他又是怎麼死的？」定權雙目微微一紅，答道：「恩師是於壽昌五年元月自剄於家中。」皇帝道：「他為何自裁？」定權冷笑道：「這事，陛下問臣嗎？」皇帝看他半晌，道：「朕就是問你。」

定權抬頭道：「壽昌五年，盧尚書為諫臣冠禮一事，合同御史臺伏闕言語不遜面刺至尊，所以懷疚自剄。」皇帝冷冷一笑道：「他糾集清流脅迫君上，難道不是有人到他家裡，跟他哭訴了半日，讓他這麼做的嗎？」定權臉色一白，沉默了片刻道：「臣去了，臣也對著他哭了，可臣什麼話都沒有說。臣真後悔什麼都沒有說，至少應該勸他致仕的。讓他那麼做的不是臣，是李柏舟——」他抬起頭直視皇帝，冷冷道：「和父親你。」

皇帝只覺肋間劇痛，指著定權說了兩聲：「好，好！這麼多年，朕總算從你嘴裡聽到句……」話音未落，已向後一頭栽了過去。陳謹等人正在側殿遙遙觀望，雖不知兩人說了什麼，卻見皇帝突然昏厥。他急忙奔了出來，亂叫道：「陛下，陛下，快叫太醫，快！」

定權退到一側，見眾人奔來跑去，心中一片空茫。微微似有一絲怪異感覺，無奈思緒卻如碎萍亂絮一般，東西飄淌，根本拼湊不到一處。

第二十一章

天淚人淚

眾人不敢隨意移動皇帝，只得將他安置在了風華殿的側殿之中。俄頃太醫趕到，又片刻皇后也到達，默默看了定權一眼，折身入殿。定權隨眾向側殿走了兩步，忽又止步，轉身便向宮外走去。

忽聞一人道：「殿下，你走不得。」回頭一看，王慎已不知何時立於身後。他既然駐足，王慎又道：「殿下一走了之，就不想想明日之事了嗎？」定權心中混沌稍稍清楚了些，微笑道：「常侍的耳報倒快，這哪裡還有什麼明日之事？」王慎變臉低聲道：「殿下糊塗，殿下不過是一時年輕不懂事才犯下的過錯。此刻知道錯了，誠心去向陛下請罪，陛下也定會原宥的。」定權道：「阿公也覺得，這是我的錯？」王慎道：「殿下既然自己都認了，那還能怪到誰？」定權笑笑，道：「不錯。」王慎拾起地下金鞭，遞到定權手中，半勸半令道：「強項只解一時之氣，折腰方保萬全平安。殿下去吧。」

定權捧鞭出殿門，行至丹墀之下，拔簪卸冠，除靴脫衣，跣足跪地。雨已極微，綿綿灑落，細如游絲，卻略無休止。天上雲破之處，此時才湧出了一盞雪白冰輪，顏色清澄，圓滿無缺。飛甍鳳翼上，雕欄砌棟上，石階御道上，被雨淋得透溼，此刻清輝灑落，積郁於水中，天地間水月一色。定權從未見過一邊出月亮，一邊還會下雨，只覺今夜諸事都透著詭異。

甫一跪地，膝頭袍襬便都透溼。再逗留片刻，髮上微雨凝結，匯成小股順著額邊頸後不斷滑落，淌入嘴角，淌入衣內。捧鞭的雙手，已然涼透，月光下死一般的青白。膝頭由痛而木，漸無知覺。月光下殿閣的黝黑巨影，也慢慢東移。

不知多久，風華殿的側殿門忽然豁喇敞開，齊王、趙王先後走出，甫至簷下，便有兩名內監撐開傘，擎在兩人頭頂。他二人既出，皇帝必已清醒，且無大礙，定權咬牙將雙手向上略略高舉了兩分。定棠下了玉階，從他身旁繞過，稍稍駐足，傘沿雨滴滑下，正落在定權臉上。定權閉目，巋然不動。定楷默默看了他一眼，拉了拉定棠衣袖，與他一道向前走去。定權雖未覺難堪，只是微感詫異，何以這雨水又腥又鹹？抬手抹了一把臉畔，只覺得觸手一片冰冷，想來並不曾落淚。

殿內皇后見二王離去，親自端藥送到皇帝枕邊，輕聲勸道：「陛下，太子還在外頭呢。」皇帝揚手擋開藥碗，道：「叫他回去。」皇后放下藥盞，替皇帝掖了掖被角，道：「太子年輕氣盛，一時衝撞了陛下，現在知道後悔了，一直光頭赤腳在雨裡跪著。陛下教訓教訓他也就是了，再弄出病來可怎麼好？」皇帝冷哼一聲道：「他是在等著看朕嚥沒嚥氣吧！」皇后嘆氣道：「陛下又說這種氣話，太子素來還是仁孝的，斷不會存這份心思。」

皇帝聞言，陡然起身，氣力不支，又倒在枕上，急咳了兩聲方怒道：「妳說這話的意思，打量朕聽不出來？朕一向以為，他心存不滿，只是於妳，或者有甚，便是於朕。不想這一次，連他生身母親索性都敢拿來搬弄悖逆了，這不叫人寒心至極？他還有半分為人子的天良？」皇后道：「倒是臣妾又說錯話了。只是這件事情，還沒查明白，或者是他人所為也未可知。」皇帝道：「顧思林是斷不會有這份糊塗心思的，太子自己也一口承認了，並沒有誰拿刀架在他脖子上逼迫他，還會有什麼他人？妳不必替他開脫，他現在叫妳一聲母親，有朝一日朕死了，看你們母子能從他手下討到一寸半寸立錐之地？」

皇后拔下鬢邊一支金簪，撥了撥榻前燈燭，望著踴躍燭火發了半晌呆，才開口道：「太子不至於如此。大哥兒雖有些愛逞鋒頭，卻並沒有歪心思，五哥兒還就是個小孩子，妾這個做後娘的也沒有虧待他的地方。想必太子心中還是清楚的，就算他對妾有怨恨，國舅這些年也總是看得明白吧。陛下千萬休說什麼千秋萬歲的話，妾和大哥兒、五哥兒怎麼承擔得起？」說話間，兩行珠淚從粉面上直直滾落。

皇帝也不理會她，冷冷一笑道：「顧思林的心思手段，你們母子加起來，不夠做他半個對頭。就說六月的時候，朕叫他回京，他接了旨，足足拖了三、四日，卻不知道是在安排些什麼。他一路上走得飛快，到了相州時卻停住了，非要拖到了朕給他的期限才肯進京，這又是為什麼？素日他親信的將帥，沒有帶回來一個，兒子也甩在了長州。凌河這場仗，是國家第一樁大事，朕苦口婆心，跟他說好道歹，要錢給錢，要人給人，他在上疏裡也唯唯諾諾，到了還是我行我素，一味遷延！朕下到承州的旨意，竟然動彈不了半分！長州就不是王土！朕的生民，是替他姓顧的在爭天下嗎？拖了兩年多，說是打勝了，殺敵一萬自損八千，朕還要大張旗鼓替他慶功！他們顧家的人，從他父親算起，到他，到皇……」說到這裡，突然停住，看了皇后一眼，才改口：「都是這副嘴臉，面子上謹小慎微賢良方正，一副忠臣孝子的模樣；背後殺伐決斷，心細膽大，就沒有他們不敢幹的事！太子的那點本事，才跟他舅舅學到了個皮毛；只有那份心思，是一模一樣！」

皇后見他暴躁，好言安撫道：「陛下近年來就是愛動怒，臣妾記得從前可不是這樣子。」皇帝哼道：「朕年紀大了，身體也大不如前了。不趁著還動彈得了，把內外諸事收拾乾淨，你們母子他日便都是他人的釜中魚肉。」皇后輕輕摸了摸皇帝露在被外的右手，只覺青筋突起，皮肉鬆弛，確不是舊時模樣，嘆道：「陛下想怎樣？」皇帝沉默片刻，道：「朕本來只想多留他幾日，瞧瞧長州那邊的動靜，瞧瞧京裡的動靜，再作打算。現在既然太子沉不住氣，這種事都做出來了，顧思林豈能安坐？朕現在勢成騎虎，也只好將前事接著查下去了。」

皇后嘆氣道：「不是都說是風聞了嗎？查也查不出來，又不能過到長州去問。」皇帝被她一語點醒，道：「他不是帶了俘虜回來嗎？那裡頭也有將帥貴冑。」言出一半，忽然又問：「這話是誰教妳說的？」皇后笑道：「妾就是隨口說說，哪想得到這麼許多。只是妾有個傻念頭，不知陛下愛不愛聽。」皇帝道：

「說吧。」皇后道：「國舅在京裡，朝局現下也亂，陛下就算是為大哥兒想想，他身邊也需有個親近的人才好，妾想——」皇帝聽了這話，冷了面孔，打斷她道：「妳不必再替妳的那些從兄堂弟討實缺了，他們有今天的高爵厚祿，該冶遊去冶遊，該飲酒去飲酒，妳不算對不起趙家，朕也不算對不起妳。朕已經說過，朕和先帝不一樣，手裡絕不會再養出一個顧家來的。」他素少這樣拂皇后臉面，皇后一時臉色也白了，低聲答道：「妾知道了。」

陳謹悄然入內，回稟：「陛下，殿下還在外面跪著呢。金尊玉貴的身子，又下著雨，天又冷，晚上又沒有吃……」皇帝怒道：「你去跟他說，叫他回去安心等著，朕自然會治他的罪。現在演什麼臥冰泣竹給誰看？等朕死了，讓他再來哭靈不遲，只怕他到時還不肯來呢！」又對皇后說：「妳也回去，朕乏了。」皇后扶他躺好，親手放落帳幔，這才離殿。行至廊下，看了一眼丹墀下的太子，笑對陳謹道：「常侍不必跟著我了，下去傳旨吧。」陳謹遲疑道：「陛下的話，叫臣怎麼傳？」皇后道：「常侍為難什麼，陛下怎麼說的，常侍怎麼傳不就是了。」陳謹答應了一聲：「是。」皇后笑道：「常侍向來忠謹，本宮記在心裡頭，親王也記在心裡頭。常侍當差的年頭，差不多也該夠個押班了吧？」陳謹笑道：「臣的命，就是娘娘和殿下的。」

懿旨命陳謹去向皇太子傳旨，但是並未言明幾時去傳，陳謹回到自己的值房吃過消夜，直待雨停，方撐著傘現身，一路走到定權面前，道：「殿下，陛下已經安寢了，叫殿下趕快回去。陛下說讓殿下不要著急，一定是會治罪的，不必非得在今夜。陛下還說，等他山陵崩了，再請殿下來扶靈。」定權凍得嘴唇青紫，耳畔嗡嗡亂響了半日，勉強定神，問道：「聖旨叫我回何處去？」陳謹道：「自然是回西苑了，臣囑咐給殿下留著門的——難不成殿下還想回東宮嗎？」他神情語氣可惡，定權胸臆間氣血翻湧，咬牙低聲斥道：「狗奴才！」陳謹笑勸道：「殿下還是消消氣，先起來再說。」又吩咐身邊兩個小內臣：「殿下怕是走不得路了，你們背他出去吧。」見幾人去得遠，才隨腳將地上金冠踢至一旁，輕聲哼道：「沒了這頂冠戴，你的下場只怕還不及我這個狗奴才。」

定權始終未出宮，周循不免擔心，一直不敢睡下。直到丑時末刻，方見軺車回返，太子面色慘白，渾身溼透，不由大驚失色，忙令人將他背回暖閣中。提燈者、隨行者、指事者，又是一陣紛亂嘲哳。

阿寶病秋，連著幾夜淺睡，此時被窗外聲音吵醒，仰頭問道：「出什麼事了？」夕香睜開惺忪睡眼，打了個呵欠，從窗縫中邊張望邊點評道：「殿下怎麼叫人背著回來了？」阿寶微生疑惑，披衣起身，推窗外望。見定權身上只穿著白色深衣，又披散著頭髮，心知異常，道：「妳過去問問，這是怎麼了。」夕香道：「小人可不敢去的。」阿寶無奈道：「我就在此處，走不得也死不得，妳都睡了這麼久了，我也沒有怎樣，妳快去快回便是。」

夕香這才匆匆披了件衣服，沿著東廊行至太子正寢門外，詢問兩旁內臣：「顧娘子差我來問問，殿下是不是醉了？」周循正走到門邊，斥道：「是妳打聽的事嗎？還不趁早回去！」卻聞身後定權發話：「去把她請過來。」他此時連說話都費力，周循不忍忤逆，只得吩咐夕香道：「去請妳們娘子來吧。」

阿寶不及梳妝，匆匆穿上衣服，也顧不上周循臉色難堪，直入定權寢宮。她雖有數月未到此處，卻不待人引路，逕自穿門過室，走到定權榻邊，見他模樣狼狽，難免吃驚，問道：「殿下這是怎麼了？」定權喝了兩口熱水，勉強舒了口氣，道：「周常侍已吩咐他們備湯去了，我現在去不得浴室，就在閣中將就吧，稍待請妳服侍我沐浴。」見她點了點頭，一笑道：「這次不臉紅了？」他這副模樣，仍不忘和這狐媚女子調笑，周循心下大不以為然，又不好規勸，只得斥責宮人：「手腳都俐落些，把浴桶抬進來。」

少頃，松木浴桶便已抬至，桶桶熱水也輪番注入，閣內松香升騰，水霧蔓延。定權吩咐：「你們都出去吧。」周循放心不下，忍不住規勸道：「殿下，多叫兩個人服侍吧，只怕顧娘子照顧不過來。」定權道：「她原本就是做這營生的，有什麼顧來顧不來的？」周循無奈，只得退出，到底吩咐兩個人在門外守候，這才離去。

眾人散盡，阿寶幫定權脫下溼透深衣，觸手所及，只覺他身體冷得鐵石鑄就一般。待捲起他中衣褲腳，定權不由皺眉，低聲道：「慢些。」阿寶放輕了手腳，緩緩將他褲管捲起，見他兩膝頭已是一片烏紫，不由吸了口涼氣，用手輕輕撫了一下，只覺他微微一顫，連忙縮手，抬首關切問道：「疼嗎？」定權笑笑道：「剛剛還疼得厲害，現在不知怎麼就不那麼疼了。」阿寶輕哼了一聲，從盆中先擰了一把熱手巾，為他敷在膝頭，又幫他除去中單，慢慢將他身體拭熱，這才扶他進了浴桶。

定權閉目半晌，任由阿寶擦來拭去。阿寶見他不語，疑心他睡著了，輕聲呼喚道：「殿下？」定權懶懶應了一聲：「怎麼？」阿寶道：「沒什麼，我是怕殿下睡過去了。」定權微笑道：「那妳陪我說說話吧，我就不會睡著了。」阿寶問道：「殿下想聽什麼話？」定權道：「我想聽聽真心話，想聽聽妳心裡現在在想些什麼。」阿寶道：「妾是在想，殿下進宮究竟是怎麼了，大節下的，怎麼弄成這副狼狽模樣回來？」定權噗哧一笑道：「這應該是真話吧？」

阿寶用梳子為他慢慢梳開溼髮，問道：「那殿下又在想什麼？」定權嘆道：「我在想呀，這水真是暖和。」阿寶撇撇嘴道：「妾說真話，殿下倒來騙人。」定權正色道：「我在這事上騙妳做什麼？我就是在想，要是到死的時候也有這麼暖和，那死也就沒什麼好害怕的了——我這個人啊，不怕死，只怕冷。」

阿寶手下微微一抖，梳子牽扯住了一綹頭髮。定權吸氣道：「妳手腳輕些，貴上就是這麼教妳服侍人的嗎？」只覺她忽然住了手，方想發問，卻聽撲通一聲，那柄梳子已被擲入了水中。定權回頭，見她面帶薄嗔，改口嘆息道：「這才叫『唯女子與小人難養』，妳倒好，兩樣都占全了。」阿寶道：「殿下這話好沒道理，並不是我想求親近的。」定權道：「算我沒道理，我忘了妳跟別人不一樣。只是現在怎麼辦？梳子也沒了，不如妳也進來找一下吧？」

阿寶不理會他，從髻前拔下一只小小玉梳，接著幫他櫛髮。定權嘆了口氣，問道：「妳既然不情願，又為什麼要到我這裡來？」阿寶道：「我有家人還在他府上。」定權道：「就為著這個，妳就幫著他來謀本宮的這條性命嗎？」阿寶道：「殿下何出此言？我連……」定權道：「不必說什麼沒有金簪、銀簪的話，妳現下拿著白刃，我也不會害怕。」轉身看她一眼，道：「妳知道為什麼嗎？」阿寶道：「知道，妾手無縛雞之力，怎麼敢行刺殿下？」定權撥了一下水，拉過她的手，笑道：「不是，我不怕，是因為我們這樣的人，殺人根本不需用刀。」

大約是被熱水浸久了，阿寶第一次覺得他的手又軟又暖，溼漉漉抽回手來，為他擠了擠頭髮，用木簪暫且盤結在頭頂，一面收拾一面詢問：「殿下今夜，嘴裡怎麼盡是不祥之語？」定權道：「生生寂寂，是萬物本分，哪有分什麼祥與不祥？我問妳一句，若是有朝一日我被廢黜，不再是太子了，妳能不能實話告訴我，妳究竟是什麼人？」阿寶失色道：「殿下何出此語？」定權笑道：「我就是信口說說，假如我不是太子了，成了階下囚，齊王贏了，他答應過保妳的平安嗎？」阿寶緩緩搖頭道：「我既已是殿下妾媵，保我又有何益？」又道：

「就算不是，想來他也不會吧。」定權笑嘆道：「那可怎麼是好，叫妳枉擔了虛名，還要受我連累——或者妳我索性將這虛名坐實了如何？這於妳算是吃虧多一些，還是少一些？」

與他熟悉之後，他偶爾會做這種無聊戲語，阿寶也已習慣，亦多反脣相譏將話題岔開而已。此刻卻低頭沉默許久，方道：「既然殿下戲語，妾也就隨口亂談了。妾長到這麼大，將炎涼、顛破、飢寒、冷眼、憎會、愛別，種種苦病之事，一一歷遍。不幸又多讀過兩本書，生就些機巧心思，膏火自煎為人所用，落此樊籠，身不由己。所掛念者，唯有母親生養之恩，不敢自專，所以掙扎求生；此時妝金佩玉，食甘飲醪，只當成意外；他日赭衣裹體，三木加身，才視作本分。所以，妾心無畏懼，更談不上什麼虛名拖累的言語。」

定權不防她說得直白，也呆住了，半晌方緩和了臉色，閉上眼睛淡淡一笑，道：「這可怎麼辦，我居然遇到一個死士——人不畏死，奈何以死懼之？」阿寶也笑了笑，不再說話，伸手攪了攪盆中浴湯，覺得稍涼，又轉身添了些熱水進去。

第二十二章

棠棣之華

京裡的消息，朝廷的消息，尤其是有關天家的消息，自然有其流通的管道，這是宮牆和法令都無法阻礙的。譬如早朝時齊王上了奏疏，而太子一語不發，諸如此類雞毛蒜皮的小事，不必逾夜便可省部皆知，是以曾有朝臣戲言：「雖乘奔御風，不以疾也。」眾官員班上朝下，茶餘飯後，添油加醋以佐閒談，這是向來的慣例，言官們的風彈，也多憑此而出。

然而此次，國舅中秋節下寢疾，天子中秋節上震怒，皇太子半夜冒雨請罪，茲事體大，還夾在這局勢不明的時候，可謂驚天要聞。奇怪的是，非但無人議論，稍知前事者更是諱莫如深。官員聚會，若是哪個不識相的提起，旁人不是王顧左右，便是一哄而散。一時內，省部司衙裡安靜得有些異乎尋常，只是眾人雖緘口不談，心中卻皆知，朝中或將有大變。從前盯著宮中府中的灼灼目光，又投向了將軍府邸。

齊王酉時出宮，逕自驅車至趙王府上。被王府內臣引至後園，便見亭中肴席早已布好，鯉鱠雉羹、秋茹時蔬鋪排滿桌。四周美婢持燈秉燭，映得清明月色都失了光彩。定楷見他到達，連忙起身，深深一躬笑道：「大哥總算是肯屈尊了。」定棠也笑道：「五弟這裡好大排場，今夜還有誰要來赴宴？」定楷笑道：「大哥這是明知故問，我的座上賓客除了兄長，還敢有何人？」一面引定棠入席，定棠也並不推辭，逕自坐了主位。

定楷親自為他斟酒道：「大哥嘗嘗這個，寧州新進的梨花白，妙就妙在不滓玉蛆，飲之別有一番風味。」碧玉酒盞中，酒面上一層雪白的浮沫，真如春雨梨花一般名副其實。定楷見他飲了一口，笑問：「如何？」定棠讚道：「清甘綿醇，四美皆具，果然是好酒。」定楷笑道：「別處酒貴陳，此酒卻貴新，今秋方打的糧食，釀成了急送進京來的，就是宮中都沒有的。」定棠又品了一口，方道：「這是你的屬地，有好東西自然先盡著你。別的不說，單論這酒，你那裡歷來也是釀出了名堂來的。」定楷奇道：「還有這麼一說？還望兄長賜教。」定棠放下酒盞，笑道：「魯酒薄而邯鄲圍，要不是你趙國的酒好，邯鄲怎會為楚所圍？」定楷啞然失笑道：「兄長這是取笑了。來來來，弟來執壺，兄長再浮一白。」

定棠笑看他提袖斟酒，未待他端起，便伸出兩根手指壓住了杯沿，道：「五弟今夜設宴，不單是叫我來品新酒的吧？你我之間有話，不妨直說。」定楷笑道：「小弟這點心思，自然瞞不過大哥。大哥請先飲此杯，我再說話。」定棠看著他一笑，便不再推辭，舉杯飲酒，向他一亮盞，示意酒盡。定楷笑道：「剛才說古，現在便要問今。弟年少無知，前日的事情，心中確有諸多不解，還請大哥垂憫教導我。」他開口果為此事。定棠沉吟了片刻，夾了一箸江瑤，慢慢咀嚼嚥下，方道：「並非我刻意要瞞你，只是你年紀還小，多知無益。局勢多舛，我怕拖你下水，將來帶累了你。這點苦心，還望你體察。」

定楷沉默了片刻，轉頭吩咐身後一個年輕近侍：「長和，去把我書房案上的那兩卷帖子取來。」長和得令離開，不出片刻，便將兩帖奉上。定楷接過，於手中慢慢展開。定棠冷眼旁觀，正是太子相贈的兩卷古帖，正不知他此舉何意，便見定楷揭開一旁燭罩，將二帖湊到了火焰。手卷薄脆，經火即燃。定棠急呼道：「這是為何？」定楷並不理會，待火要近手，才將殘帖扔至地面，一時看它燒盡，猶有點點餘燼如深秋蝴蝶一般在空中翩然盤旋，終於慢慢無力沉落，化作一地死灰。

定楷於灰燼間跪地道：「我知道太子送了這東西給我，前月又做主分去了大哥一半禁軍，大哥嘴上不說，心裡也必定疑我和太子有了牽絆。近來事情，也不願再同我多說，不再將我當作嫡親手足了。我雖然年幼無知，但親疏遠近還是分辨得出來的，並不敢做出半分對不起嫡母、嫡兄的事情。那千餘禁軍，前日我同陛下請旨，已經交還了樞部。大哥還是如此待我，我竟不知該何以自處了。」說罷俯身叩下頭去。

他如此做作，定棠也愣住了，回過神後將他扶起，見他眼角帶淚，嘆氣道：「你小小年紀，怎麼會這麼多心？太子的那點把戲，難道我看不出來嗎？我實在是事出無奈，不願意拖累了你。你倒胡亂想偏了，辜負了我一片心意。這幾百年的東西難得，你平素又最喜歡這個，一句話能說清楚的事情，何苦做到這個地步？」一見他只是默然飲泣，遂嘆了口氣道：「告訴你也無妨，只是切勿到處張揚，引禍上身。聖上面前，尤其不可提及。」

定楷點頭道：「大哥定不願說，我就不問了。只是這份心意，還請兄長明察。」定棠嘆道：「你這麼說了，我再不告訴你，反而更助你疑心了。」定楷道：「小弟絕不敢有此意，只是百姓人家尚言，上陣還需親兄弟，我雖然愚駑，或者還可為馬前先卒，助兄長一臂之力，亦未可知。」

兩人重新坐下，定棠點頭道：「你想知道些什麼？」定楷道：「大哥跟我說的那首歌謠，何以陛下聽到，如此震怒？」見他看了看四周，又吩咐：「你們都下去。」見眾人退下，定棠推開他攔壺的手，自斟了一杯，道：「你不知道才是對的。這歌是先帝皇初初年就有了的，不單是比你，比三郎，就是比我的年紀也大出許多。從前還嚴禁過，所以知曉的人不多了——我來問你，太子的生母，先前的孝敬皇后，她是個什麼樣的人，你還記得嗎？」

定楷搖頭道：「我哪裡還記得？她過世的時候我才五、六歲，何況她一直生著病，又少見人。但若生得像顧思林和太子，應當是個美人才對。」定棠點頭道：「何止美人而已，她通經書，精詩畫，出身名門。大哥不必說了，她的父親，太子的外公顧玉山，是先帝的中書令，一門權勢絕倫炙手可熱。如今的顧氏仍算是望族，比起當時可已經是天壤之別了。」定楷道：「這我也聽說過，不過太子未生時他就已經過世了。」

定棠道：「那時恭懷太子，也就是你我的大伯父突然急病薨逝，只留下了兩個郡主。先帝愛他至極，所以悲慟不已，次年還改了年號。先帝三子，只剩其二，二伯肅王和今上的生母分位相當，年紀相差也只不過數月。」定楷為他布了一箸青筍，勸道：「大哥別只管說話，吃些東西。」又道：「肅王我也隱約聽人說過，說他性情乖張，後來獲罪自盡了。」

定棠用筷子撥了撥筍絲，挑出一根夾起，笑道：「不錯，若非他瘐斃，現在也就無你我之事了。恭懷太子薨時，肅王和陛下不過才十七、八歲，只比你現在略大些，還都不曾娶正妃。此時有了顧玉山做泰岳，這形勢你想想還能夠一樣嗎？」定楷默念那首謠歌，略一思忖，不由臉色發白，道：「原來如此，我這才明白了。可肅王又是為何事坐罪的？」定棠皺眉道：「明著說是謀反，裡頭的祕辛大概除了陛下和顧思林，也就沒人清楚了。」定楷道：「太子也不知道？」定棠笑道：「想來又不是多正大的事情，誰告訴他做什麼？」

定楷嘆了口氣，問道：「這位二伯的家裡人，怎麼一個都不見？」定棠道：「肅王妃一聽說丈夫死了，自己也投了井。他母親楊妃，過了兩年也在宮中鬱鬱病卒。旁人早就散了，肅王死時年輕，又沒有兒女，現在哪裡還有什麼家裡人？」定楷思想了半日，忽問道：「大哥，既然顧后容貌既美，又知書識禮，出身高門，為何卻寡寵至此？」

定棠看了他一眼，笑道：「這話就是要為尊者諱了。陛下乃聖明英主，先帝擇儲，自也是因為他堪當社稷。偏偏顧家糊塗，總覺得是自己立下了什麼不世功勳，還什麼佳人回顧的，這不是暗諷今上的大位繫於裙帶？顧后比皇后早入王府三、四年，太子卻不過行三；肅王一死，陛下便又迎娶了皇后，這其中的意思，你還不明白嗎？」定楷點頭附和道：「原來如此，難怪陛下震怒。偏偏那晚叔祖又在那裡扯東念西，不是更增雷霆之怒嗎？」定棠將杯中酒飲盡，笑道：「他是老糊塗了，自以為還在幫著太子。」

他提壺欲再斟酒，定楷笑著阻擋道：「這酒入口甘美，後勁卻大得很，大哥還是不要過飲方好。」定棠笑問道：「事情打聽完了，主人便吝嗇起來了。真醉了，今夜就宿在你這裡又何妨？」定楷搖手道：「我怎敢吝惜區區杯中物，只是大哥這些日子還要辦大事，等此事完結，我再為大哥把盞，定要一醉方休。」

定棠道：「這話怎麼說的？」定楷笑道：「經兄長這麼一點撥，我也就想起來了，長州牧獻的字幅，蜀郡守進的金鞭，還正當時候呢。」定棠一愣，高聲笑道：「想來天下識時務者還是不少的。」定楷道：「那夜裡太子的模樣，真可謂惶然如喪家之犬，不知現在他在做些什麼。」定棠想了想，笑道：「那還能做什麼？謹謝客，未能起也！[56]」兄弟兩人相視，不由一起大笑，喚內臣上前，又各自隨意用了些東西，定楷才攜手送他出府。

方才取帖的內侍長和待他回歸，慨嘆道：「燒剩下些，還是撿回來吧，怪

56 枚乘《七發》中楚太子在病中的言論。此處「謹謝客」非原文原意，僅作為調侃所用的字面意思。

可惜的。」定楷微微一笑道：「就為這幾句廢話，我就會幹出那種焚琴煮鶴的事來？」長和一愣，隨即笑道：「殿下的字，真是出神入化了！當初盧尚書有眼無珠，若是收了殿下……」猛見定楷瞪了自己一眼，吐了吐舌頭垂首禁聲。定楷也不語繼續前行。長和隨後，陪笑道：「殿下這般大費周章，可問出什麼來了沒有？」定楷道：「不曾。」長和道：「那殿下這又是何必？」定楷笑道：「你是真不懂還是裝不懂？那天他就說過了叫我看戲，戲既已看完，我要是還不發問，替他擊節唱好，那他才是真的要起疑心了。」

他心情似乎不壞，長和笑道：「那臣就有真不懂的事情，要請殿下點撥指教了。臣也好長點見識，日後為殿下辦起事來，也更順手些。」定楷道：「你說。」長和道：「太子相信了，這臣還能想出兩分來。他素性多疑，此事正接在風彈之後，盧尚書的字先擺了出來，齊王又大剌剌當著人面直說了，他不認定是陛下發難也難。可是陛下竟然也不作他想了，又是為何？」定楷嘆氣道：「太子為保國舅，先自己大包大攬，這就已經走到了死路上去了。他不肯受杖，是抗旨不滿；他若肯受杖，那又是默然認罪。他後來跪請，在陛下眼裡，是惺惺作態；他若負氣走了，就是目無君父，毫無為臣為子的天良。齊王想得周全，好生毛羽惡生瘡，太子無論怎樣動作，都坐實了他自己有罪而已。」

長和想想，又問道：「齊王這一手可真是有點陰損了，那殿下現下如何打算？」定楷駐足仰首，默然望著頭頂明月，良久方道：「齊王這些年是被陛下寵壞了，得意得有點過了頭，總覺得天心聖意，單只想廢儲改立。現在看起來他是占盡了鋒頭，只是古語有云：月滿則沖，水滿則盈。若不知今夜是十七，單看這天上月亮，你能夠知道它是要圓滿還是要虧損？你去叫府裡的人，都管住了自己的嘴，不要隨人亂說些推危牆、敲破鼓的話，知道嗎？」長和點頭道：「臣等絕不會給殿下惹麻煩的。」定楷輕輕拍拍他的肩膀，笑道：「這就是。任他們先混鬥去，你我只管岸上看看樂子，不舒心得很嗎？」

第二十三章

孤臣危泣

中秋過完不到兩日，中書省接到了一份實名彈章。奏事者並非御史臺的御史，而是刑部管理俘犯的都官員外郎。初時中書令何道然左右為難，索性彈壓未加理會，然而再多幾天，御史臺的章呈便又鋪天蓋地紛至沓來，所彈事宜與前次相仿，言辭卻憤慨激烈加倍，非但指責顧思林有意貽誤戰事，擅權自專，貌似忠良實藏禍心。更有身居險要手專地方，卻與敵寇暗通款曲，意圖竊國謀叛等不臣罪行。皇帝不應礙於皇太子情面，故意放縱養奸，理當正國法，明綱紀，除此國賊巨蠹，以慰屈死將士黎庶之魂，安天下正臣直人之心云云。

何道然無奈請旨，皇帝自然還是下令嚴查如前，但本次言官語詞激蕩，卻是有了憑證才底氣十足。按照最初上書的員外郎的說法，他治下一個看管俘虜的獄卒能聽譯番話，這些俘犯間偶有言語，言此仗怪異，交戰初時的三、四個月，破陣拔營斬首俘獲，皆便宜至極，或有敗北亦不遭窮追，全不像是與顧思林在交手。直到最後兩月，國朝才抵死而戰，致使雙方兩敗俱傷等事。皇帝聞說後默然半日，只說了一句國本清白不可汙，下旨大理寺仔細審訊幾個俘獲的將領貴戚。

太子居西苑，果然像齊王所說的「謹謝客」，卻並未「不能起」。天將暮時，聽到周循的報告，不由面白如雪，環顧四望，見一柄白玉如意方方正正擺在架上，還是元服時的御賜。他略一思忖，走上前去取下，揚手便狠狠砸在了案上。玉質堅潤，只在雲頭處折作了兩段，倉啷啷摔在地上，案角一盞燭臺不穩，也隨之鏗然倒下，室內登時晦暗了許多。定權只覺虎口痠麻，倚案喘息，良久才甩開了手中的殘柄。

周循見狀大驚道：「殿下這是何意？」定權哈哈一笑道：「我身上並不癢癢，不需他時時來搔！」見他俯身欲去拾取斷柄，急行兩步，將它從周循的手邊一腳踢開，咬牙笑道：「一紙詔書下來，賜死顧思林和我就是！我難道會不北面謝恩，不痛快延頸引藥？又何必要煞費苦心，使出這種卑鄙把戲？他還像個人主的……」話未說完，已被周循上前一把捂住了嘴。

兩人僵持良久，周循見他安靜，才放下手抹淚勸道：「殿下，這話說出來是死罪，聽見了也是死罪，殿下就當是體諒老臣吧。」定權咬牙看著地面，輕聲道：「他想廢我我不怨他，只不該這樣戲弄我。我才知道，這次他是下了決心，必欲除顧思林而後快了。」見周循無語以對，勉強又吩咐：「你去喚個可靠的人過來，去送封信。」

周循應聲走出，站在門口，左右環顧道：「適才殿下的話，你們聽見了嗎？」幾個內侍滿面慘白，道：「臣等死罪，剛才走了精神，什麼都沒有聽見。」周循這才哼了一聲離開，命府中的親近侍臣更衣入侍。定權吩咐他：「你悄悄去吏部張尚書、刑部杜尚書、樞部趙侍郎府上，給我傳封信。」侍臣道：「臣這就去，請殿下賜函。」定權道：「你把手伸過來。」侍臣不明就裡，將手伸出。定權蘸墨在他手心中題寫了「反戈」兩字，又將自己的一枚連珠私印蘸朱蓋在一旁，叮囑道：「你帶著巾帕在身上，給他們看過了，便立刻拭去。」

次日朝堂上便沸反盈天。朝臣分作幾派，或曰顧氏不臣之心已久，此伎果然怪異，空穴來風，絕非偶然，定要清源溯本，以誡來者；或曰異邦賊寇，本對將軍恨之入骨，狂言詆毀，是欲國朝自壞長城，此理婦孺皆知，小人卻藉機作亂，心懷叵測，此事根本無須審察，以免親痛仇快；或曰將軍清白忠謹，蒙羞被讒，非一人之辱，乃是滿朝大辱，是以更需徹查，但要三司會審，以示公正；或曰將軍雖或無罪，但戚畹權重，終非國之幸事，所以才會流言時起，朝野不寧，此時邊事已安，應另外拔擢閒俊將才，方好堵小人之口云云。

幾派犄角抵持互詈忠奸，我為君子，爾是小人，此等言語往來傳遞，攪得朝堂烏煙瘴氣如同市井，終究也鬧不出名堂。皇帝端坐其上聽著他們吵鬧，亦不置可否，朝會散後，逕自離去。

一連鬧了數日，雖說為顧思林辯說不平的奏章也雪片般朝中書省壓來，大理寺的案子卻還是照前在審查，流出的口供亦與其前無二。皇帝緘口，太子幽居，加之十五夜事，眾臣的口風動態卻變得有些微妙，奏章與日遞減，觀望者卻愈來愈多。顧思林的奏章，就在此時報到了省內。

皇帝站立書房當中，手把著奏疏敲了敲書案，詢問：「太子上奏了嗎？」王慎答道：「回陛下，還沒有。」皇帝看了他一眼，道：「那他成天在做什麼？他舅舅出了這麼大的事情，他就一句話不說？」王慎道：「聽說殿下這幾日並未出過門，想必是在思過。」皇帝一笑道：「他思的哪門子過？」王慎後背汗出，跪倒道：「陛下，殿下只是年少無知，不知道事情輕重，還望陛下開天恩善加匡導。」皇帝笑道：「你倒會替他撇清，他叫你一聲阿公，果真不是白叫的。聽說那夜他長跪請罪，也是你出的主意？」王慎忙叩首道：「臣不敢，臣怎敢左右青宮決斷？那是殿下本心，還請陛下明察。」皇帝道：「朕自然是要明鑑的。你出趟宮，傳旨太子和顧思林，說明日逢三，叫他們都來早朝。顧思林既寫得動字，想必還是走得動路的吧。」王慎忙連聲答應，承旨而去。

戌時二刻報時的更鼓已經敲過，街道上行人漸稀。吏部尚書張陸正端坐書房，隨手翻著一本《周易》，正頗為近來的情勢煩惱。一家人忽入室報道：「大人，門外有客。」張陸正皺眉斥道：「不是說過，一律不見的嗎？」家人遲疑道：「那位相公也說了，大人要是這麼說，就將這東西交給大人。」便將手中的一張字條奉上。張陸正接過看了一眼，驚道：「快請進來，言語行動間恭謹一些。」又連忙加了件衣服，至門外迎候。俄頃見一著玄色披風者被家人引近，方欲行禮，抬頭看清來者面目，張口結舌，半晌後方叫道：「二殿下！」

定棠微微一笑，道：「多了這個『二』字，張尚書就這麼奇怪嗎？」張陸正不想他居然會深夜造訪，勉強笑道：「二殿下從未駕臨過寒舍，說不奇怪不是實話。」定棠笑道：「張尚書休要過謙，這裡若是寒舍，天下哪還有可安身立命的地方？只是就要這樣站著說話，連口待客的茶水都討不到嗎？」張陸正這才緩過神來，忙道：「二殿下請。」賓主分坐無語，直待家人奉上茶來，定棠接過飲了一口，笑讚道：「好茶。」張陸正苦笑了兩聲，見他喝一口，嘆一口，卻始終不言來意，心中更加不解。

定棠目光越過了茶盞，打量了他片刻，見他臉上身上都透著不自在，這才放下茶盞，示意案上《周易》笑道：「不速之客，敬之終吉[57]——張尚書剛剛可是卜出了這一卦？」張陸正尷尬一笑，道：「二殿下說笑了。」定棠道：「孤冒昧造訪，張尚書便如是想，也沒有什麼不可理喻的。尚書一向是個直爽人，孤也就不說彎話了，孤此來確有要事相求於尚書。」他話入正港，張陸正笑道：「臣不敢當，二殿下儘管指教便是。」定棠望他半晌，方笑道：「聽聞尚書膝下有二女，長女公子已適，小女公子及笄未久，尚且待字閨中。孤傾慕已久，有意求為側妃，尚書意下如何？」

張陸正不料他突出此言，一時愣住，半晌方連連擺手道：「二殿下，這如何

57《易・需卦・上六》：「入於穴，有不速之客三人來，敬之，終吉。」卦意：對不速之客保持恭敬的態度，就會得到好的結果。

使得……臣是說，小女蒲柳賤質，又兼形貌寢陋，怎敢作配天潢貴冑……臣，臣萬不敢當。」

定棠見他語無倫次，知他心中驚極，笑道：「怎麼，尚書大人覺得本王當不得尚書的半子？」張陸正緩過氣來，嘆道：「二殿下休作玩笑語，臣萬不敢當。」定棠正色道：「婚姻大事怎可玩笑。孤確是誠心而來，尚書如一時難下決斷，孤也不勉強，尚書可慢慢思量，畢竟也是令嬡的終身大事。」張陸正苦笑一聲道：「謝二殿下體恤。」

定棠笑道：「大事既然先不說了，既然已經登門，孤順帶還想向尚書請教幾件小事。」張陸正遲疑道：「二殿下請講。」定棠道：「最近朝事，孤頗有些煩心。想必尚書卻是再清楚不過了，對著明公，孤也就不多費口舌。今日武德侯已經給陛下上了奏疏，尚書也知道了吧？」見他沉默不語，又笑道：「尚書但說一句知且不知，又打什麼緊？尚書不說，那孤就當尚書已經知道了。」張陸正見他無賴，只得答道：「是。」定棠點頭道：「那尚書可知道他疏中所陳何辭？」張陸正道：「將軍的奏疏是直呈天子的，連何相都未必看過，臣怎會得知？」定棠笑道：「疏中是自請掛甲的。」他劈頭說了出來，室內只有兩人，張陸正連裝作沒聽到都不得，只得緘口默坐。

定棠看他一眼，笑道：「那到此刻為止，普天下除了陛下、將軍、本王，便只是尚書知道了。」見他動了動口脣，卻並沒有說話，又笑道：「尚書大概是想問，東朝知不知曉吧？」張陸正心思又被他點中，一時啞口無言。定棠道：「東朝知不知道，這個孤還真不清楚。但孤清楚的是，陛下的回覆，他定然是不知道的。尚書可想知道陛下的聖意？」

張陸正越聽越驚，只想脫身逃離時，便聞定棠接著說道：「陛下預備恩准了，明日早朝旨意就會下來。」張陸正不覺從椅中跳起，驚問道：「什麼！」話既出口，方察覺自己失態。再看齊王時，便見他正滿面堆笑，望著自己。那張臉生得全然不似太子，卻有幾分像今上龍顏，此刻看來，不由打了個寒噤。

定棠默默打量他許久，方道：「尚書看起來是真不知道啊，那倒是孤多嘴了。尚書既然得知了，想去告訴誰呢？東朝，還是武德侯？只是東朝尚書已經見不到了，傍晚時分，陛下便已下旨，叫東朝進了宮。尚書想見他也容易，明天早朝吧。武德侯呢，反正明天一早他也就會知道的，不必爭這半夜時間吧？」

張陸正面如死灰，哆嗦半日方道：「二殿下說這話是什麼意思？」

定棠笑道：「沒有什麼別的意思，只是想提早知會尚書一聲明日朝會的事情。尚書入仕也有二十餘年了吧？忠謹為國，老成謀身，是本朝的棟梁之材。李柏舟死了，中書令的位置本該是尚書的，尚書卻沒有坐上，本王也有些替你可惜啊。對了，還要再借尚書這雙慧眼幫我勘勘時局，屆時當著百官的面，陛下旨意下達，顧將軍是遵旨啊，還是不遵旨啊？」

張陸正結舌道：「這個，臣也……」定棠笑道：「這一句尚書心裡明白就好，不必說出口來。但是這一句卻要答我，顧將軍功全名滿解甲歸田，固是美事佳話，他本來有個『馬上潘安』的別號，下馬之後也好去做個『垂綸長川，手揮五弦』[58]的閒雲野鶴。只是他釣魚彈琴去了，東朝那邊，是跟著去啊，還是不跟啊？」

張陸正再忍不住，勃然變色起身，以手指門道：「二殿下說的都是些不臣之論，臣不敢再聽！恕臣無禮，就此送客，二殿下請吧。」定棠不以為忤，笑道：「方才還說尚書忠直，果然不假。只是請尚書寬容，把孤的話聽完，再逐客亦不遲。尚書心中綱紀分明，孤就是無心說出兩句僭越直言，尚書也只當是過耳之風好了，何需動怒呢？」

他如此嘴臉，張陸正只得無奈道：「二殿下也請體恤臣下，這種話，本就不是臣下當聽當聞的。」定棠道：「我正是體恤尚書，方才告訴尚書知道。尚書也是侍奉過兩朝的人了，二十四歲入京，初為門下主事，區區一個從八品，無依無憑，一路走到今日，實在不易。不過孤的意思並不在此，孤的意思是，尚書當時既然身處京城，那定然就會清楚中秋宴上為何天顏大怒吧？」

張陸正近來日思夜想的無非此事，此刻再作思忖，默然半日，不由渾身發

58 嵇康《贈兄秀才入軍．其十四》：息徒蘭圃，秣馬華山。流磻平皋，垂綸長川。目送歸鴻，手揮五弦。俯仰自得，游心太玄。嘉彼釣叟，得魚忘筌。郢人逝矣，誰與盡言。

抖，半晌方開口：「臣斷然不信此事是殿下所為。」定棠沉下面孔道：「張尚書，禍從口出，還請慎言。尚書自可不信，陛下信了，陛下也願意相信。那麼孤想問，這算是尚書錯了還算是陛下錯了？今日離中秋已有七、八日了吧？尚書可曾見過東朝的面？」

張陸正啞口無言，額上汗水涔涔而落。定棠走近笑道：「尚書怎麼出汗了？天氣早已經不熱了。張尚書，十年寒窗清苦，二十載宦海沉浮。這七寶樓臺，明朝就要毀於一旦，化作瓦礫流沙了，尚書今夜心裡該作何想，本王還真不忍去猜度呀。」張陸正手撐几案，慢慢坐下道：「二殿下有話，不妨直說。」

定棠笑道：「忠臣不事二主，像尚書的座主盧世瑜那般抱節而死，自當流芳萬古。尚書若有此心，孤定要玉成，絕不敢阻撓。只是孤私底下覺得，盧世瑜死得有點冤枉，他從先帝時就是太子的啟蒙恩師，十數年來，懷抱提攜殷殷切切，非父而有督導之恩，非母而有眷顧之義，師道臣職，可謂是盡到了十二分。便是這十幾年師恩，一朝為了自保也可棄至道旁，何況尚書這半路出家人？聽說東朝加冠前日，在他府中，哭了足足半日。這種事情，嘖嘖，張尚書，孤還真是做不出來。元服前夜，盧尚書自縊而亡，一時間朝野沸反，紛紛腹誹陛下不慈，本王不恪，所以到了李相的案子，輿情才得如此順利。盧尚書自是孤忠之臣，孤佩服至極。只是緣此而死，卻只能嗟嘆，實在可惜了那一筆好字。還有，張尚書，說句你不愛聽的話，雖則我心中敬他，若是日後是我來修史，盧尚書卻是入不了名臣傳冊的。」

張陸正欲出言反駁，卻如何也說不出口，好容易出聲，卻是一句：「我怎麼能夠相信？」一定棠笑道：「中秋的事情尚書已經知道，明日顧思林的事情尚書上朝之後不也就知道了？青天白日，朗朗乾坤，本王還能騙了你張尚書？」

張陸正沉默半晌，點點頭問道：「二殿下想要臣做什麼？」一定棠笑道：「張尚書二十餘年宦齡，比本王年紀還大，應當深知打蛇不死反遭蛇噬的道理。打蛇，必要打其七寸。要說什麼，就不必我來教尚書了吧？」一見他不語，又笑道：「張尚書，現在的中書令陛下是不滿至極的，常同我說，若有合適的人選，定要替掉。屆時尚書百尺竿頭更進一步，將這銀青印綬換作金紫，總也不是什麼難事。尚書的長公子是進士寇裡數得上的名次，孤慕他鴻才，幾番欲在御前進言，本王府中長史之位……」話未說完，眼看張陸正的臉色愈發難看，又轉口道：「不過說到底，跟求親一事一樣，孤並不勉強於你。明日朝會，尚書開了口，孤便立刻來府上下聘；尚書不開口，孤也只當今夜從未和尚書說過這番話，日後各行各道，該拔劍，該亮刀，也請張尚書絕不要手下留情——張尚書，需卦上六尚不妨，尚書當不想它最後變成九三[59]吧？」

59《易・需卦・九三》：「需於泥，致寇至。」在泥沼中等待，以致強盜來了。卦意：主方實力強大，但面對態度隨和的客方，卻表現出自滿和傲慢，引起壞的結果。

張陸正仍舊緘默不言，定棠心中一聲冷笑，道：「孤這就回去，尚書不必送了。對了，適才的字尚書定是認成了太子手書吧？只是這手金錯刀，除了太子，別人就必然不能寫、別人就必然不敢寫了嗎？」

張陸正目送他團上披風大踏步離去，那著玄色衣袍的身影便如鬼魅一般，終於消隱於沉沉夜色之中。一面耳邊卻是太子的言語：「孟直，前後諸事，還多要仰仗於你。」一時心亂如麻，終於開口吩咐：「來人，去西府，問問太子殿下在不在，回來報我。」

去者良久方返，回道：「大人，西府主事說殿下傍晚就進宮了，今夜不會回西府了。」張陸正只覺一身的氣力都被抽盡了，頹然癱倒在了椅中。

第二十四章

舍內青州

本朝例制，逢三正衙常參。辰時初，五品以上文武官員便要由有司引導全部赴班，等候皇帝早朝。時候既早，會見又頻，家離大內遠的官員便十分辛苦，是以素日的朝會，眾人心中並無太大熱忱，定要拖延到卯時末才肯出面。然則今日不同，諸官員不約而同來得絕早。

卯時初刻，嘉隅門外便聚集了一片人物，三一群五一堆，喁喁而談，或走來串去，東說幾句西聽兩聲。一眼望去，宮門外一片朱紫之色。雖說有失官箴，但朝時尚未到，有司也不好對這些大老說些什麼，只得背著手來回走動。偶有一兩句入耳，也無非是：「聽說昨日將軍遞了奏呈給陛下？」、「今日朝會，太子殿下自然是要來的。」、「宋侍郎，這幾日殿下就一直不曾出席過筵講？」、「朱侍郎，聽聞令賢郎的親事已經訂下了？何時討到貴府喜酒啊？」、「張尚書，昨夜莫非不曾睡好，怎麼這臉色這般難看？哈哈哈，天塌下來自有個子高的頂著，張尚書又不是最高的，有什麼好憂心的？呵呵。」、「鄭編修還是兩榜進士呢，這詩都亂了韻了。」、「何為亂韻？還請指教！前朝人便說了，該死十三元，誰說作詩必要遵古韻？」

諸如此類不一而足。有司不由搖了搖頭，頻頻看沙漏，只覺今日漏得絕慢，幾乎疑心是堵死了。如是四、五遭，好容易舒了口氣，高聲報道：「卯時三刻，百官列班。」眾人這才悻悻住口，各自整頓冠帶簪笏，待殿門一開，默默按序魚貫而入，文東武西，相對為首。站定之後，或有親厚者相隔得近的，又開始交首接耳。急得有司只得咳嗽示意道：「諸位，諸位，朝紀，官箴！」

顧思林隨後便到，甫一入殿，人聲便低落了許多。他臥病的消息眾人皆有耳聞，此時偷眼打量，卻果真是有些步履不穩、面色憔悴。各自私底裡互望，卻暫無一人上前相問。顧思林平素為人謙和，雖階低職微者，亦頗肯假以辭色，向來所過之處，必是一片逢迎之聲。此刻見了這尷尬場面，微微一笑，也不與旁人招呼，逕自走到文官佇列站定，眾人這才暗暗舒了口氣。

再少頃二王也到達，站立於群臣北面。太子又過了一刻才到，進殿後亦一語不發，逕自走到了二王之首。二王連忙躬身行禮，群臣許久不曾見他，亦跪拜行禮道：「拜見太子殿下。」太子與往日不同，面上殊無笑意，默默看了一眼四周，目光落在顧思林身上，見他也隨眾伏拜在地，偏過了頭去，刻板回答：「免禮。」眾人紛紛起身，果覺今日的氣氛異於往昔，悄悄查看殿首四人，卻見他們八目各自朝向四邊，整個朝堂上，一時鴉雀無聲。

皇帝於辰時初刻準時到達，諸臣按有司宣導跪興。行禮完畢，方站起便聞皇帝皺眉問道：「顧尚書懷病，就讓他這麼站著嗎？」陳謹陪笑道：「陛下，按著朝制——」皇帝打斷道：「賜座。」顧思林忙出列躬身辭謝道：「陛下隆恩，臣萬不敢領受。」皇帝笑道：「你坐著就是，朕不是為別的，只是你腿上舊疾，站久了怕有不好。」顧思林再推辭道：「臣再謝陛下天恩垂憫，只是朝堂之上，儲副尚且侍立，臣下怎敢安座？」皇帝轉頭瞥了定權一眼，問道：「皇太子，你來說說看？」一定權臉色發白，躬身答道：「顧尚書坐，是聖恩隆厚；臣立，是臣子本分。」皇帝笑道：「顧尚書聽清楚了，太子要是說得有理，便請安坐吧。」顧思林無法，只得伏拜謝恩。陳謹於一旁將他攙起，扶他坐好後，這才回到皇帝身後。

皇帝環顧一周，見人人垂首，開口道：「前些日子皇太子和顧尚書都病了，至今日止，顧尚書仍未大安，可朕還是把他也叫來了。為了什麼呢？朕想諸位定也心裡有數。」說罷拈過一份奏表，下旨道：「念。」

陳謹答聲遵旨，接過奏疏展開，高聲誦道：「武德侯、樞部尚書、長州都督臣顧思林誠惶誠恐伏首拜於皇帝陛下。臣魯鈍武夫，才薄德淺，無定國安邦之武功，亦無玉振金聲之文采，所以衣紫袍，結金綬，出則淨道，入則鳴鐘，食則甘肥，居則廣廈者，皆賴地厚天高，聖恩深重也。每思及此，赧愧汗顏。常有夜半起坐，撫膺長嘆事。何也？蓋知君恩似海，企盼殷殷；而自嘆卑鄙猥陋，愧難承當耳。」

「陛下既委以重任，把雄兵，居要害，供以國帑民財，弼以忠智賢能，所為者破虜事爾。凌河一役，臣愧以涼德薄才，錯勘情勢，指調失力。致戰勢遲延，內帑空耗。上辜天恩，下負將士。此皆臣之罪愆，不敢推諉他人。廟堂傳聞，神京風聲，所謂攻而不克、逐而不破等語，皆有本據，實非空言。臣兩番上書，聖天子不降臣之罪，反以功賞論，臣已懷抱忐忑，蓋知終難逃天下直士明人洞察耳。今者復叩請掛甲還林事，求以正軍法國紀，安時事紛爭，此其一。」

「然臣雖智慮駑鈍，亦常慕古者先賢之遺風。束髮學書，弱冠從軍。願效馬援裹屍，立銅柱，滅交趾；仿石閔複姓，洗鄴城，族逆胡。寇侵我疆土，誅我黎庶，壞我祥寧，亂我國是。凡國朝臣民，雖黃口婦孺，耄耋八徵，猶恨未能食其骨而寢其皮，況軍中熱血兒郎乎？三尺劍懸，國法如山。臣安敢行叛國通敵事，毀先祖英明於地下，遭萬夫指唾於當世？悠悠此心，天日可表。唯此一罪，雖寸磔臣身，族臣滿門，臣亦萬不敢承受。今者復叩請掛甲還林事，以示臣心清白，全臣節譽，此其二。」

「臣自皇初元年入行伍，迄今二十又七年矣。臣為孝敬皇后之兄，國儲之舅，戚畹持兵，歷來為直士不齒，國之動盪，亦多本於此。昔者長平侯衛氏神勇忠謹，猶見詬於太史公，何況臣乎？今邊郡暫寧，陛下宜拔賢良，更守備，內外上下一心，可使山河帶礪，國得永寧。臣亦髮斑齒折，素多寢病。久居塞外，望來鴻去雁，聽楊柳梅花，不可不嗟嘆心動矣。望雨露天恩，使臣不但得生入玉門關，更可望至酒泉郡，終身服事於聖天子輦轂之下，則臣無憾矣。今者復叩請掛甲還林事，使臣得享天年，壽終神京，此其三。」

「此三者皆出臣之肺腑，捫血叩報於皇帝陛下。願聖主體察恩允，臣萬死不得報厚重天恩。臣顧思林再拜稽首。」

顧思林這封奏呈寫得尚算言辭懇切，被陳謹扯著一副尖細嗓子，拐彎抹角讀出，卻不免有些陰陽怪調不倫不類。站在下首的一個御史不由掩袖偷笑，忽覺一道冰冷目光投來，舉首一看，卻是太子，驚出一身汗來，忙收斂神色，隨著眾人點頭稱是。

皇帝道：「諸位臣工都聽見了。自上月始，從御史臺至省部裡一片風言亂語。顧尚書是國之砥柱，朕之股肱。頂罡風冒戟雨，捨身奮戰於疆場，爾等才得這清平世界，才能飽食無事，成天塗寫這些昏昧狂悖之語，究竟是誰通敵賣國？正是爾等！」愈往後說，情辭愈烈。定權立在下首，冷冷傾聽，向顧思林望去，卻見他引袖悄悄拭了一把眼角。

皇帝發作，眾臣一時愣住。片刻後，一御史出列激憤答道：「陛下這話，臣絕不敢認同。就算無通敵情事，凌河一役指揮失當，總是顧尚書自己承認的。國朝預計此戰兩月，至多三月便可結束，從前冬伊始，陸陸續續竟打了廿四月還多。這兩年來，多耗費的內帑，多傷亡的將士，李尚書、黃侍郎二位總是清楚的吧？這等嚴重失職，陛下不降罪已屬天恩浩蕩。臣下等不過說了兩句實話，怎就變成狂悖小人了？」

皇帝未及聽完，已氣得面色發白，手指著那御史怒道：「朝殿之上，如此咆哮，你等眼裡還有沒有王法？」御史強項道：「陛下說臣咆哮公堂，這個臣也不服。朝堂之上，本是眾臣就事論事、有理說理處，此處不說，臣等還能到哪裡去說？臣愚鈍，哪句話講錯了，還請陛下明示。」皇帝咬牙道：「你們哪裡愚鈍，你們是聰明得太過了。來人，將他……」話未說完，旁邊一個緋袍官員已經站出道：「陛下，祖宗家法，言者無罪。」言者正是他方才提及的戶部侍郎黃興。皇帝一愣，接著道：「把他叉下去！」那御史也不待金吾上前，朝皇帝深深一揖，便振袖揚長而去。

皇帝不發作方好，一旦發作，底下幾個本來默不作聲的烏臺官員，也都跳將出來，你言我語，或說顧思林確有瀆職之嫌；或說將軍確已年邁，身體又不好；或說將軍赤誠，陛下應當體諒。總之一語，請陛下恩准將軍的奏呈。話音未落，又有幾人站出，道將軍不過自省過分，表上皆是謙辭，陛下及列位怎可當真？行兵作戰，本就要據實，前方的戰勢如何，怎是能夠預先算計好的？若是先就算好，無知小兒豈不也能為將？將軍若是被替下，豈不是正快虜寇心意？又豈不知有多少魑魅魍魎要掩口葫蘆。

又有人駁道，國朝賢將不少，就是現在長州的幾個副將，也都可獨當一面，為何定要將軍帶病上前？況且虜寇敗北，一時半刻難以聚集，不趁此時趕緊換防，令新將熟悉人事，日後再有戰事，將軍又病，那可如何？先前之人立刻反脣相譏道，虜寇是已破了，破了就可以將將軍撇至道旁，這不是要天下指責陛下行烹狗藏弓之事又是什麼？被駁者也急了，大叫什麼叫要烹狗，這不是將軍自請掛印的嗎？

話既然說到這個分上，椅子便是如漆似膠，顧思林也難以再安坐。慢慢撐著扶手站起，走至大殿之中，跪倒泣道：「陛下，臣確實身心俱疲，不敢戀棧，還請陛下恤憫。陛下若不恩允，臣還有何面目立於眾人之前？臣有死而已。」一時間吵嚷的也暫停了下來，偷眼觀望兩人。

他兩行老淚，已不能順頰而下，緣著顴畔褶皺向耳邊橫淌，皇帝嘆了口氣，默默轉頭，看了定權一眼，問道：「太子怎麼說？」

定權在一旁冷眼觀看許久，略笑了笑，道：「此大政，臣不敢妄言。」

皇帝道：「你是儲君，就站在那裡瞧著臣工嚷鬧，算怎麼回事？你心裡怎麼想，說出來便是，有什麼妄言不妄言的？」

定權躬身答了聲「是」，方問道：「顧尚書方過知天命之年，何言一『老』字？尚書既慕先賢，亦必知『老當益壯』一語，昔者廉頗奔魏、李廣不封，猶知勉勵加餐，拒秦擊胡事。何況尚書身逢明時聖主，信任重用，怎可不思竭力報效，再起振奮，一舉族滅虜寇，反因些微無據流言，說出這等思退懷隱、明哲保身的話來？此舉不是要盡陷聖明天子、滿朝文武於不義嗎？」

朝上安靜了片刻，才聞皇帝笑道：「太子的話，顧尚書可聽清楚了？」顧思林頓首答道：「殿下責備，臣不敢強辯。只是臣所陳之情，也請殿下體察。」

定權方欲再言，皇帝微微咳了咳，沉吟打斷道：「太子說的是正大道理，尚書的苦衷朕也不能不察。朕看不然這樣，顧尚書也不必過於急切，待先安心將病養好，再談此事不遲。長州那邊，就暫且委派個人，協助看管幾天，等尚書身體大安了，再作商議。這麼折中，尚書如果再推辭，就實在是讓朕為難了。」

顧思林伏跪在地，似乎微一顫抖，半晌才叩首，暗啞了聲音道：「陛下體恤入微，臣謝恩。」

定權此時方知皇帝問話的本意，雖不回首，卻也似可看見齊王面上的冷笑。默默閉上了眼睛，便覺天旋地轉。定下神來再看時，顧思林已經低頭坐回了原位，一手按著膝蓋，手上青筋暴疊，虎口和指節皆是承弓磨出的重繭；再望向高高上坐的皇帝，只可見一身朱色朝服，難辨他臉上神情，胸臆間一陣發脹，只想作嘔。

皇帝的話說得情理兼備，無可指摘，眾臣皆無言可辯，都默默站回了原位，一時也無人再說話。皇帝笑道：「今日之事，大致於此。列位臣工可還有他事上奏？」等待片刻，方想吩咐散朝，吏部尚書張陸正忽然出班，低頭道：「臣還有一事。」他於此時露面，皇帝微感詫異，問道：「什麼？」張陸正慢慢從袖中抽出了一份奏章，高舉過頭道：「臣請複查去歲李柏舟逆謀一案。」話音未落，滿朝譁然。陳謹走下接了奏章，交至皇帝手中。

皇帝並不立即啟封，先默默看了顧思林和太子一眼，見兩人皆面色煞白，才緩緩發問道：「李柏舟的案子是三司會審的，早已經了結案的，現在還拿出來說什麼？」張陸正道：「臣參劾皇太子殿下擅權預政，擾亂司法，李氏一案另有隱情。」

眾臣今日本擬只來看顧思林的熱鬧，不想突然又冒出了這樣一件撼天動地的大事來，所得過於所望，都驚得目瞪口呆。

張陸正與太子親厚，是朝野遍知的事情，此刻在這個要命的當口，突然翻出這樁要命的前事來，究竟是為了什麼？眾人無論隸屬何黨何派，卻一致只能朝著那唯一的緣故上演義了。皆抬頭看看皇帝，再低頭看看太子，只見他面色已經一白如紙，看得出雖拚死克制，手中捧著的笏板，不知是懼是氣，卻仍在不住抖動。

皇帝揭開奏呈，默默看了片刻，道：「你思想清楚了再說話，汙蔑儲君，是謀大逆。」張陸正微愣片刻，情知話已出口，便再無回頭路，索性高聲道：「臣清楚。」皇帝道：「你說太子干預了司法，可有證據？」張陸正答道：「是。」說罷又從笏板下抽出了一張素箋，由陳謹送交皇帝手中。皇帝只掃了一眼，臉色也變了，隨手將那張紙握成一團，擲到階下，道：「太子自己看吧。」

定權默默上前將紙團拾起，慢慢展開，果然是自己在會審前給張陸正寫過的一張便箋。

「依此名目，後日一過，必使江帆遠去，百舟皆沉。汝可密密告知各部諸人等。此事務密，不可出錯。切切。閱後付炬。」雖然不曾用印，但那一筆鑿金屈鐵的金錯刀，一望便是自己的，白紙黑字，如何抵賴？心中最先想起的，竟然是盧世瑜曾經教過的幾句典故：「獄中無繫囚，舍內無青州。假令家道惡，腹中不懷仇。」[60]一時噁心，便將紙仍然拋在了地下。

心中既分辨不出到底是驚怕、悲涼、絕望、嫌惡還是憤恨，諸此種種，交雜在一處，反倒平靜下來了，默念了一句道：「不過如此。」向顧思林望了一眼，輕輕搖了搖頭，行至殿前，拔下簪管，將頭上所戴遠遊冠放在地面，直立道：「陛下之前有旨，要治臣之罪。臣居西苑，已忐忑待罪旬餘。陛下仁慈，今日若還是不忍當廷下旨，便容臣回去稍事準備。」言罷轉身便向外走。皇帝不由斷喝了一聲：「蕭定權！」

定權遲疑停步，卻並未回首。皇帝一時也不知當說些什麼，望向他的目光中竟有了幾分憐憫，忽然想他極小的時候，守在王府門口，看見進來的不是顧思林而是自己時，便會轉身跑開，那時他的背影和此時仍然並無二致。權衡半晌，終於開口問道：「你還有什麼話要說？」定權想笑，卻終究沒能笑出來，平靜道：「臣無話可說。」亦不再理會於一旁低頭顫抖的張陸正，快步走出殿門。

皇帝將章疏狠狠甩到案上，道：「退朝！」眾臣早已看呆，聽有司喊了兩遍

---

60 典故出自北魏楊炫之《洛陽伽藍記．秦太上君寺》。時青州人以風俗淺薄、翻臉無情聞名，故諺語說，假使獄中沒有囚犯，家裡沒有青州人，那就算是家道中落了，也不必發愁。此處意為人心向背比翻轉手掌還要快。

才如夢初醒。顧思林亦想隨眾行禮，甫一起身，便覺膝頭痠軟，一趔趄跪坐在了地上。皇帝嘆氣吩咐陳謹道：「叫將軍留下，朕還有話要跟他說。」

定權一腳深，一腳淺，雖行堅壁御道，卻如踏爛泥潭中，胸臆間煩悶難當，走到嘉隅門外，終是忍不住倚門嘔吐起來。早上沒有吃什麼東西，此刻吐出的皆是膽汁。吐完隨手擦了一把眼睛，眼前才慢慢清楚了起來。回望身後，百官都已離殿，積聚在門內不敢再前行。亦無心去察看二王在否，強撐了全身的氣力，拂袖離去。

直至登上軺車，才覺渾身痠軟，既坐不穩，索性便倚靠在車廂一角。又嫌玉帶礙事，三兩把扯了下來，擲到一旁。昨晚被喚入宮，雖說是為了今日朝會便宜，心中便已覺怪異，直到此時方全然明瞭。皇帝先以謠歌之事引自己入彀，再命大理寺查出通敵弊情，逼迫顧思林不得不上表請辭，待辭表一上，順水推舟應允時，自己已經沒有了反駁的餘地。緊接著翻出舊案，便是向天下擺明了要廢儲。

臣工只知明哲保身，連張陸正都望風變節，遑論他人？顧思林身處京中，就算事先有安排，到底距離長州千里，就趁著朝局不明、猶疑觀望的時候，新任主將便可一步步將顧氏舊部全部替換掉了。

定權微嘆了口氣，閉上眼睛，只願這車一生一世都不要停止，一生一世都靠在這裡，就不用再去面對那些人、那些事，也不用再去面對顧思林——還有什麼臉再去見他？「舅舅放心，此事我已辦得妥妥貼貼了。」、「舅舅，此事無論如何，我俱會一力擔待。」一念及此，他突然冷笑出聲。

前路終有盡途。周循見定權神色難看，扶他下車後忙又追問道：「殿下怎麼不戴帽子？帶子又哪裡去了？殿下，出什麼事了？」定權口氣難得溫和，只笑笑道：「你別問了。」逕自回到正寢，方進宮門，見夕香手托銅盤，其中是盥洗的殘水，看見自己連忙行禮，心念一動，皺眉問道：「顧娘子才起嗎？」夕香行禮道：「是。顧娘子昨晚一夜沒睡好，今日起得晏了。」定權點頭道：「妳叫她先不必梳妝，我就過去。」夕香方覺奇怪，他卻已經先行離去。

阿寶果然只梳了頭，粉黛未施，見定權捧了一只狹窄漆盒走近，便要起身行禮。定權笑道：「妳就坐著吧。」他眉宇間頗顯倦怠，一身卻十分清爽。阿寶低聲問道：「殿下這是散了朝了？」定權點頭道：「散了，過來瞧瞧妳。」含笑上下打量她一番，道：「妳還是這樣素淨些好看。」

他今日的樣子奇怪至極，阿寶也不欲多問，展頤微微笑道：「這是什麼？」定權將手中漆匣放在她的妝檯上，道：「一會告訴妳。」伸手拈了她妝檯上的眉墨，道：「妳的眉毛太淡了些，我來替妳畫畫吧。」阿寶輕輕點頭，「嗯」了一聲。定權笑拈起眉墨，和水輕輕研磨，至濃淡相宜，彎腰托起她下頜道：「頭再抬起來些。」一面拉起袖管，用畫眉筆蘸了眉墨，一筆一筆，細細幫她描畫了半日。

阿寶只覺他的動作輕柔，彷彿捧在手裡的並不是自己的臉龐，而是一只嬌脆易碎的瓷器。雖然閉目看不見他此時的樣子，卻可以清楚地聽見他低低的喘息聲，溫溼的鼻息游移著，輕輕吹到臉上，微微發癢，彷彿拂面的是春日的飄絮飛花。

她忽覺鼻翼微酸，卻不願糾察原委。古人說：彩雲易散琉璃脆。大多太美好的事物都是如此吧，閉上眼睛的時候它們還美滿無缺，再睜開便已流散成風，碎裂成沙，絕不會因為人心的一句「再多留片刻」而稍作駐足。彩雲如此，琉璃如此，飄絮飛花也是如此。

定權終於釋手，端詳了半日，方擱筆道：「妳瞧瞧吧。」

阿寶怔忡睜開眼睛，悵悵向鏡中望去，不由呆住了。蹙眉怒視定權，見他抱歉地笑笑，道：「我沒有畫過，今天是頭一遭，妳就多多擔待吧。」

阿寶哭笑不得道：「殿下沒有畫過，就來拿我來練手嗎？」定權笑道：「妳的臉皮可不如玉版箋稱手——我只是看書上說，閨房之樂無甚於畫眉者，便想試試。阿寶，妳的夫婿替妳畫眉毛，妳不喜歡嗎？」

她低頭不語，不置可否。定權嘆了口氣，伸手欲取漆盒，忽見敞開的妝匣中擱置著一枝已經乾枯的梔子花。散落於四周的簪環，果然如她所言，皆是翠玉。一瞬間心如刀割，痛不可遏，以致揭開盒蓋的手指皆在微微發抖。慢慢地取出盒內金釵，釵頭一隻小小仙鶴，仰首向天，展翅欲翔，一羽一爪，皆鑄造得絲絲現相，精巧絕倫。與尋常花釵不同，兩股釵尾打磨得十分尖利。

阿寶半晌才探出手，以指腹輕輕試了試釵尾，問道：「這是金？」定權道：「是銅，只是鎦了一層金，比金要硬得多。」將那鶴釵為她簪在髮髻上，偏首看了看，似不經意笑道：「那夜說的話，不是戲言。今天早朝，陛下已經剝奪將軍兵柄。」

阿寶雙肩一震，抬頭望向他。他卻已變回了素日神情，難辨半分悲喜，道：「還記得妳說過的本分嗎？若不是誑言，還請謹守吧。」

他抽身離去，阿寶回首望著鏡中一高一低兩道蛾眉，眉墨的冰麝香氣，猶纏繞在銅鏡前，未曾散去，一顆心卻已經慢慢墜了下去，先越過火宅，再穿過三塗[61]，直至墮無可墮處，就是佛法所謂的阿鼻地獄。腳下是千載不融的玄冰，萬世不滅的烈火；頭頂有柳絮，有飛花；中間一顆人心不肯死，兀自突突躍動。原來泥犁[62]就是這個模樣。

61 火宅，佛經中指人世，因為佛家認為人處俗世，充滿苦難，猶如著火的宅子一般。三塗，也稱三途，指的是火途（地獄道），血途（畜生道），刀途（惡鬼道），人生前造業，死後按罪孽的多寡和性質，墮入這三道中受苦償還。其中地獄道是佛家十界中最惡劣的境界，十惡畢犯才會進入。

62 泥犁，也指地獄。

定權回到閣中，呆坐了半日，方囑咐周循：「這次我怕是劫數難逃了。不出今日，聖旨必然會到。屆時這西苑會是什麼樣子，誰也難說。她實在是太聰明，心思也藏得太深了，至今許多事情，我都沒有看透。我不在這裡了，誰知還會鬧出些什麼事來。你看著她，若是一旬內我不回來，她也不肯自裁，你就……趁她睡著的時候吧，不要嚇到了她。」

周循愣了半晌，方明白他在說些什麼，低低答道：「是。」

第二十五章

父子君臣

眾臣見皇太子走遠後才散開，默默看著張陸正從中走過。一時間，各式各樣的目光都投至了他的身上。人群裡忽有個低低聲音道：「小人。」張陸正亦不回頭，垂首而去。齊王見狀，輕輕一笑，剪手從後面走出來，幾個見機的朝臣滿臉帶笑，拱手道：「二殿下。」齊王笑著點頭示意，穿過諸臣，也逕自而去。

陳謹按照皇帝的意思，待眾人散盡後，方將顧思林引領至清遠殿皇帝的書房中。皇帝已經更換常服，於殿內等候，見他進來，阻攔道：「慕之腿疾，不必多禮。」顧思林到底又行了大禮，皇帝見他起身時頗有些費力，親自上前扶持，待他坐下，方指著他右膝問道：「慕之這毛病還是皇初年在薊遼打仗的時候留下的吧？」顧思林撫膝笑道：「陛下還記得這些小事？」皇帝笑道：「這又誰人不知？顧部將衝鋒時叫人射中了膝頭，就在馬背上生生把狼牙箭拔了下來，還硬是策馬上前斬了敵首頭顱。一時三軍傳遍，你那個『馬上潘安』的諢名才沒有人再叫了。」

顧思林笑道：「那時候年少輕狂，不知什麼叫怕。就是這箭傷，也沒有當回事來看待，紮裹了一下，看見收口也就作罷。只是近年每每變天，都會痠痛難當，行走不便，才後悔少時不知自重，到老方落下這樣的後患。」皇帝亦感嘆道：「是呀，一晃二十幾年了。想當年你我在京郊馳騁，走馬上南山徹夜不歸的時候，都還是烏髮紅顏的少年子弟。而今挾彈架鷹，攜狗逐兔的已是兒孫輩了。逝者如斯，我們這做父祖的又如何不自嘆垂垂老矣呢？」

顧思林回想起當年兩人在南山上的誓詞，心中唏噓，離座跪倒道：「陛下，太子失德，竟犯下這等大錯，臣在天子面前替他請罪了。」他終於說到此事，皇帝嘆了口氣援手去扶他，道：「慕之何必如此？起來說話吧。」顧思林哪裡肯起，垂淚道：「若張尚書在今日朝會上說的都是真的，臣並不敢為太子分辯，妨礙陛下行國法家法。只是望陛下念他尚且年少，一時行錯踏偏，好生教訓便是。念之……先皇后她只留下這點骨血，臣若保不住他，日後九泉之下還有何面目去見她？就算是看在先皇后面上，也請陛下從輕發落，饒過殿下這一回吧。」

他語罷連連叩首，皇帝攙扶未果，也只得隨他而去，半晌見他停住方道：「慕之，朕這次生氣，不光是為了那樁混帳案子，更是因為他太不曉事，連他母親的話都敢拿出來渾說。八月節宴上你是沒來，你要是瞧見他那副樣子，換作是逢恩，你又該怎麼辦？」顧思林泣道：「太子大了，身邊佞臣小人也便多了，不知是誰教給了他這渾話。臣若知道，寧死也會阻攔的。太子並不知此事的深淺輕重，臣想他再糊塗，也是斷斷不敢行悖逆不孝、詆詬父母之事。若是他一心明白其中原委還如此行為，陛下要如何處置，臣都不會多出一語。」

皇帝默默看了他半晌，方道：「你說的話，朕相信。李柏舟的事，朕心裡其實也一直是有數的。」顧思林道：「世間有何事，能逃聖天子洞察？」皇帝輕輕一笑，道：「朕也不過是肉眼凡胎，哪裡能夠體察得了那麼許多？朕不想瞞你，前次處分他，就是提醒他李柏舟的事情，朕已經是知曉的，朕並不願放縱得他不成樣子，釀到無可收拾的地步，再被人指責是不教而誅。」顧思林叩首道：「臣代太子謝過陛下呵護保全之恩。」

皇帝皺眉道：「你也先不必謝，早朝上，既當著眾人又提了起來，居然還拿出了他自己寫的鐵證，他又是那麼個疲頑樣子，朕怎麼替他遮掩？還是先關他幾天，叫人去查查這樁事，然後再說罷，不然朕怎麼跟天下交代？還有，朕看太子也該是好好得點教訓了。」顧思林低聲道：「是。」

皇帝道：「他的事也就這樣了，你先起來說話。」命陳謹扶了顧思林起身，又道：「兒女的事，你替他操一世的心都是不夠的。朕記得逢恩今年也有二十五、六了吧？」顧思林微微一震，答道：「是，他屬蛇，今年二十六了。」

皇帝拈鬚沉吟了半晌，方道：「承恩歿得早，逢恩又常年隨你戍邊，至今還沒有子嗣，你的膝下也是荒涼得很了。他鎮日刀裡來槍裡往的，誰知還會不會出和承恩一樣的事情？當年在南山上，朕曾指天發誓，定不負皇后，不負你顧慕之。你顧家一門忠謹，要是到頭來連個承爵的後人也沒有，你讓朕怎麼忍心？所以朕看，還是趁著一時無事，叫逢恩先回京安生和夫人一起住兩年吧。日後再起戰事，叫他回去就是。他還年輕，建功立業有的是機會，你看怎麼樣？」皇帝提及已殤長子，顧思林剛拭乾的老淚復又湧出，起身道：「陛下這是垂憫臣，臣亦代犬子叩謝聖恩。」

該說的既然已說盡，君臣兩人也再尋不出什麼話來，皇帝道：「慕之要是沒有別的要說，就先請回府吧。在朕的跟前不自在，你又太過多禮，朕也不好意思多留你了。朕把話實在放在這裡，太子的事情，朕自有分寸，你其實大可不必擔心。」顧思林道：「臣不敢，臣先告退了。」皇帝點頭吩咐陳謹：「你去送送將軍。」

陳謹上前攙了顧思林的胳膊，笑道：「臣來侍奉將軍。」顧思林亦點頭道：「有勞陳常侍。」皇帝看他遠去，待陳謹回來方問道：「他腳上不好，可是真的？」陳謹陪笑道：「這個臣可就說不上來了。」皇帝點點頭，又道：「你去把齊王叫過來，趙王若和他一起，也一併叫來。」

定權自阿寶閣中出來，又交代了周循一番話，看他出去，自覺乏力，索性倒頭躺下，既睡不著，索性無賴地數起帷幔上的一朵朵金泥小團花。忽聞窗外一聲尖厲叫聲道：「來人，快來人，顧娘子，顧娘子她……」定權愣了片刻，回神過來，也忘記數到了第幾朵，急忙起身，趿著鞋便向阿寶的居處奔去。閣內已聚了幾個人，見他入內，連忙讓開。夕香一手鮮血，見到他跪下驚哭道：「殿下，小人當真不知道是怎麼回事。」定權點點頭道：「不關妳事，去叫人拿藥過來，妳們都出去吧。」

待眾人散盡，定權望向阿寶，見她呆呆地蜷坐在榻上，胸口壓的一方雪白巾帕，猶可見隱隱滲出的血跡。地下赫然是兩截斷釵，仲秋淡水一般的日光透窗而過，被窗格分作了一方一方，投射在地磚上，便如方方小池塘一般，那只小小金鶴棲息其中，彷彿便要振翅飛起。阿寶抬起頭，無語看著他，不似傷心，卻更似鄙夷和失望。

定權從未見過她這樣的神情，避開她的眼神，伸手去揭那巾帕道：「傷得怎麼樣？」阿寶一把拂開他的手，顫聲道：「這就是你想要的？」定權緘口不語。阿寶看著他蒼白的臉頰，強忍住眼中淚水，平靜問道：「殿下欲殺妾，明示即可。我是人，不是玩物，為何要幾次三番戲弄我？」定權肩頭微微一抖，慢慢蹲下，將那兩截斷釵拾起，釵股齊嶄嶄從中折斷，斷口處隱約閃爍著銀色光芒，大約是以錫焊接，只要稍一用力，便會摧折。

他步履遲重，渾身的氣力彷彿都已被抽走，阿寶也不再說話，倚著枕屏抱膝而坐，將頭慢慢低埋進了手臂中。

夕香將金創藥取入，見他二人情態，呆立於門外不敢進入。定權終於起身吩咐：「交給我就是了，這個妳拿走，叫他們接好——再把釵尾截掉。」夕香不明就裡，接過他手中斷釵，應聲離去。定權端藥走回阿寶床前，搖搖她的手臂，溫聲道：「不要哭了，這是我的不好。」阿寶抬頭冷笑道：「殿下看仔細了，我有沒有在哭？」她眼眶通紅，雙眼中皆是濛濛水色，雖然噬咬得脣上皆是血痕，卻果然沒有跌落一滴多餘的眼淚。

定權嘆了口氣，道：「我想起來了，妳從來沒在我面前哭過。妳這麼要強，又是跟誰學來的？」阿寶淡淡一笑道：「我的母親曾經告訴過我，一個女子，不可輕易在人前落淚。那人有心，就不會惹妳落淚；那人無心，落淚又有何用？徒然丟了自己的尊嚴。」

定權的手放了下來，望著眼前少女，突然呆若木雞。她的提醒，讓他無法不憶及另一個女子，並且首次覺悟到，窮盡自己一生，確實未曾有哪怕一次，見過淚水從她美麗的鳳目中垂落。

深宮外有歸雁來鴻，深宮內有暮鼓晨鐘，多少寂寞的清晨和黃昏，他站立於她的身後，看她優雅地援手，貼上和取下眉間兩靨無人欣賞的花鈿。她的美麗從不因無人欣賞而憔悴枯損，正如她的優雅從不因榮辱浮沉而轉移變更。他不知道銅鏡中的那張面容，那樣嫵媚的同時，為何可以那樣端莊；那樣柔弱的同時，為何又可以那樣堅強。

他只知道，她母儀天下的風度，根本無須她皇后的身分來支撐。

他終於回過神，輕輕揭開了覆蓋在她胸口的巾帕，查看她的傷口。血已止住，傷處猶有一、兩分深。他無言取小杓蘸著傷藥幫她塗抹。他的鬢髮微微零亂，她不由伸手幫他將一綹碎髮綰到了耳後。他半晌方住手，囑咐道：「已經好了，不要沾水，不要著風，沒有大礙的。」

阿寶輕輕喊道：「殿下。」定權「嗯」了一聲，兩人都不再說話，靜靜對坐良久，方聞定權道：「我走了之後，就讓周循送妳出去。想去哪裡，妳自己定奪吧。我已經如此，想必他們也不會再為難妳和妳家人的。以往諸事，不要怪我，我就是這樣的人，自己也沒有辦法。」

阿寶牽著他袖口問道：「殿下要去哪裡？」定權笑道：「我想去長州，大概今生只能作夢了。」他已經起身，阿寶微微動作，便牽引得傷處作痛，見他走到門前，又回頭，朝自己抱歉一笑。

趙王果如皇帝所料，此刻正在齊王府中。自下朝，兩人已在書房喁喁談了半日。此時定楷笑問道：「陛下既已經決定准了顧思林的奏呈，那何必還要問太子的意思？」定棠喝了一口茶，笑道：「陛下就是要告訴天下，太子是什麼意思，根本不要緊，也根本沒有用。」話音未落，便聞府中內侍報道：「二殿下，陳常侍來了。」定棠放下茶盞道：「快迎進來。」見陳謹入室，又笑道：「常侍來得正巧，午膳已經快預備好了，常侍定要用過了再走。」

陳謹一笑道：「今日確是叨擾不到二殿下了。陛下有口敕，讓二位殿下即刻都入宮。」定楷略愣了愣，問道：「我也去？」陳謹答道：「是，五殿下也一起去。」定棠點頭道：「既然，我們即刻便更衣動身。有勞常侍先行一步覆旨。」

看他離開，定楷方問道：「大哥，陛下宣詔，為的什麼事？」定棠吩咐從人備馬，方答覆定楷道：「除了張陸正，還能有什麼事？」定楷臉色發白道：「陛下已經知道了？」定棠笑道：「陛下聖明燭照，豈有不察的道理？」定楷道：「那怎麼辦？」定棠笑道：「你不過替我寫了個條子罷了，有什麼好害怕的？」定楷道：「我不是害怕，是擔心陛下……」定棠道：「萬事有我，你放一萬個心。」定楷嘆了口氣，見他已經先行出門，也只好隨後跟上。

陳謹進入清遠殿，向皇帝回稟：「陛下，二位殿下都已經到了。」皇帝點頭道：「你叫趙王先在外面等著，把齊王叫進來。」陳謹應聲外出傳旨，定棠少頃便快步入殿，撩袍跪倒，向皇帝叩首道：「臣拜見陛下。」方欲起身，忽聞皇帝冷哼道：「朕叫你起來了嗎？」定棠一愣，忙又垂首跪地。半晌，才聞皇帝發問：「你跟張陸正都說了些什麼，他就肯出賣了舊主？」

定棠臉色一白，道：「陛下何出此言？臣……」皇帝冷笑道：「你也不必再遮掩了，五倫之親莫過父子。當著你父親的面，還有什麼話說不出口？今日朝上，朕剛准了顧思林的奏呈，張陸正緊接著就開始翻太子的爛帳。此事朕只告訴了你，除了你，還有何人有這個本事？」他既然問到要害處，定棠緘默半晌方低聲答道：「陛下，臣只是同他閒談時，不慎帶出了聖意，臣知罪。」

皇帝怒視他良久，道：「你就連這幾日都等不得了嗎？」定棠只是叩首，並不敢答話。皇帝忽想起早朝時太子看向自己時的神情，嘆道：「一個個都是朕的好兒子，你做下的好事，倒要朕來替你擔這個惡名！」定棠默默飲泣道：「臣該死。臣只是想……只是想長州那邊的事情棘手，想幫陛下……」

皇帝於御座上坐下，招手道：「你過來。」定棠膝行幾步至皇帝膝前。皇帝揚手便是一掌，劈在他的頰上。他素來極鍾愛這個兒子，連高聲斥責都是少有之事，一時父子兩人都愣住了。半晌，定棠方回過神來，低低叫了一聲：「……爹爹。」

皇帝嘆了口氣，道：「大哥兒，有句話爹爹要問你，你務必要說實話。」定棠答道：「是，臣絕不敢欺瞞。」皇帝點頭道：「朕問你，八月十五的那句話，當真是太子說的嗎？」定棠呆了半晌，臉色煞白道：「陛下是疑心臣？」忙向後退了兩步，連連頓首道：「臣並不知那是句渾話，才當眾說出了口。若是事前知曉，便是萬死臣也絕不敢說的，請陛下明察。」皇帝冷冷道：「朕要你說實話，是為了你好。若此事果真也是你所為，你便趕快說出來，否則到頭來朕也保不住你。顧思林是個什麼樣的人物，想必你也不是不知道的吧？」

定棠沉默良久，才抬臉拭淚，正色道：「臣不知陛下何以疑心到臣頭上。但臣指天為誓，若敢行此大逆不道事，便無天誅，也要陛下下詔，將臣賜死三尺劍下。」皇帝細細盯住他看了半晌，方嘆道：「你起來吧，不是你就好，朕也好接著辦下頭的事。」待定棠慢慢起身，又指著自己身邊道：「你過來坐。」

定棠依言向前坐下，皇帝拉著他手道：「大哥兒，爹爹也說句偏心的話，你們六個兄弟裡頭，爹爹最心疼的就是你。但是你要明白，爹爹現在最想做的，並不是要把三哥兒怎麼樣，而是一定要把顧思林手中的兵柄收回來。他一日北面坐鎮，爹爹一日不能夠安枕。大哥兒，你定要牢記，這天下是我蕭家的天下，不是他顧家的天下。顧氏得意太久，自太祖時起，便一直與天家為姻，獨大了七十餘載，掌重權少說也有三、四十載，京裡地方黨羽遍布，犬牙交亂盤根錯節。朕是絕不能將這心腹大患留到下朝天子的手裡了，你知道朕的意思嗎？」

定棠點頭道：「臣明白。」皇帝道：「顧思林在長州經營了那麼多年，一道旨管什麼用？要是有用，朕何必拖到現在？朕必是要一個一個將他的親信替換下，換作朝廷自己的人，才能夠安心。在這之前，太子絕不能出事，免得激他作困獸之爭，釀得家國不安，讓外寇再度乘虛而入。朕今日已經跟他說了，叫顧逢恩先回京來。」定棠問道：「那他就肯乖乖回來？」皇帝斜了他一眼，道：「這不就是要靠你幹下的好事？」

定棠臉色一白，低頭不語。皇帝嘆道：「朕即刻便會下旨，讓承州都督李明安就近暫代顧思林的職務，並召顧逢恩返京侍病。太子那邊，就讓他先到宗正寺去，既然張陸正已經提了出來，查還是要查的，查輕查重，就要看長州那邊的事態了。但是這件事情不許你再插手了，朕會叫王慎到那邊去管著。太子但凡出了一星半點事，朕絕不饒你。朕這句話，要你當聖旨來聽，你明白嗎？」定棠低低答了一聲：「臣遵旨。」

皇帝看著這個兒子，終是又嘆了口氣，半晌開口，卻是一句：「他畢竟也是你的親兄弟。」定棠低頭道：「是。」皇帝道：「去太子那裡傳旨，就叫五哥兒過去吧。你最近安生一些，少出門亂走，聽見了嗎？」定棠又答了一聲「是」，皇帝方道：「你出去吧，叫五哥兒進來。」定棠行禮退下，皇帝望著他的身影，想起的卻是太子早上的那句：「臣，無話可說。」一時間心內五味雜陳，閉上了眼睛。

第二十六章

草滿囹圄

定權並沒有再數幾朵那帷幄上的小團花，便等來了周循報告的消息：「殿下，宮裡御使到了。」定權緩緩起身，問道：「來的是誰？」周循答道：「是五殿下和王常侍。」定權微微驚訝道：「是趙王？」周循答道：「是。」定權愣了片刻，點頭道：「誰來都是一樣。我走之後，西府諸人諸事就都交付給你了。出了什麼事，我回不來的話，你跟良娣她們好好說一聲，就說幾年夫妻，是我對她們不起。若是有人為難你，我也沒有辦法，先向你致聲歉吧，我性子不好，你也別往心裡去。」周循跪地泣道：「殿下果有不測，老臣怎麼還活得下去？」定權笑笑，道：「這世上，沒有誰離了誰就活不了的道理。平素我只把王常侍叫阿公，今日也叫你一聲。我也只是這樣說說，或許無事，我再回來當面謝你。快起來吧，替我梳梳頭，我去接旨。」

趙王和王慎在廳裡等待半日，方見皇太子現身，一身淺淡服色，木簪束髮，緩步上前，兩人連忙行禮。定權微笑制止道：「臣便這樣接旨了，省了麻煩。」王慎輕嘆一聲，默默展開聖旨道：「皇太子蕭定權聽旨。」定權撩袍跪倒，答道：「臣在。」王慎看了他一眼，慢慢宣讀道：「靖寧元年元月中書令李柏舟案，以逆謀定罪，夷其三族。至今或指皇太子蕭定權預政草菅，挾私誣指，復有彼時親筆字證昭諸世人。朕為君父，難辭其咎，為示國法皇皇，雖王子犯禁，亦求公直無所偏倚，發落三司合同宗正寺共讞此案。今暫交儲副於宗正寺勘理，複審了結，實情論斷。」

定權叩首道：「臣領旨，叩謝天恩。」王慎嘆息道：「殿下請起吧。」定權道：「陛下的意思——這便就動身嗎？」王慎點頭道：「殿下請吧。」定權方欲轉身，忽見閣門外跑出一人來，周循一時攔擋不住，已教她撲上前來。烏紗團領，一身內人打扮，跪在他足下，環住他的雙膝道：「殿下，妾要隨殿下一同去。」定權又驚又怒，看了王慎兩人一眼，低聲斥道：「妳這是做什麼？還不快回去！」阿寶搖首道：「妾哪裡都不去。殿下叫妾想的打算，妾已想清楚了。」

她如此態度，定權從未料及，皺眉問道：「妳是真傻還是裝傻？我要去哪裡妳就不明白嗎？」阿寶道：「是宗正寺，還是大理寺，還是刑部大牢，到哪裡總也要有人服侍殿下的。」她神色淒然，話卻說得斬釘截鐵，定權一時心中也不辨滋味，想從她環抱中掙脫未果，擔心在此處拖延過久，只得好言規勸道：「好，妳哪裡都不用去，就在這裡等我回來。」

看看一旁站立的兩人，見他們都偏過了臉去佯裝不察，更覺尷尬，示意阿寶立即離開。阿寶卻依舊搖頭道：「我跟著殿下，正是恪守本分，殿下要聽真話，我沒有說謊。」定權無奈，怒道：「瑟瑟，妳不要胡鬧！陛下知道了，又是我的一重罪。」一把握住她的臂膊，用力將她推至一旁拔腿便走。阿寶只得對王慎叩首道：「請中貴人回覆陛下，殿下素來怕冷，這種天氣，怎麼好叫他一個人到那種地方去？」

定權走出門口，忽聽見「怕冷」二字，頓時呆住了，連日來的委屈也忽如倒海翻江，一瞬間都湧了起來，鼻翼作酸，又強自忍下。回頭去看阿寶，見她一雙星眸正呆望向自己，胸前的衣襟上還隱隱有血漬滲出，一時心中酸軟，默嘆了口氣，低聲問道：「阿公，這……」王慎尚未答話，忽聞定楷於一旁道：「殿下，這位……這位娘子的事，臣去跟陛下請旨。」定權訝異地看了他一眼，點頭道：「有勞了。」語罷拂袖而去，定楷、王慎亦跟隨了上去。周循等一眾內侍宮人於身後伏地相送，良久不起。

宗正寺是本朝受理宗室事務的機構，設在宮城東側，本來由皇帝同輩某親王掛名管理，然而此事他奉旨迴避，所以王慎等將定權送至，正官寺卿吳龐德帶人迎出，向他行禮道：「殿下。」定權與他平素並無過往，蹙眉看了他一眼，問道：「陛下讓你們把我安置在哪裡？」吳龐德尷尬笑笑，道：「殿下下榻的寢居已經安排妥當，臣這就引殿下過去，只是要請殿下先行更衣。」

定權方欲發作，想想又作罷，隱忍道：「你們跟我打交道少，我素來的習性想必你們不大清楚——不合體的衣服本宮是不會穿的。」吳龐德陪笑道：「是，殿下美德，臣等雖然未嘗有幸目睹，但也素有耳聞。殿下不願更衣也可，只是請恕臣等僭越無禮，斗膽請殿下寬寬衣。」定權一時氣血上湧，怒道：「本宮身上，也是爾等可以隨意翻檢的嗎？本宮不會帶什麼繩索鴆毒刀具在身上，你去回稟陛下，就說除非是聖旨賜死，本宮絕不會行自戕之事。」吳龐德依舊滿臉帶笑道：「天顏不是臣想見便能見到的，就算見到了，臣又怎麼敢開這個口？況且這更衣的旨意，也是陛下下的，殿下一向待下寬仁，也請不要叫臣等作難。」

定權手足發抖，回首去看王慎，見他只是垂首默立一旁，咬牙半晌，方動手去解脅下衣帶。吳龐德忙湊上前道：「臣來伺候殿下寬衣。」定權冷冷道：「不敢勞動！」已將身上道袍扯下甩到一旁，又脫了其下的單衣，也一併扔了過去，只穿著一襲中單，冷眼看著幾人細細查檢了袖管、暗袋和衣帶。卻又見吳龐德堆笑上前，不由怒道：「你還想怎樣？」

吳龐德道：「還請殿下解了頭髮……」話音未落，頰上已吃了重重一記耳光，便聽定權勃然大怒道：「你放肆太過！要麼你去請旨，現在廢了本宮的儲位，那時憑你高興，把本宮挫骨揚灰都無妨。不然就趁早住嘴，再多嘴半句，休怪本宮不給你留情面！」吳龐德倒也不生氣，只是皺眉道：「臣這也是奉旨意辦事，還請殿下霽威。」

王慎見鬧得不堪，只得開口勸道：「臣先服侍殿下穿上衣裳，小心受涼。」又對吳龐德道：「吳寺卿辦事也辦得精細過了頭，殿下這束髮用的都是木簪，還能有什麼礙事？」定權恨恨瞪了王慎一眼，一語不發，自己胡亂穿回了衣服，冷笑一聲道：「請寺卿大人引路吧，本宮這些時日住在此處，還指望著大人開恩，多多關照呢！」吳龐德苦笑道：「『大人』二字，臣萬萬不敢承當。臣一定盡心竭力，讓殿下住得舒心。殿下這邊請。」對著他這樣的疲頑性情，定權一腔怒火也無法發作，只好憤憤隨他一路入內。

吳龐德將定權直引至宗正寺的後進，穿過一個四牆環抱的狹小院落，迎門是一進一出的兩層宮室。院中門外都已經站立著操戈戴甲的金吾，見皇太子進來，也不跪拜，僅抱拳施禮道：「臣等參見殿下。」定權知道這是由皇帝親統的控鶴衛，亦不願去理會他們，逕自入室，隨手用手指在桌上一畫，只見一片積塵，不由嫌惡，也不願多說，便站立著打量四下。

宮室年久，已頗顯敗餒跡象，兩丈見方的室內，磚縫牆角處都探生出了雜草。內室靠牆一張空榻，因無床柱，也不曾鋪設帷幔。定權不由冷笑一聲道：「卿辦事還真是周全。這個地方難為你找得到，本宮住在這裡，陛下定是放心不過。」吳龐德笑道：「殿下謬讚。這院子雖不大，難得的是極清淨，外頭便反了天，都吵不到這裡。」定權笑道：「正是如此，本宮看這桌子、凳子也都有些年紀了，虧你還尋得出來。」吳龐德笑道：「這哪是下官尋到的，這屋裡一早便有了。」定權奇道：「哦，看來本宮還不是第一個住進來的？」吳龐德思忖了片刻，方笑道：「臣聽前任說，先帝的二皇子曾在此處住過幾個月。」定權臉色一白道：「肅王？」吳龐德笑道：「大約是，年深日久的事情，臣也不太清楚，殿下恕罪。」

他仍是一副謙恭到了極點的笑容，定權一時無話可對他說，囑咐王慎道：「已經安置好了我，王翁便請回去覆旨吧。」王慎點了兩下頭，低聲道：「殿下保重。」定權笑道：「你看這裡裡外外的，阿公還擔心什麼？快去吧。」王慎到底跪地，向他叩了兩個頭，才起身而去。吳龐德亦說了幾句不相干的話，也找藉口曳門離開。定權再舉首環顧一周，才激靈靈打了個寒噤，望向門外，天色已漸漸暗了下來。

就在宗正寺為了更衣之事爭鬧的時候，定楷已經先行回到宮中，見了皇帝，行過禮一語不發。皇帝問道：「你沒有跟去？」定楷答道：「臣不該過去的。」皇帝道：「怎麼？」定楷道：「殿下君，也是臣兄長，臣去了，不但殿下面上不好看，臣心裡也過意不去。」皇帝點頭道：「你還是懂事的，這麼多年的書沒有白讀。」定楷低頭道：「謝陛下。陛下，臣還有一事，請陛下恩准。」皇帝隨手將手中冊頁扔到了案上，道：「你說。」

定楷遂將西苑中見到的情形大致敘述，方道：「臣想替殿下討這個恩典，也不知陛下可否賞臣這個臉面。」皇帝皺眉道：「朕自然會安排人去服侍。他是去待罪自省的，還帶著個後宮，算怎麼一回事？」定楷道：「這也是殿下開了口，臣才來問問陛下的意思。」皇帝問道：「那個女子是什麼人？」定楷道：「聽說就是六月間封的那個才人，姓顧。」皇帝哼了一聲道：「這當口太子都不願撇下了她，繫臂之寵，竟至於此嗎？」定楷答道：「也不是的，是這位顧才人非要跟去，殿下倒是說要讓陛下知道，又算他言行不檢之處了。」皇帝沉吟半晌，方道：「這個恩典朕就給你，讓她過去吧。」定楷忙躬身道：「臣代殿下謝陛下恩，臣這便去辦。」見皇帝首肯，這才退出。

皇帝望著他的背影，若有所思，問陳謹道：「那個姓顧的才人，是哪裡人來著？」陳謹陪笑道：「太子殿下好像提到過，說是華亭人。」皇帝點頭道：「不錯，朕記起來了。」

正說著，便聽殿外來報王慎從宗正寺回來覆旨。皇帝見到他，問道：「太子安置下了？」王慎答道：「是。」皇帝又道：「你們查過了，他沒帶什麼東西進去？」王慎道：「臣等都已查過了，什麼都沒有。」皇帝道：「他說了什麼沒有？」王慎躬身道：「殿下什麼也沒說，只是嫌預備的衣服不乾淨，不願意換，還是穿了原來的。」皇帝也不再追究，笑了笑又道：「你這些日子不必到朕這裡來了，就住到宗正寺裡去，照看好了太子。他一食一飲，一舉一動，都要好好留心。」王慎跪答道：「臣領旨。」皇帝這才點頭道：「去吧。」

秋日的天色和春夏總是不同，剛看著外面還只是一層昏黃，略無半點過渡，瞬間便全黑了下來。就如同人生一樣，朝穿繡錦衣，暮作階下囚，似乎本來就是再自然不過的事情。定權伸手推開門，剛向外踏了一步，院裡守衛的金吾便齊齊行禮道：「殿下！」定權點點頭，問道：「吳龐德呢？天都黑了，怎麼連盞燈都不點？」兩衛士相互看看，回道：「殿下請稍候，臣等這便去諮詢。」

定權「嗯」了一聲，又朝外走了兩步，那衛士又是一抱拳道：「殿下！」定權皺眉問道：「陛下給你們下的旨，是叫本宮不許出這個院門，還是不許出那道屋門？」見侍衛相顧無語，輕輕一哼，便撩袍在院中的石凳上坐了。正值月朔，天色本不好，又無燈火，四方夜色連結成一片。秋已深沉，既無鳥叫，亦無蟬鳴，周圍雖有十數個侍衛，但各據一隅，半分聲響也無。一片死寂中，只有晚風掠過敗草，低低嗚咽，灌進袖子裡，鞘得一身都涼透了，卻怎麼也不願回到那間陋室去。

不知坐了多久，院門外忽現幾點黃色光暈，愈行愈近。定權定睛一瞧，卻是幾個寫著「宗正寺」字樣的燈籠，於晚風中搖擺不定，還看不清提燈者是何人，便已聽見一聲熟悉的呼喚：「殿下！」定權尚未回過神，一股細細的喜樂已經湧起，一如那昏黃燈暈探破一片深沉夜色，慢慢湧遍周身，尚未開口，一個溫軟身軀已經撲進了自己的懷中。定權微微一愣，問道：「妳來了？」阿寶道：「我來了。」定權就勢伸手將她環住，笑道：「妳沒有走。」阿寶這才察覺失態，連忙掙脫，侍立至一旁，低聲答道：「我沒有走。」

吳龐德一笑插話道：「臣剛剛去接待這位娘子了，委屈殿下摸黑坐了半晌，實屬死罪。」又吩咐身後人等：「愣著做什麼？還不快把燈點起來？」隨侍們各自散開，少頃屋內院中已是一片燈火通明。

定權這才看清了阿寶的模樣，見她鬢髮散亂，髻上只插了一柄玉梳，不由皺眉瞪了吳龐德一眼。吳龐德置若罔顧，笑道：「天氣已經涼得很了，殿下和這位娘子在風口裡站久了，要是吹出個頭疼腦熱的，臣就更加是死罪了。殿下和娘子還是屋裡請坐，臣這就命人送晚膳。」他好歹也是個從三品的大員，說話行事卻與閹寺黃門無二。定權只得嘆氣，對阿寶道：「進去吧。」阿寶從吳龐德身後隨侍手中接過一只包袱，輕聲應道：「是。」

室內僅剩兩人相對時，回想今日情事，反而尷尬無語。阿寶四顧了一下，便打開包裹，取出一方巾帕，開始擦拭室內椅凳。定權這才笑道：「不忙，到了這裡，還有什麼好講究的？」阿寶依舊答了一聲「是」，卻並不住手。定權打量她道：「進來的時候，他們怎麼妳了？」阿寶答道：「把妾頭上的兩支玉簪收走了，說怕不小心傷到殿下玉體。」定權不由笑道：「這也算了，反正妳梳不梳頭，也差不了多少。」阿寶瞥了他一眼暫不回口，擦完椅凳，才接著說道：「還有一盒蜜餞，也叫他們收走了。」

定權一愣，慨嘆道：「這事可就做得太絕了。」看了她一眼，又道：「妳就坐吧。身上傷還沒好，又折騰了一整天——這裡面又是什麼？」阿寶將包袱攏了攏，道：「給殿下帶的幾件衣裳和幾本書。剛叫他們翻得亂了，妾整理一下再請殿下過目。」定權輕輕叩著桌子，嗟嘆道：「現在只覺這業身軀都是多餘，還要什麼衣服？」阿寶搖頭道：「黃河尚有澄清日。」隔了半晌，又低聲加了一句：「妾也總是……總是陪著殿下的。」

定權微微一笑，道：「黃河尚有澄清日，但是阿寶，妳相不相信，人的冤屈就是有萬世也不能昭雪的時候。更何況，這樁公案裡頭，我也沒什麼冤屈可言的。不過是下錯一著，便滿盤落索。技不如人理該如此，有什麼好抱怨的？」他如此消極，阿寶也沉默不語，將包裹抱入了內室，半晌才面紅耳赤而出。定權奇怪道：「怎麼了？」阿寶囁嚅道：「裡頭只有一張床。」定權啞然失笑道：「那妳叫人去找那個什麼寺卿，看他現在肯不肯再抬一張過來。」

正說話間，院中侍從已將晚膳送至。定權看那飯菜，還算是乾淨精緻，對阿寶道：「坐下吃吧。」阿寶答應了一聲，將稻米飯撥入碗內，自己先嘗了一口，才換箸交至定權手中。定權笑道：「長州那邊不把兵權交割乾淨，他們就不敢動本宮一個指頭。這麼小家子氣，叫人家看了笑話去。」阿寶卻沉默了片刻，才低聲答道：「陛下是這樣想，別人也會嗎？」

定權不由變色，不再說話，隨意吃了幾口便撂下了筷子。兩人坐等著差役進來收碗，一時無事，阿寶用腳踢了踢磚縫中冒出的雜草。時已暮秋，室外的草木已經枯敗搖落，室內想必卻暖和許多，那株草葉還有微微綠意。她大約是看不過眼，忍不住伸手去拔，卻聽定權笑道：「草木一秋，妳不去管它，它自己也會枯的。更何況，囹圄生草，這也算我朝的祥瑞之兆啊。」

鶴唳華亭 上

作　　者／雪滿梁園
發 行 人／黃鎮隆
副總經理／陳君平
總 編 輯／洪琇菁
執行編輯／陳昭燕
美術監製／沙雲佩
美術編輯／王羚靈
國際版權／黃令歡、李子琪
企劃宣傳／邱小祐、劉宜蓉
文字校對／施亞蒨
內文排版／謝青秀

國家圖書館出版品預行編目資料

鶴唳華亭（上）/ 雪滿梁園作. -- 初版. --
臺北市：尖端，2020. 01
冊；　公分

ISBN 978-957-10-5739-2（上冊：平裝）

857.7　　108019496

出版／城邦文化事業股份有限公司　尖端出版
台北市 104 中山區民生東路二段 141 號 10 樓
電話：（02）2500-7600　傳真：（02）2500-2683
讀者服務信箱：7novels@mail2.spp.com.tw
發行／英屬蓋曼群島商家庭傳媒股份有限公司城邦分公司　尖端出版
台北市 104 中山區民生東路二段 141 號 10 樓
電話：（02）2500-7600　傳真：（02）2500-1979
劃撥專線：（03）312-4212
戶名：英屬蓋曼群島商家庭傳媒（股）公司城邦分公司
劃撥帳號：50003021
※ 劃撥金額未滿 500 元，請加付掛號郵資 50 元
法律顧問／王子文律師　元禾法律事務所　台北市羅斯福路三段三十七號十五樓

台灣地區總經銷／中彰投以北（含宜花東）楨彥有限公司
電話：（02）8919-3369　　傳真：（02）8914-5524
雲嘉以南　威信圖書有限公司
（嘉義公司）電話：0800-028-028　　傳真：（05）233-3863
（高雄公司）電話：0800-028-028　　傳真：（07）373-0087
馬新地區總經銷／城邦（馬新）出版集團 Cite（M）Sdn Bhd
電話：603-9057-8822　　傳真：603-9057-6622
E-mail：cite@cite.com.my
香港地區總經銷／城邦（香港）出版集團 Cite（H.K.）Publishing Group Limited
電話：852-2508-6231　　傳真：852-2578-9337
E-mail：hkcite@biznetvigator.com

版　次／ 2020 年 1 月 1 版 1 刷　Printed in Taiwan